L'auberge des Charmilles

Olivier Deck

L'auberge des Charmilles

ROMAN

Albin Michel

à ce petit café
près du marché couvert

I

Marthe remet le couvercle sur le faitout émaillé. Elle souffle sur la louche qu'elle vient de retirer du bouillon chaud. Elle aspire bruyamment, roule le liquide dans sa bouche pour le refroidir, tout en lorgnant au travers des rideaux, à l'arrière de la maison.

Un merle et un geai se chamaillent dans le cerisier de la cour.

– Manque de sel !

Elle pose la louche, essuie ses mains humides sur son ventre rebondi et plonge les doigts dans un pot de terre plein de gros sel. Puis elle soulève une nouvelle fois le couvercle et, après un mouvement de recul pour éviter le nuage de vapeur qui s'élève, répartit les cristaux en secouant le poignet.

– C'était le dernier bout de couenne, faudra acheter un jambon ! bougonne-t-elle pour elle-même.

Elle essuie encore ses mains aux pans du tablier et passe de la cuisine à la salle à manger de l'auberge, qui donne sur la rue des Charmilles.

Cinq tables, recouvertes de nappes en tissu rayé. Quatre chaises par table. Au mur, quelques mauvaises reproductions découpées dans l'almanach des Postes et

Télégraphes, et une pendule. Arrêtée. Un cadeau de la belle-famille pour le mariage avec son regretté Jean. Mort en 35 de complications pulmonaires, dix-huit ans après avoir été gazé pendant la Grande Guerre. À la minute même où il a passé l'arme à gauche, la pendule du mariage s'est arrêtée. Net. Pas moyen de la faire redémarrer. On raconte des histoires de chiens qui se laissent mourir sur la tombe de leur maître, eh bien la pendule de Jean n'a plus voulu compter les heures au-delà de sa mort. Fini, le temps qui poursuit son cours ne la concerne plus. Les yeux de Marthe se voilent quand ils tombent sur le cadran. Midi. Les deux aiguilles l'une sur l'autre. L'heure pile où son Jean est tombé. Elle ne la touchera plus jamais, la pendule !

Marthe grogne. Elle utilise toujours le même subterfuge pour dissimuler son chagrin. Elle prend le tabac à priser dans la poche de son tablier, verse une pincée dans le creux de son pouce et renifle d'un coup sec. Puis elle éternue et se mouche. Les clients font semblant d'y croire, baissent le nez sur leur soupe, et aspirent bruyamment. Elle a la quarantaine farouche, Marthe, mieux vaut ne pas brusquer sa pudeur, la réplique peut être cinglante.

En revanche, le poste TSF qui trône sur le buffet marche encore, et comment ! Chaque matin, il lui tient compagnie pendant qu'elle cuisine. Chacun sait qu'elle est au courant des nouvelles, rien ne lui échappe, la politique, les tensions internationales, la rumeur du monde, tout, elle est au courant de tout ! Marthe perpétue la passion pour la radio de son défunt époux. Une façon comme une autre de le sentir encore là. Une merveille, ce poste. Une folie qu'il s'était payée avec les économies réalisées sur la pension de blessé de guerre. Un

Ducretet Thompson C7, véritable bijou en bois verni, avec son diapason en travers du haut-parleur frontal, son petit cadran et ses trois boutons noirs.

Après la Grande Guerre, quand il fut à peu près rafistolé, Jean retrouva la métairie de la ferme Laporte, des riches toulousains qui ne lui prenaient pas bien lourd de fermage. Il ne se voyait pas vivant à se rouler les pouces aux frais de l'État. La journée, il travaillait dur, doublement dur à cause de son souffle court. Le soir, il rentrait harassé. Son plaisir, c'était d'écouter les émissions. Et les chansons, il adorait les chansons. Allibert, Gilles et Julien, Piaf, Trenet et, bien sûr, Fernandel. Souvent, il avait un chiffon à la main et lustrait le vernis tout en fredonnant les mélodies à la mode. À tel point qu'il arriva quelquefois à Marthe de lui glisser qu'elle aimerait bien être un Ducretet Thompson de temps en temps. Il ne faut pas être mesquin, Jean avait une petite santé, avec ses intérieurs cramés par le gaz moutarde. Il a réussi à faire deux beaux enfants à sa femme, quand même. Manon, qui vient de fêter ses vingt ans, et Louis qui va sur les dix-sept.

À midi pile, donc, un sale jour d'automne, le brave homme s'est écroulé au pied du poste sans prévenir, à cause d'une quinte de toux qui lui a arrêté le palpitant, d'après ce qu'on avait compris aux explications du docteur. En plein quand Fernandel chantait *Ignace, Iiignace...* Jean avait mis le volume tellement fort, par fierté, pour montrer la puissance de l'appareil, que personne n'a entendu qu'il vomissait ses poumons.

Plissant les yeux pour contrôler l'aiguille du cadran, Marthe éteint le poste.

– Les élections, les élections... c'est fini maintenant,

ils nous bassinent avec leurs élections ! Ils n'ont que ça à déblatérer en ce moment ! On prend les mêmes et on recommence…

La porte de la rue est vitrée dans sa partie haute. Quatre carreaux carrés, les mêmes que ceux des deux fenêtres, de part et d'autre. Des rideaux à motifs d'oiseaux tamisent la lumière, bien que le soleil ne pénètre directement qu'en fin d'après-midi, et encore, en été. Le plancher répartit une clarté chaleureuse, qui sied au goût de la clientèle, plus fidèle que le lichen sur la pierre.

Nous sommes au printemps de l'année 1939. Mardi, jour de marché. Il y aura du monde, à midi. Pour les paysans venus des campagnes alentour, c'est la fête, le jour de repos. Les maquignons vendent leurs bêtes sur le foirail à la première heure, puis ils dépensent une partie du bénéfice dans les dizaines de troquets de la ville. Peyregave. Six mille cinq cents habitants et autant de bistrots ! comme on dit ici. Chez Marthe, il n'y a pas de comptoir. On ne boit que du vin de barrique, et encore, si l'on est habitué. Il faut montrer patte blanche, la patronne sert à boire un peu n'importe quoi mais pas à n'importe qui.

Le matin, les paysannes vendent légumes et volailles sur le boulevard des Prunes et au marché couvert, puis elles rappliquent à l'auberge un peu à l'avance pour cuire la viande du repas. Marthe ne prépare que la soupe et les légumes. Elle n'a pas les moyens de faire de réserves, comment voudriez-vous qu'elle conserve de la viande pour tout ce monde ? Elle n'a pas non plus les moyens de se payer un de ces nouveaux réfrigérateurs venus d'Amérique, dont on a parlé dans les colonnes de *L'Illustration*. Et si la clientèle ne se pointait pas, qu'en ferait-elle de toute cette barbaque ? Joseph le boucher renâcle. Il y gagnerait, lui, si elle lui achetait la marchandise.

– Tu pourrais faire travailler tes bons clients, Marthe ! Avec ce que je te laisse, bon Dieu !

– Non, non, pas tant de complications, les légumes et la soupe, ça va très bien ! Je gagne pas des millions, mais au moins c'est du sûr. Tu te plains toujours, toi, t'as assez de clients comme ça, à la boucherie ! Et t'es beaucoup trop cher !

Et puis, pour elle :

– Paraît que ça marche du tonnerre, les frigidaires. Maintenant, va savoir…

Justement, il entre, Joseph. Joseph le boucher, dit « Bistec », la quarantaine, visage en lame de hachoir Comme souvent, il est en compagnie de Lucien Despujols, le cheminot. Tous deux se décoiffent.

– Salut patronne !

– Tiens, les frères ennemis… dit Marthe, retournant en cuisine

Ils s'installent à la place habituelle, sous la pendule arrêtée.

Joseph ouvre la gazette locale et y cherche une sujet de discorde.

– Ah, l'USP c'est plus ça, ça sent le roussi pour le championnat…

Lucien hoche son faciès prognathe qui lui vaut son surnom : « Galoche ».

– Qu'est-ce que t'y connais au rugby, toi ?

Souvent, la discussion commence avec le sport. Joseph « Bistec » est supporter de l'équipe de foot de l'Élan gascon, tandis que Lucien « Galoche » ne s'intéresse qu'à l'équipe de rugby de l'Union sportive. Cela donne des dialogues de sourds qui valent leur pesant de fèves. La seule chose qui les met d'accord, c'est le cyclisme.

– Le tour du Sud-Ouest passe par ici, la semaine qui vient, t'es au courant ? demande Joseph. Moi je tire le rideau pour la journée, je veux pas manquer ça !

– Et comment que je suis au courant, tu parles ! Je risque pas de le rater, il passe devant la gare. Même pas besoin de déserter mon poste. Avec le boulot qu'on a en ce moment, tous ces Espagnols qui nous débarquent, franchement…

– Tiens, lis ça ! Tu vas t'amuser demain !

Lucien saisit la gazette que lui tend le boucher.

– Putain, c'est pas vrai !

Un grand article annonce l'arrivée d'un convoi de plus de deux mille réfugiés espagnols en gare de Peyregave. Une colonne de camions de soldats du 18e RI viendra de Pau, dans la matinée, pour maintenir l'ordre et assurer la sécurité des citoyens. Les autorités locales tranquillisent la population en certifiant que les réfugiés ne resteront pas sur place. Ils seront accueillis quatre à cinq jours, pour des raisons sanitaires. Le maire demande personnellement à ses administrés de faire preuve de générosité. Une collecte de vêtements et de nourriture sera organisée dans la ville. Ces gens qui arrivent en masse depuis quelques semaines, fuyant les mâchoires du franquisme, sont totalement démunis. Ils ne possèdent que leurs loques.

– Il en a de bonnes, Pouthet, dit le boucher, ça fait dix fois qu'il nous demande de mettre la main à la poche depuis février !

– On te demande pas de mettre la main à la poche, ni d'y laisser ton tablier de boucher, Bistec, on te demande de donner ce qui te sert plus, c'est pas sorcier, tu vas pas en crever !

– J'ai déjà donné, moi ! Il croit que j'ai un pactole sous le tablier, Pouthet, ou quoi ? Faut pas confondre un billot et une planche à billets !

– Je suis pas inquiet pour toi. Oh, patronne, on a la langue qui colle au palais, nous !

La voix de Marthe vient de la cuisine :

– Voilà, voilà, vous permettez, j'ajoute du bois dans la cuisinière, sinon la soupe sera froide et vous rouscaillerez !

Sur une table à part, recouverte d'une nappe rapiécée, il y a des verres bas à cannelures, des bouteilles de vin et des cendriers.

Marthe reparaît, triturant un torchon.

– Un saint-émilion, comme d'habitude, messieurs ?

La blague ne s'use pas. En fait de saint-émilion, Marthe achète sa piquette à Anselme. Autrefois, ce dernier travaillait comme ouvrier agricole à la métairie. Quand Jean est mort, Anselme s'est trouvé naturellement désigné pour prendre la suite. Il pistait la place depuis un moment, on le savait. La mort des uns rend service aux autres. Tout ça pour dire que Marthe la connaît, cette vigne. Le vin vaut ce qu'il vaut, mais Marthe le touche à bon prix et comme la clientèle est soiffarde, tout le monde est content.

Deux femmes arrivent du marché, un panier sous le bras. Elles traversent la pièce en saluant la compagnie et entrent dans la cuisine. Un groupe de cinq ou six clients débarque à son tour et s'installe. Ils rient, ils parlent fort. L'apéritif a chauffé les esprits.

Peu à peu, la salle se remplit. Dans la cuisine, Marthe donne des ordres aux femmes. Puis elle traverse la salle à manger avec une soupière en protégeant ses mains à l'aide d'un torchon humide.

– Quelqu'un m'ouvre la porte, s'il vous plaît. Allez, allez, on grouille, c'est chaud !

Clip-et-clop tourne sa trogne confite vers la porte, hésite puis se lève. Il n'en est pas à sa première tournée de la matinée. Il agite ses sourcils broussailleux, encore bien noirs à l'approche de la cinquantaine. Personne d'autre ne bronche, dès qu'il s'agit de lâcher le verre...

Clip-et-clop était un sacré ami de Jean. Ils ont été blessés le même jour en 17. Clip-et-clop a reçu un obus sur la jambe. L'engin n'a pas explosé, la jambe si. Dans son malheur, il a eu de la chance, ou bien l'inverse. Il a longtemps philosophé sur la question sans parvenir à trancher. Maintenant, il s'est habitué. Sentant la mort le guetter, Jean a fait promettre à Clip-et-clop de veiller sur Marthe. Drôle d'idée. Clip-et-clop est serviable, certes, mais c'est le plus grand trouillard que la Terre ait pondu. À la guerre, quand la mitraille sifflait, il se vidait dans ses frocs. À chaque fois qu'il a fallu monter à l'assaut, il a chargé les yeux fermés. On le récupérait à la fin, emberlificoté dans les barbelés. Voilà pourquoi son corps porte tant de marques de lacération. Finalement, cet obus lui a tiré une épine du pied, si l'on peut dire. Il a été rapatrié juste avant que les fridolins balancent les grenades au gaz. Là, c'est Jean qui en a pris plein les naseaux. La protection morale de Clip-et-clop constitue en soi le seul véritable danger encouru par Marthe, au demeurant capable de se défendre toute seule, d'autant que l'impétrant est plutôt bas de caisse, taillé comme une arbalète et passablement ivrogne. Il déraillait un peu, Jean, à la fin.

La rue est animée.

Des gosses jouant aux billes autour d'un trou dans la chaussée doivent s'écarter pour laisser passer une bétaillère qui corne et fume. Marthe traverse.

– Poussez-vous donc du passage, les mômes, vous allez vous faire écrabouiller !

– Par qui, Marthe, par toi ?

– Attends que je revienne, morpion, je vais m'occuper de ton matricule !

Les garçonnets détalent sans demander leur reste.

Un troupeau de vaches vient du boulevard des Prunes et descend la rue des Charmilles. Un couple de paysans munis de bâtons cloutés pique les croupes, gueule, encourage. Un attelage remonte la rue. Les fers claquent. Le lourd breton s'ébroue, abandonne un sillage de crottins et une odeur tenace de sueur animale. Le conducteur salue Marthe d'un grand geste de la main.

– Adieu, mignonne, ma parole, tu rajeunis ! C'est parce que tu nourris bien le bon Dieu ?

Soupière à la main, Marthe salue l'homme en levant le front.

– Tu deviens bigleux, Raymond, faut aller voir l'oculiste ou prier plus souvent !

Elle accélère le pas, trottine pour laisser passer une Juvaquatre hardie. Le cheval raidit son encolure puis baisse le museau, tourne la tête de part et d'autre pour essayer de mieux distinguer le véhicule entre les œillères.

– Tu peux pas aller doucement, abruti ? crie Marthe, tu vois pas que tu fais peur au canasson ?

L'abruti répond d'un coup de klaxon.

Au moment où, avec le coude, Marthe ouvre la porte du presbytère, juste en face de l'auberge, Manon apparaît en haut de la rue, sur son vélo. Marthe l'aperçoit et maugrée.

– Ah, pas trop tôt !

Manon freine pour éviter le troupeau de vaches. Trois ou quatre femmes passent devant elles, des cages à volailles vides au bout des bras. L'une d'elles tient un porc en laisse au bout d'une cordelette.

Peyregave résonne de meuglements, grognements, caquètements, cacardements, bavardages, boniments, bêlements, chants de coqs, engueulades, de cloche, de gueule, éclats de voix, de rires, pétarades de moteurs... le mardi, la cité devient assez tumultueuse.

L'abbé Bancon est installé à la table de la cuisine de son presbytère. Manches de la soutane retroussées sur des avant-bras musclés, tatoués d'un cœur transpercé d'une flèche, surmontant deux lettres : E et F. Lunettes au bout du nez, il épluche la presse. Marthe pose la soupe au milieu de la table. Elle s'est toujours demandé qui fut cette « F ». E comme Évariste, Évariste Bancon, d'accord, ça c'est le curé, mais F ? Elle en connaît des Félicie, Françoise, Fannie, Fanchon de la même génération… Laquelle a marqué la chair de l'abbé ? Mystère.

La fenêtre est ouverte sur un jardin. Des oiseaux pépient dans le feuillage d'un grand figuier. À l'ombre, un séminariste assis sur un banc psalmodie en lisant un missel.

L'abbé lève les yeux au-dessus de ses lunettes et salue Marthe. Du revers de la main, il soufflette les pages du journal. Un soupir soulève sa solide cage thoracique. La soutane gonfle et dégonfle. Il en déboutonne le col, comme pour faciliter l'accès de l'air à sa poitrine et se sert un verre de vin rouge, de la bouteille posée près du journal.

– Des soucis, l'abbé ?

Il rejette le dos en arrière et soupire encore, posant un poing fermé sur le journal et une main sur sa petite bedaine.

– Une louche de bouillon va vous requinquer, dit Marthe.

Il enlève ses lunettes, les pose sur la table et se frotte longuement les yeux, puis le visage tout entier. Il a une soixantaine d'années. Cou musclé, épaules carrées, visage marqué de rides, avec un nez de traviole et les arcades aplaties. L'abbé n'a eu que trois passions, dans la vie : le bon Dieu, la bonne chair et la boxe. Son faciès cabossé d'où se dégage un mélange de force mentale et de sagesse ne ment pas.

– Un jour ou l'autre, il va y avoir de la bagarre, Marthe.

– Parlez pas de malheur, l'abbé, parlez pas de malheur !

Dans l'armoire, elle prend deux assiettes qu'elle pose sur la table. Puis elle sert la soupe, avant d'ouvrir la fenêtre et de héler le séminariste, perdu dans son missel.

– Oh, petit, c'est servi ! Laisse ton bouquin, sinon tu vas manger froid !

L'abbé déplie une serviette de fil blanc dont il enfile un coin dans le col dégrafé de sa soutane. Le séminariste salue Marthe et s'assoit.

Marthe leur souhaite bon appétit et sort.

– Le mardi, fait l'abbé, elle est débordée, elle n'a pas le temps de tailler le bout de gras...

Le séminariste souffle sur sa cuillère.

– La soupe sent bon, en tout cas, dit-il.

L'abbé goûte.

– Tu trouves ? Elle n'a pas beaucoup de goût, pourtant, Marthe doit être au bout du jambon.

– Vous êtes difficile, monsieur l'abbé.

– Peut-être, oui, tu as raison. Je devrais m'en contenter, il y a plus mal nourris que nous, Hugues…

Il avale une nouvelle cuillerée.

– Je maintiens qu'elle peut mieux faire, il n'y a pas assez de jambon dans cette soupe ! Elle devient radine avec l'âge.

La salle de l'auberge est maintenant bondée.

Manon passe entre les tables et sert du vin. Elle plaisante avec les commensaux, tente de satisfaire tout le monde à la fois. Les hommes laissent traîner leurs yeux le long de son dos, quand elle passe. Certains restent rêveurs un instant. Un coup de coude ramène à la réalité conjugale ceux qui sont mariés.

– C'est une artiste, Marthe, quand même ! dit Gaston Escoubeth, l'ouvrier des carrières.

– Pourquoi ça tu dis ? demande Miguel.

Un coup de menton désigne Manon, de dos, occupée au service.

– Vise un peu la carrosserie… C'est beau, à vingt ans, pas vrai ?

– La carrossería ?

Il y a longtemps que Miguel vit ici. Il est arrivé d'Espagne en 1922, pour tenter d'échapper à la misère. Il a fondé une famille à Peyregave et fait partie du mobilier. Quand il a appris qu'un soulèvement menaçait la république en Espagne, il n'a pas voulu rester passif. Il est allé combattre aux côtés des Brigades internationales. Son bataillon s'est fait tailler en pièces sur l'Èbre. Les survivants se sont dispersés et Miguel est revenu à Peyregave sur ses arpions, à la fin du mois de février. Il était parmi les premiers vaincus de la guerre d'Espagne à débarquer ici. Quoique lui, il revenait, on le connaissait. Il a traversé les Pyrénées, marché pendant une semaine en évitant les patrouilles et gagné les crêtes enneigées pour franchir la frontière. À Bedous, il s'est planqué dans une bétaillère, sous les pattes des veaux, pour échapper à un contrôle. Le véhicule a démarré et l'a embarqué.

Le maquignon en a fait une drôle, de bouille, quand il a vu ce type maigre, à la peau mate, aux yeux noirs comme le charbon, sortir sur le foirail avec ses bêtes. Il a commencé à lui taper dessus avec son bâton, sans raison, parce qu'il avait peur. Miguel s'est rebiffé et, ni une ni deux, lui a balancé un coup de pied dans les joyeuses qui l'a laissé raide sur les pavés.

La situation aurait pu dégénérer si Gaston Escoubeth ne s'était pas trouvé dans les parages. Il a reconnu Miguel, en dépit de sa maigreur, et a ramené le calme sur le foirail. Il faut dire qu'il est taillé comme un taureau, Gaston, il n'a pas de mal à imposer son point de vue, en cas de différend.

Parfois, les larmes viennent aux yeux de Miguel, c'est vrai, mais il garde ses douleurs enfouies en lui, il préfère plaisanter et parler d'autre chose. Pour lui comme pour tous les gens d'ici, le rire est l'apanage de la pudeur. C'est un type secret qui ne parle jamais de ses affaires ni du passé. Gaston a cru comprendre – il n'a pas osé le faire répéter, cela semblait trop pénible à dire – que les franquistes avaient massacré des milliers et des milliers de combattants. Certains bigots se plaisent à raconter que ces rouges sont des bouffeurs de curés, mais on sait que Miguel est copain avec l'abbé Bancon. En fait, personne ne comprend grand-chose aux histoires des Espagnols, ici.

Depuis son retour au bercail, Miguel a repris un peu de poil de la bête. Comme il n'était pas très brillant et avait perdu son travail entre-temps, Gaston a réussi à le faire embaucher aux carrières dans une compagnie de travailleurs étrangers. Il est interprète pour ses compatriotes désœuvrés. Cela fait sourire, quand on l'entend parler, mais au moins il gagne trois sous pour manger et les autorités lui fichent la paix avec son escapade outre-pyrénéenne. Tant mieux, parce que tout le monde l'apprécie bien, même s'il baragouine et qu'on ne comprend pas tout ce qu'il dit. En vingt ans, il a fait plus de progrès en patois qu'en français, il prétend que c'est plus facile pour lui. Jour après jour, sa langue est devenue un galimatias dont il ne saisit pas lui-même toutes les subtilités. De temps en temps, il sort une perle qui fait rire tout le monde.

Il vit avec sa femme et ses deux enfants, chez la vieille Marie, dans une maison où elle loge deux familles d'Espagnols arrivés il y a longtemps, comme lui, pour tenter de survivre à la pauvreté qui les accablait chez eux. Situé au bout de la ville, où la Vieille Route grimpe la colline au milieu des prairies sauvages, le quartier n'est pas bien famé, on l'appelle Chicago. Les romanichels séjournent par là-bas. Parfois, leurs roulottes stationnent jusqu'en haut de la côte, de part et d'autre de la route. Leurs chevaux pacagent dans les alentours. Les gosses du quartier se mêlent aux leurs pour jouer. On se demande comment ils arrivent à se comprendre, parce que le langage des petits gitans est encore plus incompréhensible que celui de Miguel. Mais ils n'ont pas besoin de ça, les gosses. Ils parlent avec les regards, les gestes, les mimiques.

Aujourd'hui, Miguel n'est pas d'humeur aux pitreries. L'annonce d'un grand convoi de réfugiés lui noue les tripes. Il ne dira rien, Miguel, on le sait, mais il ira à la gare demain, comme chaque fois que des Espagnols y débarquent. Il se postera derrière le cordon de policiers et de militaires et dévisagera les réfugiés. Il cherchera, sans rien dire, il cherchera, il attendra dans l'espoir de retrouver un ou deux compagnons d'armes. S'il le peut, il passera au crible les deux mille visages.

Les cuillères tintent dans les assiettes creuses. En salle, Manon veille au grain, ressert ceux qui le désirent, tandis que Marthe prépare les légumes et que les femmes cuisent la viande.

– Gaby, tu veux bien ouvrir la porte du jardin ? On se voit plus ici dedans !

Gaby obtempère. On s'active, on se bouscule. Manon vient trancher le pain et remplir des corbeilles.

– Maman, tu es sûre qu'il y aura assez de pain ?

Quand le bouillon est un peu trop clair, Marthe sait que les clients mangent davantage de pain.

– Dis à Louis d'aller en chercher chez Albert, on passera le payer plus tard.

– Louis n'est pas encore revenu de l'école.

– Qu'est-ce qu'il lambine, bon Dieu ? Il sait bien que le mardi c'est le coup de bourre ! râle Marthe en essuyant la sueur de son front du revers du poignet.

– C'est un intellectuel, ton fils, Marthe... dit Gaby avec une pointe d'ironie dans la voix.

Marthe sait bien que le fils de Gaby est un fieffé cancre qu'il a fallu mettre au travail à quatorze ans.

– Tu parles, un fainéant, oui ! rétorque Marthe. Intellectuel, intellectuel, il y a un temps pour tout, pour le travail et pour les bouquins ! Le tien, au moins, il se rend utile, il gagne sa croûte. Louis, il n'y a pas moyen de le faire s'activer... si son père était encore là, il le mettrait au pas !

– Bah, Jean était brave, il n'aurait rien dit à son fils. Il a toujours admiré les gens cultivés, ton mari, tu le sais bien.

Henriette, occupée à découper un poulet, se mêle à la conversation. Elle suce ses doigts luisants de jus.

– On t'a pas dit qu'il fréquentait le fils Lartigaud, Marthe ? Un drôle de coco, celui-là.

– Peut-être qu'Henriette a raison, tu devrais le tenir à l'œil, ton Louis.

Marthe ronchonne des choses inintelligibles, en versant les légumes dans les plats de service.

Louis et sa sœur Manon aident Marthe au service, quand elle est débordée. Le mardi, elle l'est toujours. Manon aurait bien aimé faire carrière dans le sport, en particulier dans la natation, mais Marthe n'avait pas les moyens d'entretenir sa fille à faire des longueurs. Alors Manon est devenue aide-soignante de la Croix-Rouge et va nager à la piscine quand elle en a le temps, en dehors du boulot. Elle travaille à l'hôpital et chez les particuliers, pour soigner les vieillards, porter les médicaments aux malades qui ne peuvent pas se déplacer, ou ne sont pas admis.

Depuis quelque temps, l'hôpital est plein de réfugiés, il n'y a plus de place pour tous. Ils arrivent en sale état, certains grièvement blessés, laissés sans soins depuis des mois, ceux-là passent en priorité et on refuse les patients autochtones. Ça grince des dents, bien entendu. Comme Manon a une bonne foulée et un bon coup de pédale, on l'envoie au fond des campagnes et elle est bien contente, cela lui permet de se muscler et d'améliorer sa forme tout en portant secours. Le physique de Manon ne laisse personne indifférent. À l'auberge, même les femmes complimentent Marthe.

– Quelle belle plante, ta Manon ! Il doit y avoir plus d'un renard qui rôde autour du poulailler, Marthe...

Alors que la jeune femme pose un plat de pommes de terre au milieu d'une table, Louis passe la porte et se fait cueillir par sa sœur avant même d'avoir lâché la poignée.

– Va chez Albert, Louis, prends cinq pains supplémentaires, maman passera le payer.

Louis gonfle les joues. Il est contrarié. Il pose son cartable à côté de la porte et fait volte-face. Mains dans les poches, il traîne sa silhouette dégingandée d'adolescent qui grandit jusqu'au fournil d'Albert, à l'angle de la rue du Commerce, derrière l'église Saint-Matthieu.

Quelques instants plus tard, il revient et pose le pain à la cuisine. Sa mère s'y trouve, toute seule. Les femmes ont rejoint leurs époux à table. Marthe nettoie le grand faitout. Le café chauffe sur la cuisinière.

– Tu vas aider ta sœur, Louis, elle ne peut pas servir ce monde toute seule !

– J'aiderai après, je nettoierai la salle !

– On peut rien te demander.

– Eh oh, je suis allé chercher le pain, c'est déjà pas mal !

Sur ce, il sort par la porte de la cour.

À gauche, il y a un mur d'environ deux mètres de haut. Sol de terre battue. Le vieux cerisier, convoité par les oiseaux, pousse au milieu. Le mur clôt le fond de la cour où la végétation reprend un peu ses droits, de part et d'autre d'un portail étroit donnant sur un dégagement entre les maisons d'où part une venelle large d'un mètre au plus, qui se faufile entre les murs aveugles et rejoint le ruisseau. À droite du portail, une cabane de bois abrite les toilettes.

La maison forme un angle droit. L'arrière de l'auberge, où se trouve la cuisine, s'enchaîne avec un corps de bâtiment qui forme le quatrième côté de la cour. Le long de cette façade, un escalier extérieur monte à un balcon couvert, avec une rambarde de bois tourné. Les portes des chambres de Louis et Manon y donnent. Au bout, une troisième porte, plus petite, ouvre sur l'escalier qui grimpe au grenier. Au rez-de-chaussée se trouvent la chambre de Marthe et une souillarde où elle garde le vin, les conserves et divers objets hétéroclites.

Louis escalade les marches quatre à quatre. Il entre dans sa chambre, sort des journaux de son cartable et se jette sur le lit pour s'adonner à la lecture, activité à laquelle il consacre le plus clair de son temps.

Une heure plus tard, Manon vient le chercher.

– Tu peux pas taper avant d'entrer ?

– Oh ça va, si je peux plus entrer dans la chambre de mon petit frère…

– C'est ainsi, dorénavant, tu tapes avant d'entrer. Je ne suis plus ton « petit » frère, Manon, il faut que tu réalises.

Elle s'approche et prend l'un des journaux posés sur le lit.

– T'es de pire en pire. Pourtant tu as fini ta crise de croissance ! Tu lis quoi ?

Louis bondit.

– Donne-moi ça, mêle-toi de tes affaires, donne, je te dis !

– Tatata, à mon tour de lire cinq minutes, toi tu vas passer le balai !

– Donne ça, je te dis !

Louis vient d'arracher le journal des mains de sa sœur, surprise par tant de virulence.

– Tu fais bien des mystères sur tes lectures, mon cher... je crois que tes amis te tournent la tête.

– Quels amis ?

– Les murs ont des oreilles, n'oublie pas... allez, je file, je dois reprendre mon service à l'hôpital. Demande des sous à maman et passe payer Albert en retournant au lycée.

– Elle aura qu'à y aller elle-même !

– Tu veux que je le lui dise ?

Louis baisse les yeux.

– Non, ça va, c'est bon, j'y passerai.

Manon redescend les escaliers en trottinant. Elle embrasse Marthe sur la joue.

– À ce soir, maman !

Dans la salle à manger, maintenant silencieuse, Fifi attend près de la porte, tenant à la main un torchon roulé, qu'il tend à Manon avec un visage béat.

Fifi n'a pas tout son esprit. On raconte que sa mère avait eu recours à une faiseuse d'anges pour s'en débarrasser, pendant la Grande Guerre. Elle était tombée enceinte alors que son mari se battait au front. Les gens ne sont pas capables d'accepter de telles choses, ils croient que l'amour écoute l'actualité internationale au poste. Toujours est-il que la faiseuse d'anges a loupé son coup, enfin à moitié. La mère est morte pendant l'avortement. La moitié qui reste, c'est Fifi. Il vient chaque jour à l'auberge. Marthe lui donne ce qu'elle peut à manger et lui, il apporte du poisson pêché dans le Gave, ou des animaux piégés dans la campagne, ou des champignons, enfin, tout dépend de la saison. Fifi est un peu la mascotte. Même s'il est emmerdant, il met souvent les pieds dans le plat et se mêle de toutes les conversations dont il ne comprend jamais rien, les clients lui payent à boire, ils ont pitié, et cela les amuse beaucoup de le voir avec un coup dans le nez. Voilà pourquoi Fifi est un poivrot de haut rang.

Comme il en pince pour Manon et qu'elle le sait, elle le remercie gentiment, sans en rajouter, et l'envoie en cuisine porter l'anguille à Marthe.

– Excuse-moi, Fifi, je dois retourner à l'hôpital pour travailler.

Fifi sourit, acquiesce, fait signe à Manon de filer. Il se montre toujours prévenant et compréhensif avec elle.

Ensuite il passe en cuisine pour donner l'anguille à Marthe.

Arrivée sur la place de Mars, Manon freine. Elle a pédalé fort dans la côte du marché couvert, sa poitrine est agitée. Le maire, Léon Pouthet, est en grande conversation sur le parvis de la mairie avec l'abbé Bancon et le pasteur Labarthe. Il est énervé, le maire, on l'entend pester. Le préfet a dirigé le convoi d'Espagnols sur Peyregave, sans demander l'avis à personne. Les services de santé de la ville doivent s'occuper des vaccinations. Contrairement à ce qui a été annoncé à la population, les réfugiés resteront finalement sur place un temps indéterminé, il faudra attendre les ordres d'en haut pour les remettre dans le train.

– Mais comment va-t-on faire, messieurs, comment va-t-on faire ? Je n'administre plus une ville mais un hospice. Tiens, voilà une idée, l'hospice, monsieur l'abbé, il y a de la place à l'hospice ?

L'abbé ouvre les mains en geste d'impuissance.

– On peut tasser un peu les vieux, mais ça n'ira pas chercher bien loin.

– Bon, c'est déjà ça, occupez-vous de l'hospice, et vous, pasteur, vous avez quelque chose à proposer ? Le Secours protestant est-il opérationnel ?

– Ils sont déjà débordés, il reste le foyer des jeunes, nous pouvons en accueillir encore quelques-uns…

– Quelques-uns ? Quelques-uns ? Mais j'en ai deux mille deux cent trente-six qui débarquent demain à la gare, moi, et je ne vais pas les laisser parqués comme des bestiaux jusqu'aux comices d'automne, hein ? Vous voyez le tableau ? S'ils étaient sains encore, mais ce sera comme d'habitude, ils vont nous débouler avec la chiasse, des poux, des blessures purulentes, l'hôpital est plein comme un œuf, il faut des lits, des lits pour les éclopés ! Eh, l'abbé, et les visitandines ? C'est bien vous le curé des visitandines !

– Les visitandines visitent, monsieur le maire, et pas l'inverse. Leur couvent n'est pas un lupanar…

– Et chez les sacristines ?

– Monsieur le maire, vous n'y pensez pas… elles pensent que les Espagnols sont des violeurs de nonnes et déterrent leurs cadavres la nuit pour des orgies sabbatiques… ce n'est pas l'imagination qui leur manque, aux bonnes sœurs.

– Je vais demander qu'on avise la population, que tout le monde se sente concerné. Faudrait-il que j'accueille tous ces gens dans mon grenier ? Les hommes devront rester sous contrôle militaire, au jardin public, mais les femmes, j'en fais quoi, des femmes ? J'ai demandé au professeur Greiner s'il pouvait en prendre chez lui, dans les dépendances du château, il m'a envoyé bouler !

– La population est déjà largement sollicitée… dit l'abbé.

– Eh bien, nous la solliciterons de nouveau !

Voyant l'heure tourner à la pendule au fronton de la mairie, Manon reprend sa route. Cette fois, il semble que le flot de réfugiés soit de nature à inquiéter tout le monde. Des camions militaires manœuvrent à grand bruit, le centre du bourg sent les fumées d'échappement.

Le jardin public, ombragé par d'immenses marronniers insouciants, grouille de soldats. Ceux du 18e RI s'activent. Les militaires déploient des rouleaux de barbelés et créent des enclos. Ils installent des haut-parleurs tout autour du kiosque à musique, transformé en quartier général d'opérations.

Plus loin, à l'approche de la gare, des groupes de gardes mobiles se mettent en place. Ils ont l'air préoccupé.

Au passage de Manon, ils se retournent, sifflent, sourient, puis se rembrunissent.

II

Le train est entré en gare dans la matinée. Les gardes mobiles et les militaires du 18e RI cernent le quartier. Les vagues d'Espagnols déferlent sans cesse depuis février, les autorités s'inquiètent pour la sécurité et la santé publiques. En réalité, on ne sait pas trop quoi faire de ces gens désœuvrés, brisés, poussés à l'exil par la guerre fratricide. Marthe – elle en a parlé à Miguel – a entendu à la radio que cinq cent mille personnes avaient passé la frontière en quelques semaines, côté Catalogne. Cinq cent mille ! Comment les accueillir ? On souhaite que le chiffre soit exagéré… Il paraît qu'ils ont été enfermés dans des camps sur la plage mais, ici, personne n'y croit vraiment. Tout le monde s'en fichait un peu avant qu'ils ne commencent à arriver en masse. On dirait ces paquets de branchages qui dérivent sur le Gave, après les orages. À présent, chacun peut voir les soldats en armes et les barbelés. Ceux qui s'offusquaient de la rumeur, des témoignages sur la brusquerie des gendarmes et des tirailleurs sénégalais, considèrent que ces méthodes provisoires de parcage sont indispensables. Ils ont changé d'avis parce qu'ils craignent que les Espagnols ne restent au pays. Le maire a bien raison, on en ferait quoi de toutes ces bouches à nourrir ? Et puis, il faut voir dans quel état ils sont ! Les avis sont partagés, on était bien tranquilles sans eux.

Les curieux commencent à approcher des barbelés. Des officiers s'agitent sur le kiosque à musique. Un interprète procède à des essais de sonorisation. Des gendarmes entrent et sortent de la poste où toutes les lignes téléphoniques ont été réquisitionnées.

Pouthet et ses adjoints viennent de la mairie, traversent la place à bon pas. Les soldats ouvrent le barrage pour leur permettre d'accéder au kiosque où les responsables mettent en place le plan d'accueil.

Un officier reçoit le maire.

– Mes hommes sont prêts. Nous mettrons les femmes de côté, et les hommes ici et là. Nous avons ordre de procéder à la vérification des identités. Il y a pas mal d'excités parmi eux, des rouges qu'il vaut mieux tenir à l'œil. Nous séparerons les civils des combattants.

– Ces gens ne sont pas nos prisonniers, commandant, vous veillerez à ce que vos soldats se tiennent correctement. J'ai entendu dire que les coups de crosse pleuvaient facilement sur eux.

– J'ai donné des consignes, mais nous ne tolérerons pas le désordre !

– Des équipes de la Croix-Rouge se relaieront pour les traiter au cas par cas. Ils doivent être auscultés, et vaccinés contre la diphtérie, aussi.

L'officier désigne un enclos où des soldats dressent une grande tente de campagne.

– Les consultations auront lieu sous la tente.

– Parfait ! dit le maire. Je les accueillerai moi-même lorsqu'ils arriveront ici. Je veux apaiser les tensions, mes concitoyens sont inquiets… il y a de quoi.

– Tout se passera bien, monsieur le maire.

Guidés par les gendarmes, les premiers réfugiés passent devant l'hôpital. Le cortège avance lentement. Manon et sa collègue Juliette Martin, aide-soignante comme elle, observent l'effrayante scène depuis une fenêtre.

Ils sont sales, hâves, les yeux noircis par la maladie, la souffrance, le chagrin. Nombre d'entre eux sont blessés, amputés, troués, ensanglantés, boiteux – qui s'appuient sur des béquilles ou bien sur l'épaule des camarades –, ou encore sont transportés sur des civières. Ils regardent devant eux, comme s'ils s'agrippaient à la route pour avancer encore. Jusqu'où ? Aucun n'en a la moindre idée. Leur voyage n'a pas d'itinéraire, hors les chemins de la peur. Femmes, enfants, vieillards, mais aussi hommes jeunes, qui portent l'effroi de la guerre sur le visage. Une coulée humaine, sombre, gémissante, pouilleuse, verminée, pourrie jusqu'aux tripes par des semaines de réclusion improvisée, livrée aux intempéries, à la dysenterie, bousculée, malmenée, transportée comme du bétail. Les corps sont recrus d'épuisement, brisés par la douleur. Un murmure accompagne leur marche, comme une plainte, un seul râle indistinct roulé par des milliers de gorges. C'est une grande bête malade qui se traîne.

Manon reste figée. Ce n'est pas la première fois qu'elle assiste à l'arrivée d'un groupe d'Espagnols, l'hôpital est plein de blessés, depuis des semaines, mais jamais elle n'avait constaté un tel degré de déchéance. Elle passe son bras au coude de Juliette. Leurs yeux brillent de larmes. Elles sont incapables de prononcer le moindre mot.

Au bout d'un moment, l'énergie de Manon balaye l'hébétude et la surprise.

– Allez, Juliette, on y va, ils vont nous attendre, là-bas !

Juliette sursaute et suit Manon dans les escaliers. Elles sortent dans la rue. Voyant leurs blouses blanches, les soldats et les gardes mobiles les laissent remonter la colonne des réfugiés, à bon pas. De temps en temps, une voix sort de la masse. Quelqu'un parle, demande quelque chose, Manon ne sait pas quoi, elle ne veut pas savoir, elle ne veut pas les regarder individuellement, pas les écouter, non, pourtant elle connaît un peu l'espagnol, elle pourrait répondre mais non, non, il faut courir, courir jusqu'au jardin public et se mettre à la tâche.

Manon trottine. Juliette, plus boulotte, a du mal à suivre. Manon l'encourage.

– Allez, grouille, ma vieille !

Les Peyregaviens se sont rassemblés sur la place de Mars et dans la rue de la Poste qui longe un côté du jardin public. Beaucoup de vieux hommes sont là, et quelques-uns plus jeunes, éclopés de la Grande Guerre, d'autres simplement tremblants de peur à son souvenir, ou encore brisés par la tristesse d'y avoir perdu un ou deux fils, un ou deux frères, un ou deux oncles. On observe, on commente. D'aucuns applaudissent et d'autres font grise mine, comme si le spectacle lamentable qu'ils ont sous leurs yeux cachait quelque funeste menace.

– Regarde, c'est horrible, dit l'un, on peut pas garder ça chez nous !

– Ils vont nous apporter la maladie ! abonde l'autre. Souviens-toi de la grippe espagnole, hein, elle venait d'où, d'après toi, la grippe espagnole ?

– Dis pas de conneries, t'aimerais être à leur place, toi ?

– Tu sais, on dirait pas à les voir comme ça, ils sont bourrés d'or et de bijoux, ils ont tout raflé sur leur passage, à ce qu'on dit.

– Oui, paraît que c'est des sauvages, glisse une femme à l'oreille d'un homme portant la vieillesse élégante, certains d'entre eux violaient même des cadavres de nonnes !

– Ma chère, si vous aviez deux sous de jugement, vous n'ignoreriez point que les républicains se sont battus comme des enragés contre un péril qui a fini par les écraser. Eux-mêmes ont été largement massacrés, violés, torturés. Vous devriez y penser, par les temps qui courent, ne croyez pas que ce genre de malheur s'arrête aux frontières.

– Oh, vous parlez bien, vous, vous n'avez qu'à les prendre chez vous, les espingoles, c'est vrai qu'il y a de la place !

– Je vous salue, madame !

– Regardez-moi ça, ça se croit plus intelligent parce que c'est plein aux as !

L'homme n'est autre que le professeur Pierre Greiner, psychiatre à la retraite. Il s'éloigne sans ajouter de commentaire. Hélas, il n'apprend pas de la bouche de cette furie que le château des Saules fait des envieux, dans son parc verdoyant, sur la rive gauche du Gave.

Plus loin, un gamin ramasse un caillou et le tire avec sa fronde en direction des réfugiés. Un homme l'aperçoit, lui flanque une claque et brise la fronde. Le gamin s'éloigne en pleurant.

L'homme tire sur une cigarette et arbore un air sombre.

– J'ai entendu dire qu'ils planquent des armes, dit un badaud, à côté de lui.

– Ah oui, où ça, sous les bandages ?

– T'as l'air bien inquiet, Ferdinand.

– C'est qu'il y a de quoi, crois-moi !

– J'ai lu dans *Le Patriote* qu'il y a parmi eux un paquet de terroristes.

Ferdinand considère un instant son interlocuteur. Puis il touche la visière de sa casquette avec l'index.

– Salut !

– Oh, te fâche pas, Ferdinand, on n'est pas obligé d'être d'accord !

– Salut, je te dis !

Sous la tente, l'équipe médicale s'active. D'un côté, on ausculte rapidement, en gros, on procède à la vaccination antidiphtérique, deux conseils et au suivant. De l'autre, des jeunes médecins entourent le docteur Loustau, chirurgien en chef de l'hôpital. Ils se penchent sur les blessés de guerre, retirent les bandages, explorent les plaies infestées de vers. Ceux qui peuvent être pris en charge sur place sont soignés et renvoyés dans les enclos. Il s'agit d'éviter le plus possible les hospitalisations, par manque de place et de personnel.

De temps en temps, des brancardiers transportent un blessé jusqu'à l'ambulance. Le docteur Loustau donne des ordres pour que l'on sorte les véhicules des garages de l'hôpital et que l'on paille le sol en vitesse. Devant la mine désemparée d'un infirmier, il s'énerve, s'exaspère.

– Je l'ignore, moi, où vous trouverez de la paille ! Demandez dehors, à n'importe qui, tous ces badauds, là, c'est pas les paysans qui manquent ici, dégourdi !

L'infirmier sort et demande qui pourrait apporter de la paille fraîche. Après un temps d'hésitation, Anselme lève la main.

– Moi j'en ai, mais je suis venu à pied !

– Je vais demander aux militaires s'ils peuvent détacher un camion.

L'infirmier court jusqu'au kiosque. Les haut-parleurs crachent la voix de l'interprète qui lit une liste interminable de conseils. De temps en temps, des bousculades éclatent. Les soldats interviennent, séparent les gens sans ménagement. Quelques minutes plus tard, un camion de transport de troupes quitte les lieux, emportant à son bord Anselme.

Manon défait le bandage ensanglanté qui enserre la tête d'un réfugié. Elle lui parle avec douceur. La bande est collée par le sang séché depuis plusieurs jours. L'homme ne bronche pas. Il regarde dans le vide. Il sent le parfum de ce corps de femme tout près de lui, cela lui procure du bien-être et, dans le même temps, fait monter à sa poitrine des vagues de tristesse. L'aide-soignante perçoit le désarroi du blessé. Elle lui parle gentiment. Elle désinfecte la blessure. Le cuir chevelu est entaillé sur plusieurs centimètres. L'os du crâne est à nu.

– *Qué pasó ?* demande-t-elle.

– *Los aviones !*

Sans perdre de temps, une fois la plaie désinfectée, elle pose une bande propre et, avec un sourire, invite le blessé à laisser sa place. L'homme la regarde. Il hoche la tête, en signe de compréhension. Puis il sort de la tente, la démarche hésitante, et rejoint son enclos, houspillé par les soldats qui le pressent d'accélérer le pas.

Cela dure jusqu'au soir. Les volontaires du Secours catholique apportent des légumes cuits et de la soupe. D'autres, de simples citoyens, viennent avec des habits, des objets de première nécessité.

Le docteur Loustau observe Manon tandis qu'elle ôte

le pansement d'un combattant blessé à l'épaule par un obus.

– Vous vous débrouillez très bien, mon petit !

Manon observe la plaie.

– Regardez !

La chair déborde d'asticots.

– Laissez, dit le chirurgien, ne vous inquiétez pas.

– Mais…

– Ne vous inquiétez pas, je vous dis. Mieux vaut des mouches et des vers que la gangrène. Les asticots ont sauvé plus d'une vie, sans eux cet homme serait mort. Vous ne remarquez pas que la plaie est propre ?

Sans comprendre, Manon tamponne les chairs à vif avec un linge enduit d'alcool. Le blessé se raidit.

– Pardon, monsieur, je ne voulais pas…

L'Espagnol esquisse un sourire. Son visage émacié, entaillé par la souffrance, s'éclaire d'une lueur de joie.

– *No pasa nada.*

Quand tombe le soir, le travail dure encore. Les blessés et les malades patientent en longue file devant la tente. Une équipe arrive sur place pour relever ceux qui sont en place, complètement épuisés.

– On cesse de vacciner et de traiter les blessures, dit Loustau, vous leur promettez que les soins reprendront demain. Cette nuit, vous ne prenez que les urgences, les dysenteries, les femmes enceintes.

Les infirmiers le regardent avec un air déboussolé.

– Oui, oui, je sais, je sais, nom de Dieu, il n'y a que des urgences ! Il faut déterminer les urgences parmi les urgences, les urgences urgentes, vous comprenez ? Eh merde, faites au mieux, je ne vais pas vous tenir la main toute la nuit, allez, au boulot, veillez à ce qu'on leur distribue de l'eau, de l'eau, c'est compris ? Propre et potable !

Manon sort de la tente. Le jeune soldat en faction à la barrière la regarde et l'interpelle.

– Mademoiselle, pstt ! Je finis mon tour de garde dans pas longtemps, vous voulez pas attendre un peu pour causer avec moi ?

Elle sourit.

– Désolée, j'ai pas le cœur à la causette.

– Oh, faut bien vous changer les idées !

– Une bonne nuit de sommeil, voilà ce qu'il me faut !

Le gendarme se renfrogne.

– Peut-être que demain vous aurez plus de temps ?

– Peut-être, peut-être… peut-être pas !

– Vous êtes vache quand même !

– Allez, ne me faites pas lambiner, ouvrez donc !

Elle se retourne.

– Juliette, tu viens ?

Juliette est en conversation avec un infirmier.

– J'arrive, avance-toi, j'arrive !

Manon redescend vers l'hôpital pour se changer. Des patrouilles vont et viennent, fusil à l'épaule. Les feuilles des grands marronniers bruissent. Manon respire profondément. L'air du printemps qui entre dans les poumons lui fait du bien. Elle se sent sale, rompue, le corps noué par le spectacle du désespoir et de la chair meurtrie.

Quand elle quitte l'hôpital, elle croise Juliette.

– Tu viens discuter avec les soldats ? propose cette dernière. Je me change et j'arrive !

– Non, je dois aider ma mère, je suis pas à l'avance.

– Tant pis pour toi, alors ! À demain !

Manon enfourche son vélo et remonte vers la place de Mars.

La traction avant du docteur Loustau vient à son niveau et ralentit. Le chirurgien met le nez dehors.

– J'opère plusieurs cas assez graves demain matin, mon petit, j'aurai besoin de votre aide.

– Au bloc ? s'étonne-t-elle.

– Oui, au bloc, venez à neuf heures.

La traction accélère sans attendre de réponse.

C'est la première fois que le docteur Loustau lui demande de participer à une opération chirurgicale. L'angoisse et la fierté lui serrent le ventre. Du coup, elle pousse la cadence et pédale plus fort.

Un camion de l'armée transportant des bottes de paille arrive en sens inverse à toute allure. Il corne. La traction s'écarte. Manon reconnaît Anselme à côté du conducteur.

Au jardin public, les réfugiés sont assis ou allongés à même le sol, blottis l'un contre l'autre. On entend une rumeur sourde et, de temps en temps, un cri de détresse. Des projecteurs éclairent les barbelés.

« Pourvu qu'il ne pleuve pas », songe Manon en levant les yeux vers un ciel que la nuit assombrit déjà.

Une faction de policiers municipaux monte la garde devant la mairie. Les curieux ont quitté la place de Mars. Au passage, Manon remarque que les fenêtres du bureau du maire sont éclairées.

Léon Pouthet a convoqué une cellule de crise. Ses plus proches adjoints sont là, l'air grave.

Le téléphone sonne. Pouthet décroche. Le préfet est en ligne. Il faudra garder les Espagnols sur place jusqu'à nouvel ordre, en les empêchant de se mêler à la population. Les Renseignements généraux confirment que de dangereux individus se sont mêlés aux civils. Des libertaires, des terroristes qu'il faut neutraliser. Une équipe spéciale de la police viendra conduire quelques interrogatoires. Les suspects seront reconduits à la frontière. Le maire s'énerve, il n'y a pas assez de doses de vaccin, ces gens ne sont pas abrités, s'il pleut ce sera la catastrophe. Le préfet l'envoie balader, ce n'est pas son problème, il ne peut pas intervenir dans le traitement de ce genre de détails contingents.

Après avoir raccroché, Léon Pouthet pose les coudes sur son bureau. Il joint les mains en croisant ses doigts et y appuie le front.

– Messieurs, je suppose que vous avez compris… On nous parlait de trois à quatre jours, ce sera sans doute davantage. Nous avons ordre de ne pas remettre les réfugiés dans le train, certains d'entre eux seront arrêtés.

Les adjoints se regardent. Robert Lacaze, le carrossier, triture son double menton. Son front perle de sueur grasse.

– Vous avez vu dans quel état ils sont ? C'est un danger pour la salubrité publique, je propose que nous contactions le député !

– Voulez-vous que l'opposition nous tombe dessus, Robert ? demande le professeur Greiner. Voilà des semaines qu'ils nous taxent de laxisme face à la situation, des semaines qu'ils envoient des courriers alarmants au député… non, nous trouverons une solution. De toute façon, on ne pourra pas nous les laisser *ad vitam.*

Simon Bellocq déplie sa silhouette de grand échalas et se met à faire les cents pas, mains dans les poches. Peyregavien de vieille souche, il est le patron de la quincaillerie, près du foirail.

– C'est de pire en pire. Les premiers qui nous arrivaient du Pays basque, pardon mais, côté éducation, rien à voir avec ça !

– Simon, ne dites pas de bêtise, objecte Greiner. C'est toute une population ravagée par l'angoisse qui nous tombe dessus.

– Peut-être, mais les Basques…

– Nous n'allons pas passer la nuit à nous morfondre, et à comparer les mérites des Basques, des Catalans et je ne sais quoi encore, messieurs ! fait Greiner en haussant le ton. Va ! si cela est nécessaire, je peux accueillir des familles dans les dépendances et le parc du château.

Le maire s'appuie au dossier de son fauteuil et consulte sa montre.

– Mais vous avez entendu comme moi, ils doivent rester sous surveillance jusqu'à nouvel ordre, un point, c'est tout ! Et je ne veux rien pérenniser, dès que nous en recevrons l'autorisation nous les remettrons dans le train. Il y a des Espagnols dans tous les coins de la ville, la coupe est pleine !

Le maire tend la main sur sa droite, comme pour indiquer un endroit précis. En réalité, il pense à l'ancienne prison, derrière la mairie. Vingt-trois enfants basques y sont accueillis, dans des conditions d'hygiène précaires, logés dans un couloir et deux cellules. Ils comptaient parmi les premiers à fuir la guerre civile, envoyés vers un destin incertain par leurs parents qui voulaient les protéger des griffes de la mort.

Un quatrième homme, qui s'est tenu silencieux jusque-là, prend la parole. Il s'agit de Marcel Rieussec, limonadier de son état.

– Si je puis me permettre, Léon, tu vas les renvoyer vers où, tes Espagnols ?

Le maire regarde Marcel dans les yeux. Il cherche ses mots.

– Le chantier de Gurs est pratiquement terminé. Tout est prévu là-bas pour héberger ces gens dignement. Les entreprises de tout le département ont été exemplaires ! En moins de cinquante jours, elles se sont montrées capables de bâtir un camp pouvant accueillir plus de dix-huit mille personnes ! Un exploit ! Les réfugiés y seront concentrés pour faciliter les enquêtes et le règlement au cas par cas. Ils n'y resteront pas plus de cinq ou six mois, avant d'être reconduits en Espagne.

– Reconduits en Espagne ? s'étonne le professeur Greiner. Vous pensez vraiment qu'il s'agit là d'une solution idéale ?

– Ce n'est pas moi qui décide, cher Pierre. Je suppose que des négociations sont en cours pour garantir les conditions de leur retour. Depuis que Madrid est tombée, fin mars, la guerre est finie, chez eux.

– Dieu vous entende, Léon, Dieu vous entende.

À la table près du Ducretet Thompson, Ferdinand plante des allumettes dans une tartine de pain sec, sous les yeux éberlués de Fifi. Miguel observe, d'un peu plus loin. Galoche le cheminot commente avec Clip-et-clop le déplacement du marché aux porcs, en ingurgitant force piquette. Une tablée de jeunes hommes de l'USP s'est arrêtée pour boire un coup en revenant de l'entraînement de rugby. Dans un coin, l'œil et l'oreille un peu partout, Marthe pèle des pommes de terre sur une feuille du *Démocrate de Peyregave*, le numéro de la semaine précédente.

– Tu vois, Fifi, dit Ferdinand, on a fixé les soutiens dans du béton coulé par les maçons, comme ça...

Il achève d'aligner deux rangées parallèles d'allumettes.

– Ensuite, on a placé des poutrelles de plafond, et d'autres en biais, comme ça, vers l'extérieur... et puis le solivage du toit, voilà... pendant que d'autres gars clouaient le plancher. Et puis on a monté des murs de voliges, ça je peux pas te le montrer avec les allumettes, t'as qu'à imaginer, et le tout a été recouvert de carton goudronné, pour l'étanchéité. Bon, j'aimerais pas y passer l'hiver, mais c'est prévu juste pour cet été. C'est drôlement chouette, tu verrais ça, Fifi, une allée de deux kilomètres de long, et des baraques comme celle-là partout, partout, j'en sais rien combien, trois ou quatre cents peut-être, moi je me suis occupé que de cinq, le travail était réparti entre plusieurs équipes, d'Oloron, de Pau, de Bayonne… j'ai entendu dire qu'on pouvait loger vingt mille pèlerins là-dedans, vingt mille, tu te rends compte ? T'en reviens pas, hein, Fifi, pas vrai ? Tiens, bois un coup, c'est moi qui régale ! J'ai gagné trois sous, tu sais, sur ce coup-là !

Fifi roule de grands yeux gourmands, avale goulûment le verre que vient de lui servir le charpentier, rote et étale un large sourire de satisfaction.

– T'es mon copain, Ferdinand, t'es mon copain, ha, ha, ha !

La porte de la rue s'ouvre. Une bouffée d'air printanier agite la fumée de tabac qui dessine des arabesques bleues autour de l'ampoule centrale sous son abat-jour conique. Manon salue la compagnie. Fifi ravale son sourire. Son maxillaire inférieur s'abaisse, ses sourcils s'inclinent en accent circonflexe.

– Ah, fait Marthe, heureusement qu'on t'a pas attendue pour servir la soupe ce soir ? Qu'est-ce que tu fichais ?

– Nous étions débordés, à l'hôpital. Si tu voyais tous ces gens…

– On entend parler que de ça, ici ! Ton frère t'a remplacée, heureusement. Il reste un peu de soupe en cuisine. Demain, il faudrait que t'ailles chez Anselme chercher du vin et voir s'il n'a pas un jambon, l'os est rogné…

– Le docteur Loustau a besoin de moi demain matin.

– Il attendra ! Moi aussi j'ai besoin de toi.

– Non, maman, il n'attendra pas ! Je vais l'aider à opérer un blessé.

– Tu parles !

Les jeunes ont mis la sourdine. Les disputes entre Marthe et sa fille peuvent faire du grabuge, on le sait.

Marcellin se lève et vient près de la maîtresse de céans.

– Bon, vous allez pas vous chicaner, j'irai chercher le jambon et le vin chez Anselme.

Marthe essuie ses mains. Elle bougonne, prise une pincée de tabac.

– Moi, ça m'est égal, dit Marthe, il me faut de la couenne pour la soupe ! Si tu trouves pas un jambon à bon marché, ramène un vieux canard de Barbarie, je me débrouillerai.

Elle replie la feuille de journal autour des épluchures et tend le paquet à Manon.

– Jette ça !

Puis elle rassemble les pommes de terre pelées dans le pli de son tablier, retenu en corbeille, d'une main, avant d'aller à la cuisine pour les laisser choir dans une bassine pleine d'eau.

– Voilà, elles cracheront l'amidon cette nuit.

Marcellin l'a suivie.

– Dites, Marthe, je voulais vous demander…

Marthe s'immobilise et tend l'oreille, sans se retourner.

– Je t'écoute, petit…

– Je pourrais emmener Manon au cinéma, un de ces soirs ?

– Tu crois pas qu'elle a mieux à faire ?

– Un dimanche soir, vous n'avez pas grand monde le dimanche soir !

Marthe réfléchit.

– Tu n'as qu'à lui demander… après tout, c'est elle que ça concerne !

Marcellin est un bon gars, timide et serviable. Son visage est un peu cabossé, ses traits assez frustes mais il porte un regard brun très doux sur le monde. Il n'est peut-être pas le plus futé du canton, mais il n'y a pas comme lui pour donner un coup de main. C'est un gars solide, qui sait se faire respecter sur un terrain de rugby. Et un bon parti, ça ne gâte rien, la quincaillerie de Simon Bellocq, son père, est un commerce prospère. Comme l'a dit un jour Marthe :

– Vendre de la ferraille, ça fait rentrer de l'or dans la caisse !

Marcellin traverse la salle à manger, mais n'ose pas faire sa proposition à Manon. Il la regarde en souriant et change de sujet.

– J'irai chez Anselme, Manon, si ça dépanne.

– T'es gentil, Marcellin, j'irai avant l'heure de commencer à l'hôpital.

– Non, non, je peux y aller, t'inquiète, ça me fait plaisir de rendre service à Marthe !

Manon donne un coup d'éponge sur la table où sa mère a pelé les légumes.

– Comme tu voudras.

– Manon, je…

Les mots se coincent dans sa gorge.

– Tu… quoi ? fait-elle un peu moqueuse, sans lui faciliter la tâche.

– Rien, je te dirai, une autre fois.

Clip-et-clop se lève et souhaite une bonne nuit. Il sort en chaloupant doublement. Galoche le suit. Marthe apparaît dans l'encadrement de la porte de la cuisine et s'adresse au groupe de rugbymen.

– Bon, les jeunes, c'est pas parce que la pendule est arrêtée que l'heure ne tourne pas. Allez, vous finissez les verres et vous déguerpissez ! Si vous avez envie de traîner, allez chez Justine Jaurégui.

Cette dernière tient un bistrot, rue Saint-Jean. Un vrai bistrot avec un zinc et des habitués qui s'y collent les coudes. Dans son auberge, Marthe n'a le droit de servir que du vin et de l'eau. Avec Justine, elles vivent en bonne entente, chacune son rayon.

Un instant plus tard, la salle est redevenue silencieuse. Manon passe le balai, tandis que Marthe lustre le poste avec un chiffon enduit de cire qui dégage une odeur un peu irritante.

– Il est gentil, le fils Bellocq, tu trouves pas ?

– Oui, il est gentil. Il n'a pas inventé la poudre, mais il ne ferait pas de mal à une mouche.

– Sauf sur un terrain de sport, à ce qui paraît...

Manon continue de balayer, Marthe de lustrer, observant un silence, et puis :

– Tu voulais me dire quelque chose à propos de Marcellin, maman ?

Marthe se renfrogne.

– Non, rien, rien, je voulais rien dire. Je le trouve très bien, moi, ce Marcellin. Si j'étais jeune, j'attendrais pas qu'une autre me le pique... d'autant qu'il est né le cul dans le beurre, la quincaillerie sera pour lui !

– Je te comprends, maman, seulement voilà, Marcellin n'est plus tout à fait de ton âge !

Marthe met le chiffon dans la poche de son tablier et ferme les volets des fenêtres avec des gestes secs.

Au fond de la cuisine, Louis ouvre la porte qui donne sur la cour du cerisier.

– J'y vais, maman, t'inquiète pas !

Depuis quelque temps, Louis s'est découvert une tocade pour la pêche à l'anguille, au Gave. Deux ou trois fois par semaine, il sort après le dîner et ne rentre qu'à une ou deux heures du matin, en passant par le portail au fond du jardin. Et encore, les jours où il y a classe le lendemain, sinon cela peut durer jusqu'à trois ou quatre heures. Marthe pense que cette passion lui vient de son père. Jean avait la manie de poser des cordeaux. Toute sa vie il a joué au chat et à la souris avec le prédécesseur de Dédé le garde champêtre.

– Tu ferais mieux de dormir pour être en forme demain.

La porte a déjà claqué. Marthe hausse les épaules.

– Au moins, il prend l'air. Il vivrait comme un cloporte au milieu de ses bouquins, sinon…

– Il ramène quand même pas beaucoup de poissons, tu trouves pas ? demande Manon. Il pourrait prendre des cours avec Fifi ! Si Fifi y arrive, c'est que ça ne doit pas être très compliqué.

– Ah, crois pas ça, ma belle, on apprend pas à pêcher en un jour ! Il n'y a pas longtemps qu'il s'y est mis. S'il est comme son père, tu mangeras des anguilles persillades plus souvent qu'à ton tour, dans pas longtemps, tu verras !

– Oui, oui, je verrai…

Marthe plisse le front.

– Mais qu'est-ce que tu insinues, à la fin ? Qu'est-ce que tu lui veux, à ton frère ?

– Rien, maman, rien du tout. Je vais me coucher, la journée sera longue, demain.

Lorsque Manon sort dans la cour, un souffle de brise murmure dans les feuilles du cerisier. Une hulotte prête son chant à la nuit dans le jardin des voisins. Plus loin, vers le ruisseau qui traverse la ville en plein cœur, une deuxième chouette répond. Un chat qui fouinait dans les détritus détale à grands bonds, grimpe sur le mur et disparaît dans un froissement d'obscurité. Ici et là, des sauterelles font grincer leurs archets.

Marthe ferme la porte de la rue, éteint les lumières et retrouve Manon au seuil de la cuisine, les yeux dans les étoiles.

– Quelque chose ne va pas ?

– Tout va bien, maman, t'inquiète pas. Je pense à ces gens, tous ces gens jetés sur les routes, malades, blessés, perdus.

– Va dormir, Manon. Plus vite ils seront partis, mieux ce sera pour tout le monde !

– Tu as le cœur dur, maman.

Marthe éteint la cuisine et ferme la porte.

– Tu sais, ma fille, on en a connu des vacheries. Elles finissent par assécher le cœur. À la fin, il ne reste que la peur au fond de toi. La peur et l'envie d'oublier, de retrouver la paix, oui... vivre en paix.

– Soigner les gens qui en ont besoin, c'est ça, vivre en paix, non ?

– Non... vivre en paix, c'est vivre sans ça, justement. Sans hommes blessés. Sans la mort tout autour. Tu sens pas, Manon ? La mort, ils puent la mort ces convois d'Espagnols. Non, tu ne sens pas... tu peux pas sentir, tu peux pas savoir, t'as pas assez vécu. Bonne nuit.

Manon s'appuie au mur et reste là. Elle attend que sa mère soit entrée dans la chambre du rez-de-chaussée. Les images du jardin public, de la tente, des regards creux, des muscles éclatés reviennent à son esprit, mêlées aux ordres des militaires, aux geignements, aux invectives, à la litanie des haut-parleurs. Elle respire profondément, comme pour laver son corps et son esprit, du fond de ses poumons, avec l'air du printemps chargé de vie.

La lumière de la chambre de Marthe vient de s'éteindre. Manon attend encore quelques minutes avant de monter les escaliers. Arrivée sur le balcon couvert, qui fait un corridor au-dessus de la cour, elle passe la main sur une solive. Elle sait où Louis cache la clef de sa chambre. Il en refuse l'accès à quiconque en son absence, et n'aime pas qu'on vienne l'y déranger quand il s'y trouve.

Elle allume la lampe, sur la table jonchée de cahiers, de crayons, de feuilles froissées ou bien couvertes d'une belle écriture serrée, dictionnaire, livre d'histoire... Toute la pièce est en désordre. Sur le lit pagailleux béent des livres. Une chemise traîne par terre, ainsi que des chaussettes roulées en boule. L'endroit sent la transpiration et les miasmes corporels. Manon ouvre la fenêtre qui donne sur le corridor, à droite de la porte. Puis elle cherche le cartable du regard. Elle le trouve dans un coin, le prend et s'assoit sur le lit. Le cartable contient des affaires de classe et des journaux. C'est ce que Manon veut voir. Elle en déplie un et sursaute en découvrant la une : *Le Libertaire*. Alors son cœur se met à battre plus fort. Ainsi, la rumeur dirait vrai, Louis est mêlé à une activité politique secrète. Louis, un anarchiste ? Elle a du mal à le croire… Qu'est-ce qu'il fabrique ? La semaine dernière, Juliette Martin lui a confié que Guilhem, son frère aîné, a été interrogé par les gendarmes. Le lendemain, ils sont venus chercher l'imprimeur Alfred Fayet, ils l'ont gardé tout l'après-midi. Puis ce fut le tour de Gaston Escoubeth, l'ouvrier des carrières. C'est lui, Gaston, qui en a parlé, alors qu'il avait un coup dans le nez, à l'auberge. Le nom de Louis a circulé, paraît-il, mais à mi-voix pour que Marthe ne s'avise de rien.

Manon lit un autre article, virulent, sur les élections présidentielles qui viennent de s'achever. On y prétend que la reconduction d'Albret Lebrun précipitera la France dans le chaos. Un autre papier évoque la polémique qui agite les rangs anarchistes, à propos des relations entre l'anarchie et les communistes, et des priorités de la lutte antifasciste : pacifisme ou lutte armée ? Manon ne comprend pas bien ce qui est écrit, la politique ne l'intéresse pas, mais les nouvelles accointances de son frère l'inquiètent. Elle s'interroge. Faut-il lui en parler ou bien respecter le secret ? Pour l'heure, elle ne veut pas qu'il la surprenne en train de fouiner dans sa chambre. Elle range le cartable, referme la fenêtre et quitte les lieux.

Épongez-moi, mademoiselle !

Manon prend un linge propre sur la table en inox et essuie le front du chirurgien, penché sur le blessé. Tout en expliquant ses gestes à Francis, le jeune collègue qui l'assiste, il finit d'explorer et de traiter une plaie qui troue profondément la jambe au niveau du tibia. L'os est touché, et la masse musculaire est dans un état désastreux. Une infirmière nettoie le sang qui s'écoule, tandis qu'un aide-anesthésiste vérifie la position et le fonctionnement du masque d'Ombredanne. La poche d'air enfle et désenfle régulièrement. Une odeur de chair corrompue et d'éther flotte dans le bloc opératoire.

– Compresse !

Manon s'exécute rapidement.

Le jeune chirurgien observe et répond aux ordres de Loustau.

– Voilà, en espérant que la gangrène ne s'y mette pas. Recousez, jeune homme, s'il vous plaît !

Francis demande à l'infirmière de lui passer le matériel de suture, tandis que Manon prépare d'autres compresses.

– Il faut aérer, on étouffe ici ! dit Loustau en baissant son masque.

Des cernes soulignent ses yeux. Il n'est pas onze heures et il a déjà opéré quantité de blessés.

Mains sur les hanches, il contrôle les gestes de son assistant.

– Vous voyez, dit-il en s'adressant à Manon, hier vous étiez horrifiée par les vers qui grouillaient sous les pansements et les plâtres. Le sort de ces pauvres diables n'est pas enviable, certes, mais ils doivent une fière chandelle à la *calliphora vomitoria*...

Il adresse un regard bienveillant à Manon.

– Apportez-moi une bassine d'eau et des serviettes, je vous prie... *Calliphora vomitoria*, mon petit... la hantise du boucher, la mouche bleue, eh oui ! La plus ancienne méthode de nettoyage des plaies, sans doute. Elle se nourrit des tissus sphacélés. J'ai lu plusieurs articles de mes confrères de Toulouse et de Montpellier qui ont été subjugués, lors de la réception des réfugiés blessés, par la netteté des blessures où pullulaient les asticots, sous des pansements vieux de plusieurs semaines ou des plâtres pourris et noirs de crasse.

Il demande une brosse à ongles, puis continue son explication :

– Certains optent même pour ce que l'on appelle les pansements rares, laissant œuvrer des mouches élevées en milieu stérile. La technique est douloureuse mais elle marche et les patients ne s'en sortent pas mal. Disons que l'on ampute moins que prévu. Moi, je préfère l'irrigation continue au Dakin, à chacun sa méthode.

Loustau se dirige vers la porte. Il baisse son masque.

– Vous avez été très bien ce matin, mademoiselle, je vous félicite. Allez vous reposer.

– Non, je peux encore être utile, docteur.

Le chirurgien se retourne vers elle, étonné.

– Prenez les papiers de tous ceux que nous avons opérés et consignez leur identité dans le registre.

– Certains n'ont pas de papiers.

– Prenez-en note !

Tandis que le jeune chirurgien enlève à son tour le masque, des brancardiers emmènent le blessé.

– Morphine pour celui-ci, mademoiselle, dit le docteur Loustau à l'infirmière qui s'apprête à quitter le bloc.

– Bien, docteur.

Manon prend les papiers du blessé.

Juan Jimenez, né à Fuente Vaqueros.

III

Il y a quelques semaines, Guilhem Martin a été chargé de révéler à Louis l'existence de la toute récente cellule anarcho-romantique des Frères Reclus. Il a profité d'un instant propice entre deux cours pour aborder le sujet. Sur un ton mystérieux, à demi-mot, il évoquait un engagement dans la lutte pour un monde meilleur. Cela semblait joliment aventureux à Louis qui, au sortir de l'adolescence, sentait au fond de lui la corde des grandes causes prête à vibrer et s'imaginait volontiers taillé dans un bois héroïque. Restait à définir la grande cause. Pour l'appâter, Guilhem a su le flatter, à propos de son esprit généreux et humaniste, disant qu'on avait besoin de gars de sa trempe.

Les Frères Reclus se réunissent dans une cabane des jardins ouvriers que la mairie a concédés en 1937 entre la voie ferrée et le Gave. Jules Artigaud, peu enclin aux joies du jardinage, y possède pourtant un lopin et surtout la cabane. Pour s'y rendre, on passe sous les rails près du marché couvert, en aval du Vieux Pont, en face du rocher de la Baleine qui fait le dos rond au milieu du courant. Puis on suit le chemin vers l'ouest entre les rails et les arbres des berges, pendant un kilomètre environ, jusqu'aux jardins dont chacun possède une cahute plus ou moins bien aménagée, l'une en simple abri pour les outils, l'autre plus cossue, meublée d'une table et de chaises, où l'on vient le dimanche pour casser la croûte en famille. Au-delà, le chemin se transforme en sentier vertigineux qui se coule entre les arbres penchés au-dessus de l'eau et des roches grises et moussues. Seuls les pêcheurs s'aventurent au-delà. Sur la rive opposée, au sud, on aperçoit le parc du château des Saules.

Avant de lui fixer un premier rendez-vous et d'en divulguer le lieu, Guilhem a confié discrètement à Louis un numéro récent du *Libertaire*, dont le titre annonçait : « Précisons notre pacifisme ». Il a demandé à son compagnon de lire l'article et de réfléchir à la question afin de prendre position quand cela lui serait demandé.

Depuis la naissance du groupe, au début de l'année, les réunions se tiennent une ou deux fois par semaine, à minuit. Le noyau fondateur de la cellule est composé de cinq individus, tous plus ou moins connus de Louis. Jules Artigaud, Guilhem Martin, Lucette Fortas, Paco Cazals et Antonio Rubio.

Paco et Antonio ont vingt ans et vivent avec les leurs au quartier Chicago. Ils sont fils d'immigrés espagnols arrivés en France dans les années vingt, fuyant la pauvreté comme on cherche à échapper aux anneaux d'un serpent.

Les Cazals sont originaires de la province de Teruel, au sud-est de l'Aragon, à la limite de la Catalogne. Le grand-père, sidérurgiste, fut assassiné en 1919 par des *pistoleros* du Syndicat libre, et le père a préféré abandonner son emploi pour protéger ses proches. À Peyregave, où ils furent accueillis par des cousins, ils reprirent l'activité traditionnelle de la famille – dont la grand-mère avait précieusement conservé le savoir-faire dans sa mémoire –, à savoir le tissage d'osier. Ils entretiennent des relations avec les gitans de la Vieille Route, dont beaucoup excellent dans le rempaillage et le cannage de chaises.

Les Rubio, eux, sont issus d'une lignée de cordonniers de Salamanque, plus anciennement originaires de Cordoue. Père de cinq fils, Eugenio Rubio et les siens avaient pris la route de la France dans les années vingt, comme on va vers l'Eldorado. Tous ceux qui possèdent un cheval – ils sont nombreux en ville comme à la campagne – font un jour appel aux services d'Eugenio et de ses héritiers. Même le carrossier Robert Lacaze a recours à eux pour les plus délicats travaux de sellerie des automobiles qu'on lui confie en réparation.

Guilhem Martin, du même âge que Louis, se destine au journalisme. Depuis quelque temps, il travaille à l'imprimerie Fayet, le soir et les fins de semaine, officiellement pour payer son bachot, parce que son père, manutentionnaire aux entrepôts Lamazou, n'en a pas les moyens.

Lucette Fortas est employée à la mairie. Elle a vingt-cinq ans. Elle a été recrutée par Jules Artigaud, vingt-cinq ans également, au dernier rang du cinéma Le Phœbus un soir où se donnait *Quai des brumes.* Lucette a de beaux yeux et Jean Gabin se révéla un parfait entremetteur. Elle a également de la braise au ventre, et comme Jules n'est pas jaloux, elle n'hésite pas à payer de sa personne pour revigorer le moral de l'escouade qui ronge son frein en attendant de passer à la phase active de la lutte pour la liberté.

Quant à ce Jules Artigaud, créateur et chef du groupuscule des Frères Reclus, il occupe un emploi de mécanicien chez Citroën. Il s'est rendu célèbre en juin 36, à la tête des grévistes. Syndicaliste de la première heure – il travaille depuis l'âge de quatorze ans – il a été de tous les combats, en première ligne, et connaît tant les coups de matraque que les tabassages en règle dans les locaux de la gendarmerie.

Autodidacte, Jules a construit sa conscience politique au gré des rencontres et des lectures. Il se réclame tout à la fois de Rimbaud, Bakounine, Simone Weil ou Louis Lecoin. Son enthousiasme à tous crins s'épanouit dans une personnalité généreuse et chaotique qui le pousse à rechercher l'action, quitte à mettre parfois la charrue devant les bœufs. Orateur doué, Jules sait parler à ses troupes, et de son enfance catholique brûlée dans les flammes d'une passion romantique pour la liberté d'exister, il a gardé un certain sens du prêche. D'ailleurs, si le nom de la cellule fait allusion à la famille Reclus – dont Élysée, géographe et anarchiste qui vécut en Béarn, fut le membre le plus fameux –, ses harangues prennent parfois malgré lui des inflexions vaguement curaillonnes, d'autant que, pour se distinguer des communistes, il a instauré entre les membres du groupe l'appellation « frère » ou « sœur », arguant de cette grande idée, pourtant épuisée par la chrétienté au cours des siècles, que l'humanité n'est qu'une seule famille réunie par nature au sein d'une communauté de destin.

Le pot de soupe que Marthe vient de poser sur la table répand une odeur de légumes et de jambon cuit. La cuisine et tout le presbytère fleurent bon.

Marthe taquine l'abbé Bancon.

– Celle-là, je suis sûre que vous lui trouvez bon goût. Le petit Marcellin Bellocq m'a rapporté un jambon bien gras. Vous allez vous régaler, l'abbé !

– Pourquoi me parlez-vous de cela, Marthe, ai-je déjà dit que votre soupe n'était pas bonne ? demande l'abbé avant d'écluser d'un trait un verre de rouge.

– Ne faites pas l'innocent, va, je vous connais. Quand la soupe sent le jambon, vous roulez des yeux gourmands, sinon, vous verriez... Si je n'ai sous la main que du canard de Barbarie, vous faites la même trombine que quand vous récitez le *De profundis* !

– Vous exagérez, Marthe, nous sommes bien contents que vous nous portiez la soupe tous les midis, jambon ou pas.

– Oui, rattrapez-vous aux branches ! Vous avez bien trop peur d'être obligés de vous la préparer vous-mêmes ! Ça vous ferait les pieds !

Elle regarde Hugues, le jeune séminariste, manger d'un bon appétit.

– Au moins, le jeune, il fait plaisir à nourrir !

Marthe ouvre la fenêtre et regarde le jardin. Elle remarque que les plants d'œillets sont envahis par le chiendent. Elle sort et se penche pour arracher la mauvaise herbe, en ronchonnant.

– Si c'est pas malheureux, me laisser cette cochonnerie envahir ces beaux œillets. C'était bien la peine que je me fasse suer, tiens !

Dans la cuisine, l'abbé glisse doucement au séminariste que Marthe doit avoir quelque chose à confier, pour lambiner de la sorte.

Il hausse la voix afin qu'elle l'entende :

– Vous n'avez personne à l'auberge, ce midi, Marthe ?

Il fait un clin d'œil au jeune homme.

– Si, ils sont servis. Et s'ils en veulent davantage, ils savent où est la cuisine, ils n'ont qu'à se lever ! Je peux pas tout faire, moi. En plus, Manon ne m'aide pas, ce midi ! C'est la trois ou quatrième fois que ça arrive.

– Ah bon ? Vous vous êtes encore disputées ?

– On s'est disputées, mais c'est pas à cause de ça qu'elle ne m'aide pas. Elle prend du galon à l'hôpital, le docteur Loustau ne peut plus se passer d'elle, à ce que je vois, même pour les opérations. Je me demande s'il n'a pas un peu le béguin, cet homme-là. Remarquez, ça serait pas mal, non ?

– Le docteur Loustau a une femme et quatre enfants, Marthe, je vous le rappelle.

Il adresse encore un clin d'œil au séminariste.

– Ah, j'avais pas pensé à ça, c'est vrai, dit-elle.

– Tu parles..., souffle l'abbé.

Il taille une tranche de pain et l'immerge dans son

assiette. Une fois détrempé, il en découpe des morceaux à l'aide de la cuillère et les mange bruyamment.

Baissant de nouveau le volume, il glisse au séminariste :

– Tu ne vas pas me dire, Hugues, elle est quand même meilleure avec du jambon, sa soupe...

– Vous trouvez ?

Après avoir avalé une deuxième assiette, l'abbé se rince le gosier d'une rasade de vin rouge et sort rejoindre Marthe.

– Laissez donc le chiendent, Marthe, le jeune s'en occupera. Il faut bien qu'il apprenne à tenir un presbytère. S'il est nommé au fin fond de la campagne, il sera obligé de se débrouiller.

Disant cela, l'abbé s'est assis sur le banc, à l'ombre du figuier. Il sort un paquet de tabac gris de sa soutane, et du papier à rouler. Marthe s'installe à côté de lui, se mouche et prise.

– J'ai une question a vous poser, l'abbé...

– Je m'en doute, Marthe.

Elle marque un temps, préfère ne pas relever.

– Voyons... si Louis voulait entrer au séminaire, après son bachot, vous pourriez intervenir en sa faveur ? Vous connaissez du monde là-haut. C'est un bon garçon, et intelligent, vous le savez.

Une quinte de toux secoue l'abbé qui vient d'avaler la fumée de travers.

– Comment dire, Marthe, vous êtes sûre que Louis voudrait... comment dire ? c'est quand même une affaire de vocation et je ne suis pas sûr...

– Et qu'est-ce que vous en savez ? se rebiffe Marthe. Il va à la messe de onze heures tous les dimanches, vous êtes bien placé pour le savoir !

– Disons qu'il part de chez vous à moins le quart…

– Vous insinuez quoi, là ?

L'abbé ferme les yeux et se pince la racine du nez entre l'index et l'annulaire.

– Pour tout vous dire, Marthe, il y a quelques semaines que je ne vois plus le petit à la messe.

Marthe se tourne vers lui brusquement, comme si elle allait le mordre.

– Ne vous fâchez pas, c'est la vérité !

– Quoi, c'est la vérité, que le petit me ment ?

– Eh bien oui, Marthe, il vous ment, que voulez-vous que je vous dise ? Il vous ment… c'est pas grave, c'est de son âge. Vous n'avez jamais menti, vous ? Il est en train de s'affirmer… je lui en toucherai deux mots à l'occasion.

– Ah le morpion ! fait Marthe, ah le morpion !

– Vous savez, Marthe, il a… comment dire ?

– … De mauvaises fréquentations ? Oui, je sais, je sais, tout le monde me le dit, mais que voulez-vous que je fasse, que je l'enferme ?

– Non, je voulais dire, il a de qui tenir, Marthe, non ?

C'est à la mi-mars, il y a un mois, que Louis a assisté à sa première réunion clandestine des Frères Reclus.

Au milieu de la table brûlait une bougie dont la lueur orangée léchait les visages et accrochait une étoile vacillante au fond des prunelles. La pièce était noyée de fumée de cigarettes. Jules Artigaud a prononcé une allocution pour accueillir le nouveau membre, avant de se laisser emporter dans une longue tirade sur le scandale des réfugiés que la République foule aux pieds, alors qu'ils ont combattu pendant plus de trente mois contre l'oppression de leur peuple, maintenant écrasé par Franco… Il serrait les poings, quand il évoquait la construction du camp de Gurs où l'on s'apprêtait à parquer ces malheureux.

– La vague de 36 est morte, le rêve agonise et l'État nous mène tout droit à la guerre, mes frères ! Hitler et Mussolini ne s'arrêteront pas là, le fascisme est une boue noire qui ne demande qu'à se répandre. Les républicains sont ici et vont continuer la lutte, ils doivent trouver en nous de farouches alliés ! Regardez, regardez autour de vous, notre peuple est vieux, sans force, sans recours. De quoi parle-t-on dans les bistrots ? De ce ciel obscur qui recouvre nos têtes ? Non, non, personne ne semble manquer de lumière, personne ne veut voir ! Le déplacement du marché aux porcs, la dernière victoire de l'USP, la fermeture des épiceries le dimanche... rien sur la percée des Allemands à l'est, rien sur Franco, pas un mot sur Mussolini... L'espoir est entre nos mains, entre nos mains !

Il a observé un à un les membres du groupe, tous pendus à ses mots.

– Ce soir, nous accueillons un nouveau frère. Louis Lamarque.

Il s'est tourné vers l'intéressé.

– Louis, tu dois prêter serment avant que nous parlions davantage. Je ne t'oblige pas à jurer fidélité, tu n'es pas contraint au mariage, la liberté seule est le ciment qui nous unit. Mais tout ce que tu entendras, ce que tu as vu d'ores et déjà ici devra rester secret, quoi qu'il arrive. Les visages, le lieu, les paroles. Si nous sommes séparés à l'avenir, pour n'importe quelle raison, tu te tairas, comme nous nous tairons. Si tu décidais que notre lutte n'est pas la tienne, tu serais libre de nous quitter, à condition de la fermer, à jamais, sinon... tu n'échapperais pas à notre justice, tu comprends ?

Louis a acquiescé et juré de garder le silence sur tout ce qu'il saurait des Frères Reclus.

Après quoi l'atmosphère s'est détendue un peu. Jules a promis à Louis que Lucette lui ferait un petit cadeau de bienvenue à la fin de la réunion, de la part de tout le groupe. Il était temps qu'il connaisse certaines choses de la vie. Sur le coup, Louis a préféré ne pas chercher à comprendre.

Paco a pris la parole.

– Écoutez-moi, j'ai une question importante à vous soumettre...

Il a remué sur sa chaise, a cherché ses mots.

– Voilà : depuis quatre jours, un gars de l'armée républicaine en déroute, surnommé Sérafin, se cache chez nous. Il m'a raconté des trucs atroces, des trucs qu'on peut même pas imaginer ! J'ai eu droit au récit détaillé de la chute de Barcelone, les bombardements des colonnes de réfugiés, les morts, les femmes qui accouchent au bord de la route sur le sol gelé... Tout ce qu'on lit ici et là sans trop savoir si les journalistes exagèrent, eh bien je l'ai entendu, de mes oreilles entendu !

Paco racontait, la voix tremblante d'émotion :

– À la frontière, il a été désarmé avec d'autres fuyards, et accueilli brutalement par l'armée française. On les a emmenés pour les parquer sur des plages et là des gens sont morts, morts par milliers dans des conditions atroces, atroces, je vous dis ! Sérafin s'est enfui avant d'être enfermé, avec la complicité d'un fermier. Il marche de nuit, depuis un mois, pour gagner Bayonne où l'attendent des amis, des membres du Mouvement libertaire en exil dont nous avons entendu parler grâce à un tract, le mois dernier, tout le monde s'en souvient, n'est-ce pas ? Sérafin a tout perdu. Il a besoin d'argent et a proposé de me vendre un pistolet, la seule chose qu'il est parvenu à garder. Un Ruby 7,65 en état de marche, mais sans munitions, les dernières balles qu'il a tirées sont logées dans la peau d'un franquiste du côté de Figueras. Alors je me demandais si nous ne devrions pas profiter de l'occase. Ça lui donnerait de quoi continuer son voyage et nous... Qu'en pensez-vous ?

Le débat a été animé. Jules était d'avis d'acheter l'arme. Un jour ou l'autre, on pourrait en avoir besoin.

Antonio et Lucette étaient contre, l'antimilitarisme et le pacifisme commençaient par le dépôt des armes de toutes les parties, il fallait donner d'autres formes à la lutte. Paco a battu en brèche leurs convictions, l'exemple de la guerre d'Espagne montrait bien qu'on ne pouvait s'opposer au totalitarisme avec de simples bons sentiments, si la situation dégénérait en France alors il faudrait tirer dans le tas. Guilhem a écouté les autres parler, avant de donner son avis. Il a dit qu'une arme représentait un risque en soi, qu'en effet il valait mieux chercher une autre forme d'action. Quand Jules lui a demandé s'il avait des idées, il a répondu que la propagande lui semblait le meilleur moyen. Comme convenu avec le groupe, il avait réussi à se faire embaucher en tant qu'apprenti chez Alfred Fayet, le soir après les cours, pour apprendre le métier d'imprimeur. Bientôt, il serait en mesure de publier des tracts et peut-être une revue. Ce serait une façon de divulguer leurs idées et d'agir sur la conscience des gens. Alfred était communiste, il fermerait les yeux si sa machine tournait pendant la nuit…

Trois contre, deux pour.

Tous se sont tournés vers Louis.

S'il se prononçait contre, la question serait réglée. S'il était pour, on départagerait en tirant au sort.

Louis a attendu un moment avant de parler :

– Vous m'avez demandé de réfléchir, avant d'assister à cette première rencontre… de préciser mon idée du pacifisme. J'ai pensé à mon père, qui ne voulait même plus toucher un fusil de chasse, depuis la guerre. Il est mort à bout de souffle, à cause d'un type qui a balancé près de lui une grenade au gaz moutarde, vingt ans avant… s'il avait troué la peau de ce salaud, il serait peut-être encore en vie. Puisque vous me demandez mon avis, je ne crois pas non plus qu'on lutte efficacement avec les bons sentiments. Contre la guerre, oui, mais pas contre les armes. Si les fascistes, les franquistes, ou je ne sais quoi, viennent nous faire chier ici, alors nous nous battrons. Je suis pour l'achat du pistolet.

Louis était le premier étonné par le ton péremptoire qu'il venait d'employer... Jules s'est redressé. Il a semblé satisfait de la nouvelle recrue. Il a allumé une cigarette.

– Parfait, nous allons tirer au sort. Pile, on l'achète, face, on l'achète pas. Louis, à toi, honneur au nouveau.

La pièce a tourbillonné dans la lueur de la bougie, et est retombée sur pile.

– On l'achète ! a triomphé Jules. Paco, tu nous diras le prix qu'il en veut, on divisera en six.

Ils ont parlé encore un moment. Trouver une grande cause à défendre n'est pas si simple.

Alors que les anciens du groupe buvaient à la santé du nouveau, Lucette a entraîné ce dernier à l'extérieur de la cabane.

À la lueur suggestive de la lune, elle lui a fait les faveurs promises. Les yeux tournés vers les étoiles, n'osant pas regarder Lucette dans ses œuvres, il a ressenti pour la première fois que sa chair appartenait à la chair du monde. Il en a été plutôt émerveillé.

À quelques mètres de là, du fond de l'ombre épaisse des fourrés qui bordaient le Gave, deux yeux avides n'ont rien perdu du formidable déniaisement de Louis.

Il fait un temps splendide aujourd'hui, messieurs !

Manon vient d'entrer dans la chambre occupée par quatre blessés. Un sur chaque lit et deux par terre, sur les matelas prêtés par des habitants. Elle tire les rideaux, ouvre la fenêtre et consulte ses fiches de registre.

– Je vais changer votre pansement, Juan.

L'intéressé se redresse et affirme qu'il n'a presque plus mal, qu'il peut quitter la chambre pour laisser la place à un blessé plus gravement atteint. Son visage, quoique marqué par l'épreuve, encore creusé par la douleur et les semaines de privations, semble un peu plus reposé. Ses cheveux et sa barbe très noirs font saillir ses yeux verts. Son corps aux muscles fins paraît presque fragile. On l'imagine mal essuyant la mitraille.

Manon commence de délier la bande qui entoure la jambe.

– Voyons ça, il y a huit jours à peine que le docteur Loustau vous a opéré, vous cicatrisez rudement bien ! C'est signe de longévité, vous le saviez ?

Juan lui demande de répéter, il n'a pas compris le dernier mot.

– Longévité… vous allez vivre vieux !

Il sourit. Il connaît assez bien le français mais n'ose pas se lancer à le parler. À Fuente Vaqueros, sa mère le lui enseignait. « C'est la langue des alexandrins ! » disait-elle. Elle voulait que son fils devienne un grand poète et, pour cela, il devrait un jour aller à Paris. Elle lui parlait souvent de Montparnasse. La guerre est venue contrarier les muses et, à défaut de déclamer, Juan s'est engagé dans l'armée républicaine.

Manon, quant à elle, a appris l'espagnol à l'école. Elle parvient à se faire comprendre, ayant pour combler ses lacunes recours à des termes gascons qui font souvent mouche. Délicatement, elle désinfecte la plaie à l'aide d'une compresse imbibée de Dakin. Le corps du blessé a entamé son travail de reconstitution. La vie reprend ses droits, cellule après cellule, et dans quelque temps la peau sera refermée, comme la surface d'un étang traversée par un caillou. Il restera une cicatrice. La peau est une eau qui garde la trace de ses blessures. Le docteur Loustau a confié à Manon qu'il n'était pas certain que la jambe de Juan recouvre toutes ses facultés. L'articulation du genou a souffert. Cependant, il marcherait, tant bien que mal.

Alors que Manon est penchée sur sa jambe, Juan prend le temps de la détailler. Il y a longtemps qu'il n'a pas eu l'occasion de côtoyer une femme de si près, et même si les conditions ne sont pas celles d'un rendez-vous galant, il ne boude pas son plaisir et le parfum qui monte d'elle l'enivre un peu. Il n'est pas insensible à ce corps d'où émane une énergie vigoureuse.

Le visage de l'aide-soignante, sans être d'une beauté parfaite, dégage une douce fraîcheur, accentuée par un teint pâle que met en valeur sa chevelure châtain taillée sous la nuque. La bouche est fine, mobile, rieuse. Sur des pommettes arrondies, les yeux sont légèrement allongés, comme si elle avait de lointains ancêtres asiatiques. Cela prête un caractère affirmé à son expression et un éclat particulier à son sourire.

Lorsqu'elle sourit, il est difficile de regarder Manon sans sourire à son tour.

– Voilà, vous allez pouvoir quitter la chambre. On va vous installer en bas. Nous avons transformé les garages en dortoir. Je vous ferai donner un matelas. Les gens en ont apporté beaucoup, mais il n'y en a pas pour tout le monde. Seuls les blessés y ont droit, les malades dorment sur de la paille fraîche.

L'après-midi même, les brancardiers viennent chercher Juan pour le descendre. Le lit est aussitôt occupé par un autre blessé.

Trois jours plus tard, Juan pose le pied par terre sans toutefois pouvoir y porter tout le poids de son corps. Appuyé sur l'épaule de Manon, il fait quelques pas au milieu des matelas où gisent les convalescents, en prenant garde de ne pas trébucher. Manon l'encourage. Il serre les dents, ne voulant rien montrer de sa douleur. Ainsi, il parvient à sortir et à gagner un banc sur un coin de pelouse.

On entend égrener des listes de noms et de consignes dans les haut-parleurs du kiosque à musique. Juan s'inquiète car Manon lui a certifié que les réfugiés étaient repartis. Elle lui a dit qu'il ne se passe pas un jour sans que d'autres arrivent par le train et même, parfois, dans des camions de l'armée. Juan lui demande si elle sait vers où ils sont acheminés. Elle lui répond que non, sans toutefois parvenir à le convaincre complètement. Il s'inquiète, il a peur que les autorités françaises renvoient les Espagnols de l'autre côté de la frontière, c'est la mort assurée, la mort assurée, répète-t-il.

Le soir même, avant de se coucher, Manon monte au grenier. Elle se souvient qu'après la mort de son père, lorsqu'ils sont arrivés ici, Marthe a demandé que l'on y range toutes les vieilleries de famille. À part la pendule arrêtée et le Ducretet Thompson, elle ne voulait plus rien voir, comme si chaque objet était désormais associé à une douleur, et gardait le pouvoir de l'entretenir en elle. Tout en se refusant à les jeter, elle avait ordonné qu'on les soustraie de sa vue.

Parmi ses reliques vouées à l'oubli, Manon sait qu'il y a la canne de houx sur laquelle s'appuyait le grand-père Émile, les dernières années de sa vie. Petite, elle aimait caresser le bois poli par les mains du vieil homme alors qu'il lui racontait des histoires du temps passé. La sensation de douceur du houx, lisse, presque soyeux, était restée dans ses paumes.

Dès le lendemain, Manon offre la canne à Juan, pour qu'il assure son pas. Il s'émeut de l'histoire qu'elle lui raconte. Avec mille précautions, il se lève et parcourt quelques mètres. Il tient debout, tout seul, presque droit, cela semble l'étonner dans un premier temps. Il se retourne vers Manon, des larmes plein ses yeux verts. Comme s'il venait de retrouver une sensation qu'il croyait perdue à jamais. Se tenir debout.

Le docteur Loustau fait appeler Manon afin qu'elle passe par son bureau avant de rentrer chez elle. Dans les vestiaires du personnel, Juliette l'interroge :

– Tu sais ce qu'il te veut ?

– Non, pas du tout !

– À mon avis, il en pince pour toi, Manon...

– T'es pas bien, non ?

– J'ai du flair pour ces choses, ma cocotte ! Il arrête pas de te faire du gringue !

– T'es jalouse ?

– Tu rigoles ? J'ai ce qu'il faut, moi... j'attends pas la saint-glinglin en rêvant au prince charmant.

Manon soupire, agacée par l'ironie de sa collègue, mais préfère ne pas jeter d'huile sur le feu. Elle contrôle sa coiffure dans le miroir, humecte le bout de ses doigts et lisse ses sourcils.

– Mais oui, t'es belle, fait Juliette.

Manon se rebiffe :

– Oh, tu m'embêtes, à force ! Allez, j'y vais, à demain !

Lorsqu'elle toque à la porte, le docteur Loustau l'invite à entrer, sans se lever. Lunettes au bout du nez, cigarette à la main, il consulte un dossier et, d'une plume sûre, consigne des notes sur une feuille de papier blanc.

– Asseyez-vous, mon petit.

Manon s'installe. Cette manie de l'appeler « mon petit » l'agace. Elle croise les jambes et les bras, patiente en regardant le décor, les étagères où s'alignent des livres et des dossiers, d'anciens ustensiles de chirurgie, des gravures de chasse encadrées et un portrait de son épouse en compagnie de ses quatre enfants.

Le docteur lève les yeux de sa feuille, par-dessus les lunettes, et vient les poser sur les mollets de la jeune femme. Elle en est gênée, corrige sa position, rabat la jupe sur ses genoux.

– Vous ne devriez pas les cacher, elles sont très bien vos jambes, mon petit.

Manon rougit de honte et de colère.

– Je... je ne les cache pas.

– Il me semblait, pourtant.

– Vous me gênez, ça suffit, docteur !

Loustau s'amuse de la voir se rebécquer ainsi.

– Vous préféreriez que je les trouve laides ? Ou que je ne les remarque pas ? Quel malheur d'être une jolie fille, n'est-ce pas ?

Soudain elle durcit le ton :

– Docteur, si vous m'avez simplement convoquée pour me parler de mes jambes... vous m'excuserez, je dois rentrer à l'auberge, ma mère a besoin de moi.

Elle se lève brusquement.

– Asseyez-vous ! dit-il en indiquant la chaise du bout de la plume.

Elle le regarde, une étincelle de révolte dans les yeux. Il désigne encore la chaise, en levant le menton. Décontenancée, Manon se rassoit.

Le chirurgien baisse de nouveau les yeux, avec un rictus accompagné d'un grognement. Il lui demande de patienter deux minutes, le temps d'achever d'écrire.

– Deux Espagnols sont morts aujourd'hui, c'est tout un embrouillamini administratif, d'autant que l'un d'eux ne portait aucun papier sur lui, on ne sait rien. À mon avis, c'était un soldat qui voulait passer inaperçu parmi les civils. On dit que les franquistes ont infiltré des commandos en France pour rattraper les fuyards...

Il sèche l'encre, saisit la feuille et se relit. Puis il s'adosse à la chaise, enlève ses lunettes et prend une autre cigarette dans un étui argenté.

– Pardon, vous fumez ?

Il tend l'étui.

– Non, merci.

Il tire plusieurs bouffées, cherche ses mots.

– Mademoiselle, vous avez du cran. Un foutu caractère, mais du cran. À mon sens, l'un ne va pas sans l'autre. Voici plusieurs semaines que je vous observe, vous faites du très bon travail à l'hôpital. Je voudrais vous confier une responsabilité particulière, vous n'êtes pas obligée d'accepter, je comprendrais. Cela rallongera vos tournées, je sais bien que vous parcourez déjà pas mal de kilomètres pour les soins et les livraisons de médicaments, or je ne puis me passer de vos services. Nous vivons une situation de crise et je dois faire face.

Loustau se tait un instant. Il tapote la cigarette au-dessus du cendrier. Il s'appuie au dossier du fauteuil et regarde Manon.

– Je vous propose de prendre en charge la surveillance et la coordination des soins sur l'ancienne prison, derrière la mairie, où sont hébergés les petits réfugiés basques. Vous contrôlerez également quotidiennement l'hospice de la Croix-Rouge, le foyer des Jeunes Protestants et celui du Secours catholique. Enfin vous finirez par le château des Saules où mon vieux confrère Greiner abrite une trentaine de personnes. Prenez l'initiative pour résoudre les problèmes simples... légère fièvre, blessures bénignes, je passe. Pour ce qui relève des compétences d'un médecin, notez-le dans une main-courante que vous remettrez à Sœur Madeleine qui relaiera l'information. Acceptez-vous ?

Manon baisse les yeux.

– C'est-à-dire que... en dehors de mes heures ici...

– Oui, je sais, vous aidez votre mère. Voulez-vous que je passe la voir pour lui expliquer ? Qu'avez-vous besoin de l'autorisation de votre mère ?

– Ce n'est pas une question d'autorisation, docteur, il y a du travail à la maison, je ne peux pas laisser maman tout faire. Je lui fais souvent faux bond, depuis que je viens au bloc.

– Je vous donnerai une augmentation qui compensera, ça vous va ?

– Je vais réfléchir.

– J'ai besoin de votre réponse dès demain matin. Vous ne voudriez pas que je confie cette tâche à Juliette, tout de même, mon petit ?

Elle réplique :

– Vous pourriez m'appeler mademoiselle, ou bien Manon, s'il vous plaît ?

Le médecin marque un temps de surprise et paraît gêné.

– Oui, oui, bien entendu, comme vous voudrez, mademoiselle.

Quelqu'un frappe à la porte. Le docteur Loustau

invite à entrer. Deux gendarmes ôtent leurs képis, saluent le chirurgien et Manon.

– C'est pour quoi ? demande Loustau sans se lever.

Le chef, qui tient une serviette de cuir, semble gêné. Il frotte son double menton du bout des doigts, comme s'il voulait contrôler la netteté de son rasage.

L'auxiliaire regarde la pointe de ses chaussures. Il porte une moustache à la Errol Flynn dans le rôle de Robin des bois, qui ravit les cinéphiles depuis l'année dernière. La ressemblance avec l'acteur hollywoodien s'arrête là, le gendarme est plutôt malingre, dégingandé, et sa moustache est périodiquement agitée d'un tic qui trahit un malaise intérieur, probablement une grande timidité, tout en lui donnant une bobine ridicule et un air de chien méchant qui ne sait pas encore mordre.

– Eh bien…

Le chef hésite, s'interrompt et regarde Manon.

Loustau intervient :

– Il n'y a aucun problème, vous pouvez parler devant ma collaboratrice. À moins que vous ne soyez là pour l'arrêter ?

– Non, pas du tout. Nous sommes là sur ordre de M. le préfet…

Il ouvre la serviette et tend une feuille au docteur Loustau.

– Vous devez nous remettre vos registres depuis la mi-février, docteur.

– Vous plaisantez, j'espère ? Vous êtes dans un hôpital, ici, au cas où vous l'ignoreriez, et non dans une annexe de la Sécurité du Territoire. Nos registres ne portent que des informations médicales, à quoi cela vous servirait-il ?

– Lisez, s'il vous plaît. Nous devons ficher tous les réfugiés, afin de distinguer les civils des militaires. Ce n'est pas tout à fait la même chose d'être simple citoyen ou soldat d'une armée en pleine débâcle sur le territoire français, vous comprenez ?

Le chirurgien consulte la feuille sur laquelle est transcrit l'ordre de la préfecture, dûment paraphé.

– Soit. Vous recherchez précisément quelqu'un ?

– Il y a de dangereux activistes parmi les réfugiés. Ils se cachent dans la masse, nous les suspectons de vouloir se réorganiser de ce côté de la frontière. De plus, les hommes valides, y compris les blessés qui sont guéris, peuvent intégrer des compagnies de travailleurs étrangers, vous avez entendu parler des CTE, n'est-ce pas ?

– Bien entendu, mais il n'y a aucun caractère obligatoire. On ne va pas les condamner aux travaux forcés tout de même ?

– Il se peut justement que les CTE deviennent obligatoires pour les hommes.

Loustau croise les bras.

– Ce serait un comble.

Il se tourne vers Manon.

– Mademoiselle, veuillez accompagner ces messieurs jusqu'au bureau de Sœur Madeleine. C'est à la direction de décider.

Puis, aux gendarmes, en rangeant l'ordre préfectoral dans le tiroir de son bureau :

– Quand les récupérerons-nous ?

– Nous vous les rapporterons dès que nous les aurons traités.

– Vous êtes bien aimables. Si vous en avez fini…

Le chirurgien se lève, ouvre la porte du bureau. Les gendarmes saluent et sortent en remettant leurs képis sur la tête.

Sitôt que la maréchaussée a tourné les talons, Manon descend aux garages. Juan s'étonne de la voir à cette heure. Elle l'invite à marcher un peu, lui demande s'il progresse grâce à la canne du grand-père. Il comprend à ses yeux qu'elle a besoin de lui parler, à l'écart des oreilles indiscrètes. Manon n'a pas son air guilleret habituel, qui vient toujours comme un souffle d'air frais sur la douleur des blessés. Elle lui tend la main pour l'aider à se lever, il refuse et se redresse en s'appuyant sur la canne. Après quoi il se met à marcher vers le jardin. Quand ils sont à une distance suffisante, elle lui explique ce qui vient de se passer. Elle ne croit pas au discours des gendarmes et lui explique qu'aux tables de l'auberge de sa mère, rue des Charmilles, la rumeur va bon train. Le camp de Gurs est achevé et des convois entiers de réfugiés y sont emmenés. Les journaux prétendent que cette solution est provisoire, en attendant de pouvoir organiser le retour des Espagnols chez eux en toute sécurité, mais là encore, Manon reste perplexe. Les militaires sont en train de démonter les installations du jardin public, tous les réfugiés sont envoyés là-bas, désormais.

Juan l'écoute attentivement. Son visage est sombre. Il

dit que si on le renvoyait en Espagne, ce serait tout droit vers le peloton d'exécution. Franco ne fait pas de cadeaux à ses ennemis. Les Français le ménagent parce qu'ils ont peur, il est l'allié de Hitler et Mussolini, si un conflit éclatait il pourrait permettre d'ouvrir un front au sud, vous comprenez ? Manon lui répond qu'elle ne comprend pas grand-chose à la politique.

– Je ne sais pas quoi faire, Juan, j'aimerais vous aider.

Juan la rassure, lui dit qu'elle a déjà beaucoup fait. Il crâne, dit qu'il en a vu d'autres.

– Ne faites pas de bêtise, Juan. Le plus sage est de passer inaperçu, n'est-ce pas ?

Juan acquiesce. Ses pensées sont ailleurs. Il la remercie de tout le mal qu'elle se donne, lui souhaite le bonsoir, et la regarde longuement, comme s'il voulait graver son visage dans sa mémoire. Enfin il se retourne et marche vers les garages où une équipe sert des rations. Manon le regarde s'éloigner. Un sombre pressentiment gêne sa respiration et obscurcit son esprit.

Lorsqu'elle veut quitter l'hôpital, une vingtaine de personnes forment un barrage devant le portail. Ils brandissent des journaux dont les titres et les articles fustigent l'attitude du gouvernement qui s'est laissé déborder par l'ampleur de l'exode, alors que tout était prévisible depuis des mois. Il y a bientôt deux ans que les premières vagues de réfugiés ont franchi la frontière. On savait que le retrait des Brigades internationales sonnait l'hallali. Les manifestants exigent que l'on évacue les Espagnols, pour laisser la place aux gens du cru qui sont en attente de soins. Sœur Madeleine tente de parlementer. Les manifestants sont excités.

– Assez de cette racaille de rouges, libérez l'hôpital !

– Oui, il faut renvoyer ces marxistes chez eux, qu'ils se débrouillent avec leur gouvernement !

– Dehors les anars ! Assassins ! Libérez l'hôpital ou nous nous en chargerons nous-mêmes !

Une dizaine de gardes mobiles, alertés par le tumulte, quittent leur cantonnement, sur la place de la gare, et approchent. Les manifestants se tournent vers eux.

– Faites évacuer l'hôpital, au nom de la République ! Les citoyens ne sont plus en sécurité, on crève à cause de ce gibier de potence, virez-les ! Dehors ! Dehors !

Le chef des gardes mobiles demande calmement aux manifestants de se disperser. Le ton monte. Un homme s'approche de la troupe, l'air menaçant. Sans attendre, les gardes chargent à coups de matraque. Les manifestants se dispersent en courant, vociférant, insultant, proférant des menaces à l'encontre de la directrice de l'hôpital.

Éberluée, Manon enfourche sa bicyclette et profite de la confusion pour s'éloigner. Soudain elle est surprise d'apercevoir Louis qui observe attentivement l'échauffourée.

– Louis, que fais-tu là ? Éloigne-toi, tu vas t'attirer des ennuis.

Son frère la regarde et lui fait signe de ne pas s'arrêter.

– File, accélère, t'en fais pas pour moi !

– Pourquoi tu restes planté là, viens, grimpe à l'arrière !

– Fous-moi la paix, je te dis, je veux bien voir leur tronche à ces enfoirés !

Étonnée par le ton inflexible que vient d'employer son frère, Manon accentue son effort sur les pédales et s'éloigne en direction du centre-ville.

Des gendarmes arrêtent la circulation en direction de l'hôpital. Une Peugeot 202 corne et donne des coups d'accélérateur sur place, cela inquiète un grand boulonnais qui piaffe entre les brancards de son attelage.

IV

VI

Dimanche après-midi. L'auberge est calme. Marthe somnole près de la radio réglée à faible volume. De temps en temps, un claquement de domino la fait sursauter. Le ronflement cesse un instant, puis reprend. Bistec et Galoche jouent à leur table habituelle, en attendant l'heure d'aller au stade. Assis à l'envers sur une chaise, accoudé au dossier, Fifi les observe. La bouteille de vin blanc qu'ils sont en train d'assécher l'intéresse tout autant que les dominos. Il roule des yeux gourmands, se trémousse sur sa chaise, ne sait comment s'y prendre pour quémander un verre. Il se lève, vide le cendrier, refait les niveaux quand ils viennent à l'étiage, se réjouit ostensiblement d'un joli coup de l'un ou de l'autre... Pour cela, il se base sur les commentaires et les réactions des joueurs, parce qu'il n'y comprend rien, Fifi, aux dominos. C'est beaucoup trop compliqué pour lui.

L'abbé Bancon entre, décoiffe son béret et s'assoit près de Marthe. Il toussote pour la réveiller. Elle cesse de ronfler, puis reprend. L'abbé cogne doucement du poing sur la table, rien n'y fait. Bistec vient à la rescousse et fait claquer un domino. Toujours rien. Fifi s'amuse beaucoup et se demande qui va réussir à tirer la patronne de sa sieste. Galoche trouve la solution. Il fait mine de s'adresser au boucher.

– Bon, c'est l'heure, Joseph, si on veut une bonne place sur les gradins, faut y aller !

Alors le ronflement de Marthe s'arrête net. Elle ouvre les yeux et annonce le prix de la bouteille de vin qu'ils viennent de vider. Tout le monde se marre intérieurement. Intérieurement, oui, pour éviter la foudre.

Fifi, lui, applaudit à chaudes mains.

– Ouais, Galoche, t'es mon copain !

Pour lui clouer le bec et éviter l'esclandre, Bistec se lève et sert un verre à ce nigaud de Fifi avant que Marthe ne soit tout à fait revenue à elle.

– Tiens, Fifi, bois un coup et mets-la en veilleuse, tu veux ?

Fifi ne se fait pas prier, il engloutit le verre d'un trait.

La patronne s'étire. Les brumes du somme se dissipent, elle découvre la présence de l'abbé. Elle se lève et va à la table sur laquelle sont posés bouteilles et verres entassés à l'envers.

– Un canon, l'abbé ?

– Si vous insistez…

– Y en a qu'y ont de la veine, dit Bistec.

– Deux poids, deux mesures, rouspète Galoche.

– Oh, ça va, vous deux, gronde Marthe, j'ai le droit d'inviter l'abbé si j'en ai envie. Si je devais vous arroser gratis, faudrait qu'Anselme plante de la vigne pour subvenir !

Marthe se rassied et tire de sa blouse la blague à tabac en cuir, marquée d'un J et d'un L comme Jean Lamarque. La blague ne quittait pas la poche de Jean, de son vivant. Il y gardait le gris et le papier. Officiellement, il ne fumait plus depuis la guerre, les médecins le lui avaient interdit en expliquant que cela parachèverait à coup sûr l'œuvre du gaz moutarde. Il s'en roulait quand même une de temps en temps, parce qu'il aimait ça ! Au fond des tranchées – c'est ce qu'il racontait souvent –, griller une pipe était le seul, le dernier plaisir sur la terre. On pourrait presque dire dessous, parce que, ces années-là, il les a vécues un peu comme enterré vivant.

Le dimanche, à la ferme, il s'octroyait une sieste un peu plus longue que d'habitude, puis il fumait et son regard rejoignait l'obscurité. Année après année, le mal le rongeait davantage, tout comme les vrillettes dans les poutres d'une charpente. Des tranchées, il n'était pas tout à fait revenu. Une part de lui-même y était restée enfouie pour toujours. Plus le temps passait, plus il y pensait. Peut-être que, sentant la mort venir, il avait besoin de commémorer intimement ces jours de peur dont il avait réchappé, quand presque tous les compagnons y étaient restés. Tous sauf Clip-et-clop et sa patte folle.

À chaque fois que Marthe ouvre la blague à tabac pour une prise, elle pense à son Jean et soupire. C'est comme quand elle regarde la pendule arrêtée. Un jour, elle le rejoindra, là-haut. L'abbé le lui dit de temps en temps. Il sait lire dans le cœur de Marthe, l'abbé. Sous ses airs de brute, il y a un bel homme. Le presbytère a connu des curés méchants comme la teigne et curieux comme des pots de chambre, qui voulaient vous faire croire que le véritable amour était immatériel, décharné et ne s'adressait qu'à Dieu, alors qu'on savait bien qu'ils tripatouillaient la sacristine et les enfants de chœur. L'abbé n'est pas de ce bois. Le tatouage sur son bras, le « F » près du « E » d'Évariste, le cœur transpercé d'une flèche, on ne sait pas ce que cela veut dire, on ne le saura sans doute jamais – qui oserait le lui demander ? –, mais on y lit sans aucun doute en deux lettres le résumé d'un grand roman d'amour, un grand roman caché sous la soutane noire, qui fait de l'abbé un curé pas tout à fait comme les autres, un homme qui comprend combien l'absence, la séparation, la mort provoquent dans le cœur des chagrins que le bon Dieu est impuissant à guérir ni même à soulager. Elle avait beau charrier son Jean, parce que la maladie avait fini par avoir raison de sa vigueur et qu'au fil des ans cela les déchirait un peu, maintenant qu'il n'est plus là elle se dit qu'aucun homme ne le remplacera.

– Sait-on jamais, lui dit l'abbé quand il veut lui remonter le moral.

Jean aimait bien l'abbé, malgré tout. Même s'il marquait un penchant pour l'anticléricalisme, il savait distinguer le bon grain et l'ivraie.

Bistec et Galoche se lèvent, l'heure du match approche. Aujourd'hui, les footballeurs de l'Élan gascon jouent, alors c'est Bistec qui mène le bal. Le temps de s'acheminer, de s'autoriser un léger détour pour une halte, vite fait, chez Justine Jaurégui. Quand il ne s'agit pas de rugby, Galoche suit le mouvement. Comme d'habitude, il passera tout le temps de la partie à comparer les vices et les vertus du ballon rond et du ballon ovale, apportant la preuve par quinze que celui-ci est sans conteste plus noble que celui-là.

Fifi range les dominos et, sitôt que les deux compères ont passé la porte, écluse le fond des verres. À peine sont-ils dans la rue que l'engueulade commence, on les entend.

L'abbé attendait de se retrouver seul avec Marthe. La présence de Fifi, dont on sait qu'il ne comprend rien à rien, équivaut à pas-grand-chose dans l'esprit des gens.

– Louis profite du dimanche pour se balader ?

Marthe répond que Louis est sorti avec des copains. Ils sont allés marcher du côté de la châtaigneraie.

– Ils ont l'âge de conter fleurette, l'abbé, je ferme les yeux. J'aimerais bien être à leur place, tiens.

Les deux émettent un soupir.

– Et Manon ?

– Ah, c'est une brave petite. Même aujourd'hui, elle fait sa tournée, vous savez. Elle qui aime tant la culture physique, la voilà servie, le docteur Loustau lui en colle, des kilomètres à trotter et à pédaler. Elle est vers le Lannot, de l'autre côté du Gave. Elle va porter des médicaments à des vieux. L'hôpital est plein, alors ils essayent de soigner les gens chez eux. Ah, que je vous dise, Loustau l'a nommée responsable des pauvres gosses logés à l'ancienne prison. C'est pas rien, ça, hein ?

– Ah non, c'est pas rien !

Marthe adopte le ton de la confidence.

– J'ai enfin réussi à lui faire accepter un rendez-vous avec Marcellin Bellocq. Depuis le temps que je la bassine... À son retour du Lannot, elle ira se promener avec lui jusqu'à la tour du château. Bien en vue, hein, j'ai précisé, pas question de faire des cachotteries. Elle est sage, va, j'ai confiance.

– Vous avez une fille en or, Marthe.

– C'est sûr, oui. Si son père la voyait...

Elle réprime un sanglot.

– Mais il la voit, Marthe, il la voit, ajoute l'abbé en allumant une cigarette.

– Si vous pouviez dire vrai...

– Paroles de mécréant, Marthe !

– Il y a des jours, l'abbé…

– Bon, bon, bon, vous n'avez pas le moral, Marthe, allons, secouez-vous ! Êtes-vous sûre qu'il n'aurait pas mieux valu qu'ils se voient ici, les jeunes ?

– Ici ? Pourquoi vous dites ça, l'abbé ? Ah, j'aimerais bien être une petite souris pour entendre ce qu'ils se diront, mais de là à les espionner, tout de même… le fils Bellocq, ce serait pas mal, hein ? Il est pas fut-fut, il vend des clous mais il mange dans de l'argenterie, croyez-moi ! Il ne restera qu'à caser mon petit Louis, après elle.

– Attendez, Marthe, rien n'est fait.

– Je vais prier tous les jours pour que ça arrive, moi !

– Il y a sans doute des sujets plus graves pour le Seigneur.

– Pour le Seigneur peut-être, mais pas pour moi !

– J'ai pensé à une chose, pour votre Louis.

– Ah ? Qui ça ?

– Vous déraillez, Marthe, je ne vais pas lui trouver un parti, tout de même ! Mon rôle dans le mariage commence après ! Non, je parle de boulot… Comme tous les étés, j'irai à la colonie du Bager, près d'Arudy. J'y resterai deux mois. Si vous voulez, je peux l'emmener, j'ai besoin d'aide, l'air de la montagne lui fera du bien et il sera éloigné quelque temps de… disons de ses amis. Je trouverai le moyen de discuter avec lui, vous verrez. Qu'en pensez-vous ?

– J'en pense que si vous arrivez à l'embarquer avec vous, ce sera votre premier miracle, l'abbé !

Boum !
Le monde entier fait boum
Tout avec lui dit boum
Quand notre cœur fait boum-boum !

En haut du foirail, le Dancing Garibaldi est le rendez-vous de la jeunesse. On guinche, on court le guilledou au rythme effréné des dernières chansons de Trenet, les disques des orchestres de Fred Adison et Jo Bouillon passent en boucle, on se marre en reprenant en chœur les succès de Ray Ventura et ses collégiens.

Ça vaut mieux que d'attraper la scarlatiiiiineuuu...

Lucette Fortas frotte son ventre à celui de Jules Artigaud, jetant de temps à autre un cil du côté de Louis, qui ne s'est pas tout à fait remis de son adoubement chez les Frères Reclus.

Paco et Antonio s'approchent pour lui remonter le moral.

– Allez, Louis, viens boire un coup avec nous !

Derrière le comptoir, Umberto Lampedusa essuie les verres et veille au grain. Il connaît son monde et sait bien que le sang chauffe, le dimanche après-midi. D'autant que viennent de débarquer Bernicou et sa bande, de Bourdalet.

Qu'est-c' qu'on attend pour être heureux ?
Qu'est-c' qu'on attend pour fair' la fête ?

Juliette Martin va causer avec Bernicou, sur les banquettes au fond de la salle.

– Vous avez vu la sœur de Guilhem, fait Paco, elle va pas se laisser embarquer par ce connard, quand même !

Antoine boit une gorgée de blanc limonade, les yeux braqués sur le type.

– On fait quoi ? On lui rentre dans le lard ?

Louis descend d'un trait son quatrième verre.

– Si vous voulez, les gars, j'y vais. Je vais lui parler du pays à cette ordure !

– Non, laisse, faut pas se faire remarquer, Louis. Tiens, voilà Guilhem qui se pointe.

À l'entrée, Guilhem Martin tend le cou pour repérer ses amis, par-dessus la troupe des danseurs. Il échange deux mots au passage avec Marcellin, qui a l'air de s'ennuyer près de la porte.

Guilhem vient vers ses amis.

– Salut, ça va ? fait-il. Eh, je viens de voir Marcellin, il a un rencard à ce qu'il paraît ! Pas si pataud, le percheron, pas vrai ? Ha, ha !

Le rire de Guilhem s'écrase sur la mine sérieuse des autres. Paco tend le menton vers les banquettes.

Guilhem aperçoit sa sœur.

– C'est pas vrai !

La rivalité des jeunes de Peyregave avec ceux de Bourdalet – les culs blancs – ne date pas d'aujourd'hui. L'animosité réciproque appartient à la tradition locale et se lègue de père en fils.

– On se tient tranquilles, dit Jules.

– Attends, s'échauffe Guilhem, tu crois que je vais laisser un mec de Bourdalet draguer ma sœur, toi ?

– Pas de vagues, Guilhem. Les flics t'ont à l'œil, oublie pas.

La présence de Lucette, combinée aux effets du blanc limonade, rend Louis nerveux. Il aimerait bien lui montrer, à la blondinette, qu'il ne se dégonfle pas.

– Les flics ne me connaissent pas, les gars, je vais aller chercher Juliette, moi !

Lucette saisit Louis par le bras qu'elle passe autour de sa taille.

– Tu veux pas plutôt m'offrir un verre au lieu d'aller faire le coq devant Juliette ?

Umberto essuie les verres et jauge l'œil vitreux du garçon.

– Va falloir arrêter de picoler, dit-il avec un accent italien qui colle aux années passées en France.

Louis voit la tête gominée d'Umberto Lampedusa tournoyer.

– C'est à moi que tu parles, toi, le macaroni ?

Umberto jette le torchon sur son épaule. Il saisit le col de Louis et le tire, au point de le soulever sur la pointe des pieds.

– Des macaronis, il va bientôt t'en tomber tout un plat sur le coin de la gueule, si t'arrêtes pas ton char, *fanculo.*

Le timbre sicilien d'Umberto est chargé de menaces. Louis tente de répondre, mais le col de sa chemise l'étrangle.

Jules vient calmer les choses.

– Laisse-le, Umberto, Louis est un ami.

– Un ami, ce petit trou du cul ?

– Oui, un ami, je te dis...

Umberto Lampedusa lâche brusquement. Louis retombe sur ses pieds, perd l'équilibre et se retrouve sur son séant.

À ce moment-là, Manon approche du comptoir en compagnie de Marcellin. Ce dernier saisit Louis aux aisselles et le relève. Il titube, ses yeux roulent dans les orbites selon des trajectoires aléatoires.

– Ma... Monon...

Le visage de Manon se durcit brusquement.

– Louis !

Elle lance un regard furieux à Jules.

– Qu'est-ce que vous lui avez fait, bon sang ?

Juliette aperçoit sa collègue. Elle glisse deux mots d'excuses à Bernicou et se lève.

– Ah, Manon, quelle bonne surprise de te voir ici...

Guilhem prend sa sœur à part.

– Dis donc, toi, qu'est-ce que tu fous avec la bande de Bourdalet ?

– Oh, doucement toi, t'es pas mon précepteur, hein ?

Bernicou se lève et approche du groupe.

– Un problème avec ce mec, Juliette ?

Tous les regards du groupe se braquent vers lui. Le mot passe rapidement entre les gars de Bourdalet, qui se rassemblent et forment un arc de cercle derrière Bernicou.

– Laisse, dit Juliette, c'est mon frère.

– Ton frère ?

Il toise le regard des autres.

– Laisse, je te dis, répète Juliette.

– Quoi, laisse ? S'ils te cherchent des noises, on va leur causer, nous.

Umberto passe devant le comptoir.

– Attention, les gars, si vous avez une affaire, vous allez la régler dehors, d'accord ?

– Pousse-toi, le Rital, fait Bernicou.

Ni une ni deux, Umberto appelle du renfort.

– Giuseppe !

Un molosse aux crocs étincelants sort de derrière le comptoir où il sommeillait tranquillement, d'un seul œil toutefois.

– T'es sourd ? demande Umberto à Bernicou, tandis que Giuseppe se met à grogner.

Bernicou change de ton, il est soudain livide. Il a une peur bleue des chiens, Bernicou.

– Vous fâchez pas, monsieur Lampedusa, c'est un malentendu. Allez, les gars, on s'en va !

La bande de Bourdalet bat en retraite. Les babines du molosse retombent sur les crocs.

Umberto se tourne vers Jules et les autres. Il désigne Louis.

– Alors, vous en faites quoi de cet arsouille ?

Manon intervient.

– Je vais le ramener à la maison.

– Il peut pas mettre un pied devant l'autre, dit Marcellin.

– Louis, Louis, pourquoi tu as bu comme ça ?

Jules intervient :

– J'ai une voiture, moi, je peux le ramener !

– C'est très gentil, dit Manon. Ma mère est à vêpres, à cette heure, il faut faire vite. Elle ne serait pas de bonne humeur de le voir ainsi.

Lucette prend Jules par la taille.

– Je t'accompagne, mon chéri.
– Non, fait Jules, tu restes ici, on n'a pas besoin d'être dix, je reviens.

La Citroën 7CV freine devant la porte de l'auberge. Louis bredouille qu'il va vomir.
– Ah non ! crie Jules en se retournant.
– Ne t'inquiète pas, dit Manon, je m'occupe de lui.
– Je m'inquiète, oui, je m'inquiète... j'emprunte la bagnole au garage le dimanche, sans demander l'avis du patron. Si Louis la retapisse, j'aurai l'air de quoi ?
Louis sort de la Citroën et se met à gigoter au milieu de la rue des Charmilles en fredonnant :

Tiens ! Tiens ! Tiens !
Les chiens lèvent la patte
Tiens ! Tiens ! Tiens !
Les paons font les pantins

Il entre dans l'auberge.
Jules descend à son tour et s'appuie à la carrosserie. Il allume une cigarette.
– Il n'a plus besoin de toi maintenant, Manon. Tu viens avec moi faire un tour en voiture ?
– Désolée, Jules, maman va rentrer, il faut que je sois là.
– Bon, une autre fois peut-être.
– Oui, c'est ça, une autre fois !
Elle referme la porte.
De dépit, Jules écrase sa cigarette à peine commencée.
Il se met au volant et redémarre en trombe.

Le Gave roulait doucement des eaux anuitées. Il glissait un discret murmure entre les rochers où le courant achoppait de loin en loin, rebondissant vers le centre du lit avec des remous où les faibles lumières perchées à la voûte de l'ombre se brisaient en éclats tourbillonnants.

C'est l'ombre que Juan avait attendue. L'ombre, et le sommeil de tous les blessés allongés sur les matelas et la paille des garages de l'hôpital. Il rassembla discrètement ses affaires, s'appuya sur la canne de houx et sortit à cloche-pied. À l'abri des arbres du parc, il s'habilla. Lorsqu'il approcha de la cour d'entrée, il perçut des voix. Trois gendarmes mobiles se tenaient près du portail. Juan resta à couvert. Il réfléchit un moment, prenant garde à ne pas faire le moindre bruit. Il rebroussa chemin et traversa le parc. Tout au fond, on pouvait sortir vers le Gave par une porte dans le mur d'enceinte. À quelques mètres, il s'arrêta et tendit l'oreille.

Il perçut le bruit d'un pas de l'autre côté du mur. Un pas qui allait et venait, lentement, sans rigueur. L'issue était surveillée. Au rythme imprécis, un peu traînant de la démarche, Juan déduisait que le garde était distrait, sans doute fatigué. Il attendait la relève. Juan réfléchit.

Le mur était trop élevé, avec sa jambe blessée, il ne pouvait imaginer sauter de là-haut. Il regarda le ciel pour voir d'où venait la lumière de la lune qu'une très légère brume atténuait. Il se colla contre les pierres et avança centimètre par centimètre vers la porte. Le pas du garde cessa. Juan s'immobilisa, écarquillant les yeux, comme pour mieux comprendre les pensées de celui qui se trouvait sans doute à moins de deux mètres de lui. Avait-il entendu un bruit suspect ? Le va-et-vient reprit. De l'autre côté du mur, un soupir de soulagement, mêlé de lassitude, se perdit dans le bruissement de la nuit.

« Il a peur », pensa Juan.

L'Espagnol s'accroupit. À tâtons il ramassa deux ou trois cailloux. Puis se posta près de la porte.

Il lança un caillou dans le feuillage d'un magnolia. Les feuilles tintèrent.

– Qui va là ? demanda le garde.

Juan jeta le reste des cailloux. Nouveau tintement de feuilles.

– Y a quelqu'un ?

La voix était mal assurée. Le garde hésita puis ouvrit lentement la porte. Juan se tenait dans l'ombre, canne de houx armée au-dessus de la tête. La porte tourna sur ses gonds. Il vit le canon d'un fusil apparaître. Puis les mains de l'homme. La canne siffla et s'abattit au niveau des avant-bras. Le garde cria de douleur et lâcha son arme. La force du coup l'avait projeté en avant. Déjà la canne sifflait une deuxième fois pour frapper à la nuque. Il tomba. Juan se jeta sur lui. Le garde bascula sur le dos pour voir son agresseur et, avant qu'il eût émis le moindre cri, la canne de houx était plaquée en travers de sa gorge. Juan pesait de toute sa force. Il sentait le bois écraser la trachée artère. Il fixait le soldat dont les yeux creusaient des puits de terreur où dansaient les rares étoiles et la lune floue. L'homme était jeune. Il ouvrait une bouche immense pour chercher à respirer. La vie l'abandonna, tel un fluide s'écoulant d'une outre de peau. Jusqu'à la dernière goutte.

Tant bien que mal, Juan tira le cadavre jusqu'au pied du mur, puis il franchit la porte.

L'odeur du Gave monta à ses narines. Un oiseau de nuit vola tout près, avec un bruit d'ailes cotonneux.

La voie ferrée passait entre l'hôpital et la rivière. Juan descendit le talus. Il vit luire les lignes parallèles de rails. Sa jambe était douloureuse, elle avait reçu des coups dans l'empoignade. Il transpirait, scrutait la nuit comme un fauve qui chasse. Une seconde, il pensa au ciel étoilé au-dessus de l'Èbre, au fracas des bombes, aux cris des hommes qui agonisaient, gueule dans l'ocre de la terre espagnole. À ceux qui se noyaient sans que personne pût les secourir. À ceux qui crurent jusqu'au bout qu'on pouvait vaincre, ceux-là qui y croient au-delà de la mort, dans la rage des survivants.

Juan aperçut bientôt les abords de la gare. Les lieux, illuminés par des projecteurs, étaient cerclés de barbelés. Les soldats du 18e RI se trouvaient en nombre devant le bâtiment et sur les quais. Toutes les issues étaient bouclées. Juan observa longuement, depuis l'abri d'une haie. Inutile d'imaginer qu'il parviendrait à monter dans un train. Il pensait se rendre en Ariège. À Port-Bou, quand les gendarmes avaient séparé des survivants de son escouade, ils avaient eu le temps de se fixer rendez-vous au plus tôt dans la montagne près de La Bastide-de-Sérou. Chacun avait appris la carte par cœur, avant de la brûler. En Catalogne, pendant la retraite vers la France, le mot courait entre les républicains qu'une contre-offensive pourrait un jour repartir du val d'Aran. Chacun devait se débrouiller à regagner le sud, quoi qu'il arrive une fois de l'autre côté de la frontière.

Juan rebroussa chemin et marcha sur le ballast en direction de l'ouest, mâchoires contractées pour ne pas gémir de douleur.

Imperturbablement, le Gave charriait des tessons d'astres livides.

Le soleil n'était pas bien haut sur les collines quand Manon arriva à la ferme Laporte, chez Anselme, tractant une carriole derrière sa bicyclette. Depuis la mort de Jean, le décor n'avait pas beaucoup changé. La propriété s'étendait sur les terrains alluviaux, au sud du Gave, à cinq ou six kilomètres de Peyregave. Une cour séparait le bâtiment principal – divisé de gauche à droite en foyer, grange et étable – des dépendances qui abritaient les cochons, la volaille et les lapins. Au fond de la cour se dressait l'ossature de bois, grillagée et coiffée de tôle ondulée d'un long séchoir à maïs. Plus loin, les champs fraîchement labourés où les galets de l'ancien lit criblaient la terre, et la vigne aux pieds noirs tachetés du vert tendre des premières pousses. Des saules têtards bordaient les fossés, et près du Gave se perdaient quelques chemins, sous le frémissement des bouquets argentés d'acacias. Au-delà, les arpents cultivés butaient contre le ressaut des coteaux couverts de bois qui semblaient impénétrables et tout au fond, dans un tulle bleuté qu'effleuraient les rayons couleur de pêche du petit matin, les montagnes mouraient tendrement vers l'Atlantique, comme si la terre là-bas devenait fluide et ondoyante, un peu lasse, alanguie.

Anselme venait sur le bord de la route, faucille à la main, un lourd chargement d'herbe posé sur la nuque. Il entra dans la cour et se délesta devant les clapiers.

– Alors, Manon, t'es tombée du lit ce matin ? Tu viens au ravitaillement ? Vous êtes déjà à court, là-bas ?

– Je voudrais du vin, des œufs et des légumes si tu en as.

Anselme posa la faucille sur le rebord de l'abreuvoir et tapa ses mains l'une contre l'autre, en regardant le ciel où glissaient quelques nuages au ventre blanc.

– Va pleuvoir, peut-être... Allez, viens, on va voir ce que j'ai à te donner. Y sont toujours là les Espagnols ?

– Le grand convoi est reparti, mais il en arrive toujours, oui. Un peu moins qu'avant, ils sont dirigés ailleurs.

– Où est-ce qu'on les fout tous ces zigues ?

– À Gurs, dans un camp qui a été construit exprès.

– On peut pas les renvoyer chez eux ? Tu crois qu'on peut filer à bouffer à tous ces gens, ici ? Déjà qu'on n'en a pas des masses dans l'assiette.

Manon tapote le ventre rebondi du fermier.

– Tu crèveras pas de faim demain, Anselme, tu as fière mine et une bonne bedaine !

Anselme se renfrogne. Il entre dans la grange.

– Bon, prends les œufs, ce que tu veux, en ce moment, elles pondent. Regarde là si les légumes te plaisent, c'est encore un peu tôt, tu sais ! Tu veux un lapin, j'en ai tué deux hier soir.

– Non merci, maman dit que tu les vends trop cher, tes lapins !

– Trop cher ? elle a du culot, Marthe. On voit que c'est

pas elle qui coupe l'herbe matin et soir ! Elle croit que les pissenlits poussent tout seuls dans les cages ? Elle a oublié, maintenant qu'elle est de la ville, elle se souvient plus.

– Toujours tu pleures, toujours tu pleures et tu te plains...

À ce moment-là, Arnaud revient des champs, une bêche sur l'épaule, en compagnie de son jeune frère Louison.

– Salut, Manon, ça fait plaisir de te voir !

– Je suis un peu débordée par le travail, Arnaud.

– On sait, on sait, Marcellin nous l'a dit l'autre jour, quand il est venu chercher un jambon à ta place. Je préfère quand c'est toi, Manon, t'es plus jolie que lui !

Arnaud s'arrête, pose la bêche et s'appuie sur le manche. Il a dix-huit ans et déjà sa peau porte la marque des saisons. Son regard sème deux éclats de ciel bleu sur son visage bruni. Deux éclats de ciel bleu qui voudraient bien Manon pour unique soleil. Elle le sait, elle le voit bien et depuis longtemps. Il n'est pas mal, son corps est robuste, élancé, et son sourire est un jour qui se lève.

Une fois, Manon a parlé d'Arnaud à Marthe. Sans penser à mal, comme ça, parce qu'elle l'aime bien et qu'il lui traversait l'esprit à ce moment-là. Marthe lui a fait une de ces sorties sur les paysans ! Souviens-toi de ton père qui trimait sous les intempéries, et tu n'auras pas d'argent pour t'acheter des toilettes, et tu resteras plantée à la ferme toute ta vie, et ceci, et cela... Manon avait beau dire qu'elle n'avait jamais pensé à Arnaud en d'autres termes qu'amicaux, on n'arrêtait plus la Marthe. Pour sa fille, elle voulait le meilleur et l'un des critères principaux pour mériter cette qualité était pécuniaire. Après coup, Manon avait réfléchi. Marthe avait raison, mieux valait ne pas trop se laisser enjôler par les sourires et les yeux bleus d'Arnaud. Lui ne s'émouvait pas outre mesure de ses airs distants, au contraire, il trouvait que c'était un signe d'éducation digne d'une dame de la ville. Il ne pouvait pas s'imaginer qu'il n'avait aucune chance de séduire Manon. Il se hasardait même à penser le contraire. Cette faiblesse d'esprit, tant qu'elle durerait, le protégerait de la rancœur.

Lucie, la femme d'Anselme, apparaît à la porte de la cuisine, deux marmots au nez morveux accrochés à ses jupes, et un troisième, plus grand, se cachant derrière elle. Elle essuie son front avec le dessus de son poignet, ses doigts sont luisants de graisse.

– Tiens, regardez qui est là ! dit-elle en reniflant, puis en soufflant du coin de la bouche une mèche échappée de son chignon affolé. La jolie Manon. Alors, ma belle, c'est quand donc que tu te laisses inviter à souper ? Marthe va bien te donner un congé, et ça nous ferait plaisir !

Lucie considère avec grand intérêt les penchants de son fiston. Elle n'hésite pas à entrer dans la danse pour jouer plus ou moins discrètement les entremetteuses. En plus d'être jolie, c'est un bon parti ! dit-elle à son fils quand le sujet vient dans la conversation. Entre la pension de guerre du Jean et les repas de l'auberge, elle doit en avoir sous l'édredon, la Marthe…

– J'ai beaucoup de travail à l'hôpital, Lucie, ce sera pas pour tout de suite le souper !

– Oh, tu dis toujours ça ! T'as peur qu'on te nourrisse mal ?

– Ah non, je sais bien qu'on se régale, à la campagne ! Je me souviens.

– Ben si tu viens, je te raconterai des histoires du temps de ton père. Des choses qu'on t'a sans doute jamais dites.

Manon se demande quel sous-entendu se cache là-dessous. Elle voit bien le manège de cette garce. Du vivant de son père, quand Anselme travaillait à la ferme comme simple ouvrier agricole, Jean s'était toujours bien comporté avec lui. Il avait même dit aux propriétaires, les Laporte de Toulouse, que ce serait bien de lui donner sa chance, à Anselme, si un malheur survenait, que c'était un bon gars, travailleur, qui connaissait bien la terre. Peut-être Jean sentait-il qu'il ne vivrait pas vieux avec son gaz dans les poumons. À sa mort, les Laporte ont suivi son conseil. Ils n'ont pas besoin d'argent et, comme Anselme n'en avait pas plus que son prédécesseur pour acheter la propriété, la suite était toute trouvée. La transaction s'est faite le jour même de l'enterrement, lors du repas qui succéda à l'inhumation. Les uns parlaient du défunt, les autres faisaient des affaires.

Depuis, Lucie dénigre Jean dès que l'occasion se présente. Elle n'aime pas se sentir redevable. Elle sait pourtant ce qu'elle lui doit, qui resurgit au travers de Manon quand elle revient ici. Le mieux serait qu'elle accepte de se marier avec Arnaud, tiens. Lucie verrait là une sorte de revanche sur le destin, comme si celui-ci lui avait fait quelque affront, alors que c'était tout le contraire. Jean ne leur avait pas ouvert la porte par pitié ni par condescendance, mais par honnêteté et par bonté. Mais la bonté semble souvent suspecte aux esprits faibles qui n'y voient qu'une sorte de piège, de grâce qui oblige.

Au moment où Manon sort de la cour de la ferme, appuyant durement sur les pédales pour lancer la bicyclette alourdie par le chargement de la carriole, l'automobile de Faurie le vétérinaire arrive à toute allure. Il corne joyeusement.

– Alors, Manon, tu soignes tes mollets !

Manon salue d'un simple coup de tête, sans lâcher le guidon pour ne rien perdre de l'effort déjà engagé. Elle pense à tout ce qui l'attend dans la journée, tous les kilomètres qu'elle devra parcourir pour apporter des soins aux gens.

Moins d'une heure plus tard, elle freine devant la porte de l'auberge. Elle s'étonne de voir la traction du docteur Loustau garée dans la rue. Lorsqu'elle entre, il est en conversation avec Marthe devant un café odoriférant.

Il se tourne vers la porte.

– Ah, Manon, je vous attendais ! J'étais en train de faire mille compliments sur vous à votre maman.

Marthe opine, forçant sur le maintien.

– Vous m'attendiez ? fait Manon. Pourquoi diable ? Je me change et je file à l'hôpital, docteur.

Loustau boit une gorgée de café, son visage change d'expression. Il paraît maintenant soucieux.

– Nous avons eu un problème avec un patient du garage, Manon. Un grave problème...

Elle reste figée. Elle pense à des soins mal faits, une infection due à sa négligence, un mort peut-être.

– J'ai... j'ai...

– Non, Manon, il ne s'agit pas de vous, rassurez-vous. Comment dire ? dit-il en toussotant. Vous souvenez-vous de cet Espagnol que j'ai opéré de la jambe, ce type dont la blessure était infestée de vers ?

– Juan Jimenez ? Oui, bien sûr que je m'en souviens ! C'était la première fois que j'entrais dans le bloc, alors pensez donc si je m'en souviens... et puis, je me suis beaucoup occupée de sa rééducation. Que s'est-il passé ?

Son cœur bat la chamade, soudain. Elle comprend mal ce qui lui arrive.

– Il s'est évadé cette nuit. Les autorités recherchent les anciens combattants républicains, elles veulent ficher tout le monde. Les aviateurs sont enfermés au camp de Gurs, de gré ou de force. Il a dû sentir le vent tourner, ou quelqu'un l'aura prévenu, peu importe, le résultat est le même. La gendarmerie et les militaires ont tourné toute la nuit pour lui mettre la main dessus, impossible, c'est un renard ce gars-là. Avec sa jambe qui traîne, on se demande comment il fait ! Vous n'avez pas l'air mécontent, mon petit...

– C'est aussi bien, s'il est parti. Il échappe sans doute à un triste sort. On avait appris à s'apprécier tous les deux, c'est un chic type.

– Quoi, qu'est-ce que ça veut dire un chic type ? fait Marthe.

– Rien, maman, rien, ça veut rien dire !

– Attendez, Manon, gardez votre calme je vous prie ! dit Loustau. Votre chic type a peut-être tué un soldat cette nuit. Un gars de vingt ans qui venait de prendre du service. Autant vous dire que ça chauffe pour les Espagnols, on coffre tous ceux qui traînent ! Inutile de vous rendre à l'hôpital, les forces de l'ordre ont tout bouclé. Service minimum. Ils interrogent les blessés et les malades, un par un, ça va durer jusqu'à ce soir, peut-être davantage. J'ai bien essayé de leur dire qu'il en allait de la santé des patients, qu'il fallait laisser aller et venir le personnel, rien à faire. Ils m'ont répondu que les patients se fichaient bien de la santé des militaires. Remarquez, les circonstances ne leur donnent pas tort. Ils ne laissent entrer que moi et une petite équipe dont j'ai dû fournir la liste. Je préfère que vous restiez dehors, vous y serez très utile.

Les jambes de Manon ne la tiennent plus. Elle tire une chaise, s'assoit et plonge son visage dans ses mains.

– Enfin, Manon, fait Marthe, tu vas pas te ronger pour un Espagnol qui cavale et qui tue les gens.

Manon regarde sa mère, l'œil noir.

– Il a tué un soldat, mais il est lui-même un soldat, maman ! Pourquoi on les fiche ? Pourquoi on les parque comme des animaux ? Tu peux me dire ?

– Et où tu veux qu'on les mette, imbécile ? T'as vu combien il y en a ? On se croirait là-bas, presque. On entend davantage parler espagnol que béarnais dans les rues de Peyregave, tu trouves ça normal ?

– Et tu penserais quoi, toi qui es si maligne, si on avait dû fuir d'ici vers l'Espagne, hein, tu penserais quoi ? Tu dirais quoi ?

– Ça suffit ! tranche Loustau, profitant d'une respiration conjointe des deux femmes pour intervenir. Manon, vous filez directement à l'ancienne prison. Il y a deux ou trois bricoles à soigner et le moral de ces gosses à remonter. Ensuite vous irez visiter cinq maisons, il y a du pain sur la planche. Je vous ai préparé les médicaments, dressé la liste des tâches et apporté un trousseau de clefs de la prison, parce que les petits sont bouclés quand aucun bénévole n'est disponible pour les garder. Tout est dans ma voiture, venez ! Je dois opérer une appendicite dans trente minutes, avec le personnel réduit, je suis inquiet.

Il tend la main à Marthe.

– Le bonjour, madame, et merci pour le café.

V

Une dizaine d'enfants jouent dans la cour de l'ancienne prison, derrière la mairie. Des femmes du Secours protestant les surveillent et leur prodiguent un peu d'affection. Entre eux, ils parlent basque, mais ils s'adressent aux femmes en espagnol. Elles répondent en béarnais métissé d'espagnol et de français. Tout cela n'a aucune importance, ils se comprennent très bien.

Chaque jour, lorsque Manon arrive, juchée sur sa bicyclette, des rires fusent. Ils la connaissent maintenant et savent combien elle est attentionnée. Elle ébouriffe quelques têtes. Aïtor, Kepa, ça va ? Et toi, Iñaki ? Ah, Maitena, Miren, tout va bien ? Après avoir joué un instant avec eux, elle entre dans la prison. Les cellules ont été aménagées grossièrement avec des paillasses et des couvertures. Quelques jouets offerts par la population traînent ici et là. Trois enfants sont couchés, souffrants. Ils sont tristes, se laissent dépérir, la flamme de leur jeune vie baisse chaque jour davantage. Manon refait quelques pansements, prend des températures, désinfecte des petits bobos. Elle s'attarde avec chacun, racontant des histoires. Les mots importent peu, leur douce musique rassure.

Une gamine s'endort sur les genoux de l'aide-soignante. Elle la serre contre elle un instant, la berce doucement avant de la reposer sur sa paillasse. Manon rêve d'une grande maison où elle pourrait accueillir tous ces marmots. Elle pense aux parents, quelque part en Navarre ou en Guipuzcoa, qui ne savent même pas où sont leurs enfants. Ils les ont mis dans un train qui partait vers la France. Direction Bayonne. De là, ils ont été envoyés ici, à Peyregave.

Vidées des monceaux de vieilleries qui s'y accumulaient, que les services municipaux y abandonnaient depuis des années, les cellules de l'ancienne prison ont été transformées avec plus ou moins de bonheur en petits dortoirs.

Une heure plus tard, Manon file par la rue des Franciscains. À la fontaine de l'église, au moment de tourner à droite sur le boulevard des Prunes, elle manque de percuter Firmin, le commis d'Albert, avec l'âne au cacolet chargé de pain.

– Alors, Firmin, tu rêvasses !

– Tu bombes trop, Manon !

Une tension inhabituelle règne sur la ville. Des gendarmes accompagnent des hommes jusqu'à leurs fourgons. Tous les Espagnols sont inquiétés, sans distinction.

À Chicago, la famille de Miguel, les Cazals, les Rubio, tous reçoivent de la visite. Il s'en faut de peu que Sérafin, le républicain planqué chez Paco, ne soit démasqué. La traque est inlassable. À la gare, soixante réfugiés n'ont même pas eu l'autorisation de descendre du train. Régulièrement, des camions chargés de cargaison humaine partent vers Gurs.

Pendant plusieurs jours, les quotidiens vont titrer sur l'assassinat de l'hôpital. On appelle à la délation, on dénonce un horrible crime qui ne profite qu'à une cause perdue. Au coin de la rue Saint-François, des témoins ont assisté au tabassage en règle d'un homme qui refusait de montrer ses papiers d'identité. Il s'agissait d'un cousin de Miguel, né à Peyregave de parents espagnols. Il refusait d'obtempérer par solidarité avec ses compatriotes, mal lui en a pris. Ils l'ont traité de terroriste, de rouge de merde et lui ont démonté le portrait.

Tous ceux qui ne semblaient pas à l'article de la mort ont été sortis de force de l'hôpital. Embarqués sur-le-champ. Toutes les rumeurs courent sur leur compte.

Manon s'arrête sur le boulevard des Prunes pour livrer des médicaments, puis remonte en direction de la place de Mars et prend à droite à mi-pente, par la rue du Bourg, afin de couper par le Vieux Pont dont les arches pluriséculaires s'appuient sur les rochers. Une odeur de pluie monte des eaux vertes du Gave. Sur la rive sud, Manon prend à droite en direction du Lannot, longe la rivière pour la deuxième fois de la journée puis quitte la route principale pour suivre l'allée qui mène au château des Saules.

Sur le perron, le professeur Greiner essuie ses lunettes avec un mouchoir blanc.

Dans les dépendances, il héberge encore une vingtaine de réfugiés. Uniquement des femmes et des enfants.

– Ils sont venus chercher les hommes, Manon. Ils les ont interrogés. Les combattants ont été envoyés à Gurs et les autres plus ou moins forcés de s'intégrer à une compagnie de travailleurs étrangers affectée à la construction d'un barrage dans la vallée d'Ossau. Les pauvres femmes sont perdues, elles ignorent quand elles reverront leurs époux.

– Vous n'avez pas demandé aux gendarmes ?

– Vous savez, Manon, mon rôle consiste à les héberger, le reste ne me regarde pas.

Le professeur a une main dans la poche de son pantalon, tandis que l'autre lisse sa barbe nuageuse, puis rehausse ses lunettes cerclées. Manon pense qu'il est endurci par une vie à soigner des gens en détresse, qu'il faut peut-être en venir là pour pratiquer ce genre de métier. Elle-même souffre d'un sentiment d'impuissance face à l'ampleur de la tâche.

L'une des femmes est sur le point d'accoucher. Greiner a préparé un courrier pour Loustau.

– Qu'il fasse son possible pour lui trouver une place, si elle accouche ici et qu'il y a un problème, vous imaginez ?

– Les femmes accouchent souvent à la maison, professeur.

– Je sais bien mais j'aime autant que cela n'arrive pas ici ! Je veux bien offrir le gîte et leur faire préparer de quoi les sustenter, mais il est du ressort de l'État et de la municipalité de prendre en charge la santé de ces personnes, c'est une question d'éthique, Manon.

– Je comprends, je transmettrai votre courrier.

– Pouthet est complètement débordé par la situation. J'ai proposé les dépendances comme solution temporaire, je ne voudrais pas me substituer au rôle des autorités, ce serait trop facile, vous comprenez ? Je ne suis plus un homme de l'art et n'entends pas y revenir ! Et puis je n'ai pas soigné depuis mes années étudiantes le genre de pathologies susceptibles de survenir ici. Je suis psychiatre, moi, pas rebouteux !

Manon se penche sur la carriole et en sort une boîte en carton.

– Tenez, professeur, des compresses, de l'aspirine et quelques bricoles en cas de première nécessité.

Le visage du professeur se glace.

– Ma parole, vous êtes têtue, n'avez-vous pas entendu ce que je viens de dire ?

– Oh, c'est pas grand-chose, dit Manon en enfourchant la bicyclette. Vous pouvez bien faire ça, professeur.

Il en reste coi.

– Et puis, ajoute-t-elle en s'éloignant, comme ça vous retrouverez la main !

Ce soir-là, Louis revient du lycée, traverse la salle encore vide de l'auberge sans desserrer les dents. Il passe dans la cuisine où Marthe bat les œufs de l'omelette, et monte dans sa chambre. Manon rentre un instant plus tard. Elle s'étonne que le couvert ne soit pas mis. Marthe lui dit que son frère n'a pas l'air en forme…

– Tu devrais aller voir ce qui se passe.

Manon grimpe les escaliers et toque à la porte. Louis ne répond pas.

– Louis ? Je sais que tu es là, Louis, ça va ?

– Oui, oui, ça va, répond-il sur un ton agacé.

– Je peux entrer ?

– Non, c'est bon, je te dis, ça va ! J'arrive, je vais mettre le couvert.

Manon tourne la poignée. Louis n'a pas fermé à clef. Elle entre.

Il est assis sur le lit, en train de compter des billets de banque. Il tire rapidement le dessus-de-lit pour les cacher.

Manon marque un temps d'étonnement.

– C'est quoi cet argent, Louis ?

Il répond avec violence :

– Mes économies… De quoi je me mêle ? Je t'avais dit de ne pas entrer ! Non mais pour qui tu te prends, j'en ai assez que tu me traites comme un morveux, quand je te dis de pas entrer, t'entres pas, pigé ?

Manon hausse le ton.

– Non mais dis donc, tu jouais moins les durs à cuire l'autre jour quand je t'ai ramené du Garibaldi !

– Je t'ai remerciée dix fois, ça va !

– Tu devrais faire attention à tes nouveaux amis, Louis.

– Tu ne les connais pas, alors ne les juge pas ! Je t'ai dit de te mêler de tes affaires, allez, sors d'ici, sinon…

– Sinon quoi ?

Il hésite et change de registre :

– Laisse-moi tranquille, s'il te plaît, c'est important. T'inquiète pas pour moi, ça va.

Manon se sent désarmée, soupire.

– Je n'aime pas ça, Louis, je ne sais pas ce que tu manigances mais je n'aime pas ça.

Un instant, elle est tentée de lui avouer la découverte de ses lectures, mais ce serait reconnaître qu'elle a fouillé sa chambre, ce dont elle ne se sent pas particulièrement fière.

Elle sort, ferme la porte et redescend.

Marthe tranche des escanouilles en petites rondelles.

– Vous en faites un raffut !

Manon n'ajoute rien. Marthe se frotte le nez du revers de la main, et l'air de rien :

– C'est quoi, cette histoire de Garibaldi ?

Manon sort un tas d'assiettes de l'armoire.

– Louis est de mauvaise humeur parce qu'il n'a pas su répondre à une question sur l'unification de l'Italie, en cours d'histoire.

Marthe lève les sourcils et préfère laisser filer.

– Si c'est que ça...
– Ils sont combien ce soir ?
– Quatre, Bistec, Galoche, Gaston et Miguel. C'est le soir de la partie. Mais prévois six, on sait jamais.
– Ah c'est vrai, j'avais oublié la partie. Je ne sais plus où j'ai la tête, moi.
C'est exactement ce que se demande Marthe depuis quelque temps : où sa fille a-t-elle donc la tête ? Elle si sérieuse d'habitude, la voilà qui rêvasse, lambine, n'a jamais l'air d'être là.
Alors vient Marcellin. Il va jusqu'à la porte de la cuisine, saluant simplement Manon qui pose une corbeille à pain sur la table.
– Bonsoir.
– Bonsoir, Marcellin, répond Manon.
– Ah, Marcellin, dit Marthe, t'as reniflé l'odeur de l'omelette à l'escanouille ?
– Oui, ça sent très bon, mais je viens pas pour ça. J'ai... j'ai deux billets pour le cinéma, on joue *Angèle* au Phœbus, je me disais... Si Manon aime Fernandel...
– Eh, empoté, tu l'as pas vue en passant ?
– Ben si, mais...
– C'est moi que tu veux emmener au cinéma ?
– Ben non, mais...
Il se met à bredouiller.
– Bon, fait Marthe, ça va, j'ai compris. Manon, t'as entendu, Marcellin veut t'emmener au cinéma, bonne idée, non ?
– Maman, je dois rester pour t'aider, tu ne peux pas tout faire toute seule !
– Bah, tu me prends pour une gourde ? Ton frère est là, il va s'y coller. Allez, ça me ferait plaisir que t'y ailles.
Manon finit par céder.

– Bon… j'arrive, Marcellin, attends-moi cinq minutes.

Elle monte à l'étage et, en passant, tape à la porte de Louis.

– Je vais au cinéma, Louis, descends aider maman !

Il répond, sans se déplacer :

– Je peux pas !

– S'il te plaît, ne me fais pas ça, c'est un Fernandel !

– Alors tu rentres pas tard, cette nuit je vais pêcher, moi !

– C'est en début de soirée, je serai là tôt, promis !

Le Phœbus fait salle comble. Juliette est là, en compagnie de François, le clerc de maître Labarrère. Comme elle se retourne à chaque fois que la porte s'ouvre, elle remarque l'arrivée de Marcellin et de Manon. Elle explique par des signes qu'il y a deux places à côté d'elle.

– Tu veux aller là-bas ? demande Marcellin.

– Non, j'aime autant pas. Regarde, il y a des places au dernier rang.

Marcellin aussi préfère le dernier rang. Tous deux s'installent.

– Tu veux du chocolat, Manon ?

– Non, merci, pas de chocolat. T'as vu, elle est avec ce prétentieux de François maintenant. On ne l'arrête plus ma parole, une vraie moissonneuse-batteuse, la Juliette !

Marcellin rigole.

L'ouvreuse passe dans les rangs en proposant des friandises. Marcellin demande des chocolats fourrés et s'enfonce dans le fauteuil, calant ses grandes jambes repliées contre le haut du dossier, devant lui. Une ribambelle de réclames vante les mérites de divers produits, puis la lumière s'éteint, accompagnée d'un « aaahh ! » de l'assistance. Manon sent l'épaule de Marcellin se coller à la sienne. Il se penche, approche son visage et glisse à son oreille :

– Je suis content que tu sois venue.

– C'est gentil de m'avoir invitée.

– Il y a longtemps que j'attends ce moment, tu sais ?

– Ah vraiment ? Tu aurais pu te décider avant, j'adore le cinéma !

Si elles sont avérées sur la pelouse, les qualités offensives et rugbystiques de Marcellin n'ont aucune répercussion sur son art de courtiser. Il confond le ton avenant de Manon avec un laissez-passer implicite, approche encore la bouche de sa joue et pose tout de go une main sur ses seins. Elle sursaute et pousse un cri. « Chuuuut ! », font les spectateurs du rang précédent. Juliette se retourne et tend le cou. Marcellin pense que cette réaction est normale, qu'il faut insister, comme pour franchir la ligne adverse avec le ballon sous le bras. Tête baissée et tout droit. Manon sent la main énorme de Marcellin la pétrir. Une gifle résonne. Deux ou trois rangs de têtes se retournent, ça rouspète, tandis que Manon se lève et sort précipitamment du cinéma. Marcellin s'enfonce encore dans le fauteuil. Il se frotte la joue, ne comprenant rien à un tel revirement de situation, tout à fait imprévisible pour lui.

Juliette n'en perd pas une miette. Pour un peu, elle se ferait un torticolis.

Furibarde, Manon marche d'un bon pas. Des gendarmes surveillent le carrefour, à l'angle du café de la place de Mars, dont la terrasse est bondée. Un autre barrage filtre le passage devant le Nouveau Pont. La nuit est tombée et la couche nuageuse la rend plus dense et un peu visqueuse. Manon coupe la place par le centre, pour passer au large de la terrasse où elle aperçoit Jules Artigaud, en compagnie de Paco Cazals et Antonio Rubio. Elle n'a pas envie de se faire alpaguer par ces trois-là. Elle pense à Marcellin et, finalement, elle en sourit. Quel abruti ! Et puis, comme si la nuit instillait une encre funeste dans ses veines, ses idées s'assombrissent, une asthénie inhabituelle engourdit son corps, au point qu'elle doit ralentir la marche.

Déjà là ? s'étonne Marthe.

Sous l'ampoule centrale que chapeaute le simple abat-jour évasé, manœuvré par un système à poulies, une tablée s'affaire aux cartes sous les yeux rubis d'alcool de Fifi qui cherche à comprendre les subtilités du jeu, avec un succès très relatif.

Hormis celui de Marthe, pas un regard ne se tourne vers Manon.

– La séance était complète, dit-elle, tout le monde veut voir Fernandel !

– Et Marcellin ?

– Quoi, Marcellin ?

– Il est où, Marcellin ?

– Chez lui, tiens, pardi ! Ou alors au café de la place de Mars, j'en sais rien, moi !

– Marcellin, au bistrot ?

Manon enlève sa veste et l'enfile à un dossier de chaise.

– Quand il vient ici, ça ne te dérange pas, maman…

– Ici, c'est pas un bistrot !

– Oui, oui, bien sûr… et tes clients ne sont pas des poivrots comme les autres, c'est ça ?

Là, les cartes restent en l'air. Tous les yeux se dirigent

vers Manon. Sauf ceux de Fifi qui en profite pour siffler un verre.

Elle regarde les hommes.

– Oh pardon, je ne voulais vexer personne, façon de parler, quoi…

– T'as de drôles de façons de parler de la clientèle, dit Bistec. Faudrait pas oublier que le pognon qu'on laisse ici remplit ta gamelle, hein ?

Marthe intervient :

– Oh ça va, toi, avec les prix que je pratique, tu vas pas couler ton commerce ! Fous la paix à ma fille, s'il te plaît !

– Tu vends ton pinard presque aussi cher que Justine Jaurégui, c'est pour dire !

– Insiste encore un peu et j'augmente. Et c'est pas « mon » pinard !

– Vamos, fait Miguel, arrêtez tous les deux ! Joseph, déjà que t'as du mal à te concentrar…

Bistec reforme l'éventail de ses cartes, pince les lèvres en cul-de-poule et lève un sourcil.

Fifi remue sur sa chaise. La tension monte à la table des joueurs, il adore ça.

La porte s'ouvre, c'est Clip-et-clop.

– Ben dis donc, les poulets sont déchaînés, je sais pas ce qu'ils ont bouffé… On m'a contrôlé trois fois les papiers depuis la rue des Remparts !

– T'as pourtant pas une gueule d'Espagnol, fait Miguel sans lever le nez.

– Faut croire que si ! Alors, ça chauffe ?

Clip-et-clop avance une chaise et s'installe.

– Oui, oui ! trépigne Fifi, ça chauffe, ça chauffe ! Tellement ça chauffe que j'ai soif, moi, ouh là là, très soif !

– J'ai compris, Fifi, dit Clip-et-clop.

– Marthe, deux petits ballons, s'il te plaît.

– T'as qu'à te lever ! répond-elle en désignant la table où sont rangés les bouteilles et les verres.

– T'es sans pitié, Marthe, avec ma patte folle, quand même.

– Ta patte folle elle t'a porté jusqu'ici depuis chez toi, non ?

Fifi se lève.

– J'y vais, parce que t'es mon copain, Clip-et-clop, mon meilleur copain !

Après la revanche et la belle, vers dix heures, les hommes ne se parlent plus, comme d'habitude. Ceux qui jouaient ensemble se reprochent de ne rien comprendre au jeu, et les équipes se reprochent l'une l'autre de tricher. Les perdants n'acceptent pas la défaite et les gagnants profitent de la victoire pour alimenter les sarcasmes, le triomphe modeste n'est pas de rigueur. Galoche bâille, s'étire et se lève.

– Bon, c'est pas tout ça…

Il lance le bonsoir à la cantonade, les autres l'imitent. Clip-et-clop va s'asseoir un instant près de Marthe, contrariée par le retour inopiné de Manon qui fait la grise mine en lisant le journal que la clientèle a froissé.

Clip-et-clop a un devoir moral de prévenance envers Marthe, ne l'oublions pas, il sait que Jean compte sur lui, au fond de sa tombe. Seulement voilà, elle n'est pas très docile, Marthe. Du vivant de son époux, il était déjà préférable d'éviter de lui marcher sur les pieds, cela ne s'est pas amélioré depuis. Quand ils plaisantent entre eux, les habitués la surnomment « la ligne Maginot ». Le chevalier servant ne rechignerait point à tenir son rang de temps à autre, mais Marthe ne lui propose pas grand-chose à servir. Pourtant, on entend ici et là qu'il lui manque un homme, qu'elle serait plus douce si elle rencontrait quelqu'un. Pour Clip-et-clop, ce quelqu'un ne pourrait être que lui, Jean lui a quand même tacitement laissé la place. Pas facile à prendre d'assaut, la ligne Maginot.

Dans la cour, Louis a préparé son matériel de pêche. Il ouvre la porte de la cuisine et prévient qu'il s'en va, puis il sort par le portail du fond pour rejoindre le ruisseau qu'il longera jusqu'au Gave. Là, il cachera ses cannes et remontera jusqu'au chemin pour suivre la voie ferrée et gagner les jardins. Cette nuit, les Frères Reclus ont rendez-vous.

– Bonne nuit. Tu fermeras, Manon, grinche Marthe en sortant.

Manon répond par l'affirmative, entre ses dents, tandis que Fifi débarrasse la table. Il range les cartes et les jetons dans leur boîte et roule le tapis de feutre.

Manon pose le journal et laisse son regard vaguer en direction de la fenêtre. Fifi retourne une chaise, s'assoit et appuie ses coudes au dossier.

– Manon, t'es triste ?

Elle est surprise par la question. Cela arrive pourtant, que Fifi remarque des choses que les autres ne remarquent pas.

– Non, ça va, Fifi, ça va. Tu sais, tu ne devrais pas boire autant, ça te fait du mal.

Fifi baisse les yeux et fait la tête.

– C'est pas moi, c'est les autres qui m'en donnent !

– T'es sûr que tu ne leur demandes pas un peu ?

– Oui, je suis sûr, Manon.

Le cœur de Fifi cogne fort.

– Tu devrais faire attention, crois-moi !

– Oui, Manon, je ferai attention, t'es gentille, Manon, t'es gentille avec moi ! Pourquoi t'es triste ?

Manon pose le coude sur la table et appuie le menton dans la paume de sa main, laissant filer un long soupir.

– J'ai perdu un ami, Fifi. Tu te rends compte ce que c'est, perdre un copain, n'est-ce pas ?

– Ah oui ! Moi j'aime mes copains.

– Voilà pourquoi je me sens un peu triste maintenant, c'est pas grave, va.

– Ah oui ! Je comprends. C'est Marcellin ? Il doit être triste aussi, Marcellin.

– Pourquoi tu dis que c'est Marcellin ?

– Parce que Marthe elle a dit que Marcellin était ton fiancé, pendant que t'étais pas là.

– Quoi ?

Fifi tourne des yeux apeurés, il craint d'avoir dit une bêtise, pourtant il bredouille de nouveau, sur un ton triste :

– Marthe elle a dit que Marcellin était ton fiancé, oui...

– Pas du tout, Fifi, Marcellin n'est pas mon fiancé !

Fifi redresse la tête, il semble tout revigoré par ce qu'il vient d'entendre.

– Ah, je suis bien content !

– Tu l'aimes pas, Marcellin ?

De nouveau il baisse le nez.

– C'est pas ça.

– Je te le répète, Fifi : Marcellin n'est pas mon fiancé !

– T'es fâchée avec lui ?

– Oui, si tu veux, oui, je suis fâchée.

Fifi fronce les sourcils.

– L'a été méchant avec toi ?

– Il a... comment te dire... oui, si tu veux, il a été méchant.

Fifi pousse un grognement.

– Moi j'aime pas qu'on soit méchant avec toi !

– C'est pas grave, Fifi, c'est pas grave.

Il tripote un pan de sa chemise.

– C'est qui ton fiancé ?

– Je n'en ai pas. Enfin... il y a peut-être quelqu'un dans mon cœur, je ne sais pas encore.

Il s'excite :

– C'est qui ? C'est qui qui est dans ton cœur, Manon ?

Elle hésite :

– Un homme blessé…

Le moral de Fifi retombe comme un linge mouillé.

– Ah… il a mal ?

– Oui, Fifi, très mal. Il a quitté un pays qu'il aime beaucoup, son pays. Il est blessé à une jambe, c'est moi qui le soignais. Il souffre, tu sais, il marche comme Clip-et-clop. Je lui ai donné la canne de mon grand-père…

À ces mots, Fifi se redresse.

– Toi aussi tu as mal, Manon.

– Je n'imaginais pas qu'il me manquerait ainsi.

– Et si tu le retrouvais, tu serais contente ?

Elle sourit. Ses yeux se perdent de nouveau.

– Oui, je crois que je serais heureuse. Mais personne ne sait où il est.

Fifi remue sur sa chaise. Il s'accoude, se gratte la tête, regarde sur la table comme s'il y cherchait ses mots éparpillés.

– Moi je sais !

Manon le regarde.

– T'es gentil, Fifi. Personne ne sait où est Juan.

Il répète :

– Moi je sais !

Cette fois, Manon est troublée.

– Comment ça, tu sais ?

– J'ai senti une odeur de cigarette l'autre nuit et moi j'avais envie de fumer alors je me suis dit qu'y avait un pêcheur pas loin et que j'allais lui demander une cigarette. J'ai pas trouvé de pêcheur. Y a plein de grottes sur le bord du Gave, dans les rochers, et je sentais bien que çui qui fumait était pas loin, alors je me suis caché et j'ai attendu. Au bout d'un moment, j'ai vu sortir le type qui marche comme Clip-et-clop, avec une canne, oui, il est sorti pour pisser dans le Gave, hi ! hi ! C'est lui, c'est lui, c'est ton fiancé, tu veux que j'aille le chercher ?

Manon pose une main sur l'avant-bras de Fifi.

– Chut, doucement, Fifi, cet homme… mon ami est recherché par la police.

Fifi baisse la voix.

– Il a fait une bêtise ? C'est pour ça qu'y se cache ?

– Oui, si tu veux…

– Mais moi j'ai rien dit, Manon, juré, j'ai rien dit du tout parce que j'y pensais plus.

– C'est très bien, surtout n'y pense plus, voilà, ne dis rien à personne.

Manon se lève et prend le bloc de papier qui a servi aux joueurs pour inscrire les points. Elle écrit nerveusement quelques mots, dessine un plan grossier et plie la feuille en quatre.

– Tu veux bien rendre un service à Manon, Fifi ?

– Oui, bien sûr !

– Il se cache toujours dans la grotte, tu crois ?

– Oui, je crois…

– Porte-lui ceci, s'il te plaît. Et surtout ne dis rien, à personne, compris ?

Une minute plus tard, prenant la mission à cœur, Fifi disparaît à l'angle de la rue des Charmilles, en direction du marché couvert.

La Delahaye du professeur Greiner a passé le Nouveau Pont en début de soirée.

Ouvrant une bouche ovale devant un petit miroir de poche, ovale également, Mathilda se remaquille.

– Quelle poisse, mon ami, cette soirée !

– Le maire tenait absolument à ta présence. Tu le connais, Mathilda... une vraie tête de pioche. J'ai eu Falkenbach personnellement au téléphone, il est charmant et tout à fait francophone, nous aurions pu nous débrouiller sans toi, mais que veux-tu, son épouse ne parle pas français, il tient à les recevoir dans les meilleures conditions et ne veut pas qu'elle se sente le moins du monde à l'écart... tu vas replonger en enfance, Mathilda, cela te rappellera ton cher pays.

– Je suis invitée pour tailler une bavette avec la Bavaroise, en somme...

Le professeur étouffe un rire.

– Tu es facétieuse, Mathilda...

De la pulpe du majeur, Mathilda étire le coin de ses yeux lapis-lazuli. Puis elle vérifie la bonne tenue de sa coiffure. Sa blondeur résiste au temps et c'est pour elle un objet de fierté.

– L'épouse de Léon sera là ? demande-t-elle.

– Notre maire ne sort jamais sans sa Charlotte, tu le sais ! Il y aura également les Lamazou.

– Ah, ce cher Maurice et sa sole... quelle plaie, elle me navre prodigieusement.

– Pourquoi diable la traites-tu de sole ?

– Tu n'as aucun esprit, Pierre, j'en désespère. Il ne sert à rien de s'évertuer à faire preuve d'humour avec toi. Les Lamazou sont négociants en céréales et farines, ce me semble...

– C'est exact, et alors ? Je ne vois pas du tout en quoi tu trouves cela drôle.

– J'abandonne, tu es stupide !

Le véhicule stationne devant la mairie. Maurice et Francine Lamazou arrivent au même moment, à bord d'un cabriolet Bugatti. Maurice fait le tour du véhicule en trottinant et ouvre la portière. Francine descend en tenant son chapeau et en prenant garde à ne pas craquer la robe-fuseau qui épouse à la perfection ses lignes de carène. Maurice lui propose son bras. Petit et rondouillard, il doit bien avoir une trentaine d'années de plus qu'elle. L'étourdissante Francine est sa quatrième épouse et nul ne se hasarderait à faire le compte de ses maîtresses. Il dirige un important négoce de céréales et de farines achetées aux minotiers de la vallée du Gave. Il passe pour l'homme le plus fortuné de la région, ce qui lui confère un attrait non négligeable auprès des dames d'un certain goût.

Il fait un baise-main à Mathilda et s'extasie aussitôt de l'automobile du professeur.

– Cher Pierre, vraiment, une splendeur. La toute dernière 135 M, n'est-ce pas ? Quatre litres, quatre litres et demi... cent vingt chevaux...

– Cent trente-cinq...

– Cent trente-cinq ! Entends-tu, Francine ? Je suis ridicule avec ma 57.

– Elle n'est pas du même usage, dit Maurice en souriant à Francine, la vôtre est plus sportive, plus jeune...

– Oh vous me flattez, c'est déjà une vieillerie de 1936, je songe à la changer, j'ai essayé une Hispano V12, du tonnerre ! Il faut se dépêcher de commander, vous savez qu'ils arrêtent la production automobile ? Quel dommage tout de même...

Le professeur saisit délicatement la main de Francine et se penche légèrement.

– Qu'est-ce qu'une Hispano-Suiza au regard de votre épouse...

Maurice se pâme.

– Entends-tu, Francine ? Il est exquis, cet homme-là est exquis ! Ex-quis !

Mathilda fait galoper nerveusement ses doigts sur l'anse de son sac à main.

– Je suis gelée, entrons si vous le voulez bien.

– Vraiment, tu as froid ? demande le professeur. Je trouve cette soirée délicieusement agréable, au contraire, et la compagnie si charmante.

Mathilda préfère ne pas relever. Pierre ne perd rien pour attendre, il en fait un peu trop, là. S'il croit qu'elle ne le voit pas faire la roue devant la grisette parvenue du négociant...

Tous les quatre se rendent dans la salle de réception de la mairie. Près de la table où attendent les bouteilles de jurançon et le foie gras. Le maire et son épouse sont en compagnie des Falkenbach. Un type blond d'environ trente-cinq ans, élancé, l'œil vif et clair, accompagné de son épouse d'apparence discrète, un peu réservée, sans doute parce qu'elle ne parle pas français. Son visage s'illumine lorsqu'elle aperçoit Mathilda. On l'a prévenue que Mme Greiner était d'origine allemande.

Le maire procède aux présentations, puis demande à Lucette Fortas de servir l'apéritif sans tarder.

– Que deviendrait cette mairie si nous n'avions pas Lucette, chers amis ? Elle fait tout, ici, tout, une perle !

– C'est très précieux, une femme de ménage sur qui on peut compter, cisaille Francine Lamazou.

Léon Pouthet enchaîne, s'adressant à Falkenbach :

– Lucette est une collaboratrice hors pair, cher monsieur, elle ne compte pas ses heures au bureau, et quand vous avez besoin d'elle en dehors du service…

– Sommes-nous réunis pour parler de Lucette, chéri ? Je doute que cela vaille le voyage depuis la Bavière, dit Charlotte que le sujet de la polyvalence de la secrétaire de mairie visiblement agace.

Alors que Francine Lamazou tend son verre, Lucette a un mouvement malencontreux et lui verse du jurançon sur la robe.

– Oh zut ! Quelle godiche ! peste Francine en pinçant les lèvres.

Falkenbach prend aussitôt une serviette sur la table et tamponne la robe. Son épouse fait un commentaire dont seule Mathilda est à même d'apprécier l'assaisonnement. Elle pouffe, Mathilda, et ajoute deux grains de sel dans la langue d'Hölderlin. Mme Falkenbach lui lance un coup d'œil approbateur et amusé.

Léon Pouthet lève son verre.

– À l'amitié franco-allemande, chers amis, et aux riches perspectives que notre collaboration trace pour l'avenir.

– Nos gouvernements devraient en prendre de la

graine, ajoute Falkenbach en effleurant avec son verre celui de Francine, ce sont les hommes qui font l'histoire, et non les discours.

Les longs cils noirs de Francine papillonnent.

« Quel délicieux petit accent », songe-t-elle.

Maurice Lamazou affiche une tête d'enterrement, le professeur Greiner toste dans sa barbe, Mathilda biche et Mme Falkenbach grince des dents. Lucette Fortas n'est pas mécontente de son coup.

Le dîner a lieu au Francis Jammes, la meilleure table de Peyregave, au pied des ruines du château. À l'invitation du maire, Falkenbach se présente lui-même comme un industriel désirant établir des relations directes avec un exportateur français. À l'occasion d'une chasse à la grouse, en Écosse, un ami lui a parlé de l'entreprise Lamazou, dont l'ambition dépasse largement le cadre local.

– Votre réputation a franchi les frontières, cher monsieur. L'Allemagne se trouve en situation difficile pour ce qui concerne certaines matières premières. Nous connaissons un déficit de huit cent mille quintaux de blé, alors que la France annonce un excédent de vingt millions !

– Pourquoi votre pays n'achète-t-il pas, tout simplement ?

– L'Allemagne ne dispose pas suffisamment de devises étrangères, vous ne l'ignorez pas. Nous ne pouvons envisager que le troc, mais je doute que votre gouvernement accepte un marché du type blé contre armes, n'est-ce pas ?

– N'y voyez en aucune manière quelque insolence, dit Pouthet à l'adresse de Falkenbach, mais si l'Allemagne concentrait davantage son effort sur les matières premières plutôt que de se livrer à cette course à l'armement... Nous sommes entre amis... comment analysez-vous cela ?

– Vous avez raison, monsieur le maire, nous pourrions cesser de fabriquer des armes, mais dans ce cas nous compterions aujourd'hui sept millions de chômeurs...

Pouthet n'ajoute pas de commentaire. Il déguste une bouchée de cuissot de chevreuil rôti.

– Appréciez-vous notre gibier ?

– Délicieux ! répond Falkenbach. Sauce grand-veneur, si je ne m'abuse... Les histoires politiques m'assomment et je doute qu'elles passionnent nos épouses. Parlons affaires, si vous le voulez bien.

Il boit une gorgée de vin.

– Haut brion 1929, ah, vous nous gâtez, monsieur le maire ! Un grand millésime... puissant. Je me souviens d'en avoir goûté un il y a quatre ou cinq ans, il était encore très tannique, il s'est assagi. Superbe, oui, superbe.

Le professeur Greiner fait tourner le vin sous ses narines.

– J'ai quelques 1928 dans ma cave. Plus rond, peut-être légèrement plus féminin. Qui sait, nous pourrions créer une occasion de le déguster avec vous, monsieur Falkenbach...

– Pourquoi pas, en effet ? Chasse-t-on le chevreuil, dans vos belles contrées ?

– Oui, bien entendu ! dit le maire. La chasse appartient à notre culture, mais ce n'est pas à un Bavarois que je me hasarderai à donner une leçon de cynégétique...

– Oh, nous n'avons rien à vous envier. Il faudra donc que je revienne pour griller quelques cartouches.

– Quand vous voudrez, cher ami !

– Méfiez-vous, monsieur le maire, plaisante Falkenbach, cela ne tombe pas dans l'oreille d'un sourd !

Ils rient et trinquent.

– Qu'attendez-vous de nous ? demande Pouthet redevenu sérieux.

Falkenbach essuie précautionneusement la commissure de ses lèvres avant de répondre :

– Comme je vous l'ai dit lorsque je vous ai appelé, je désire importer directement du blé et de la farine, en évitant tous les intermédiaires. Il faut bien entendu que vos méthodes nous satisfassent et que nous nous entendions sur l'aspect financier. Le coût du transport n'est pas négligeable, tout cela demandera une étude très fine qui nous donnera une idée de la rentabilité d'une telle opération.

Maurice Lamazou intervient :

– Nous passerons vous chercher à votre hôtel demain matin, comme convenu, pour visiter nos entrepôts. Francine emmènera votre épouse à Biarritz, j'en ai parlé à notre chauffeur.

Francine approuve d'un sourire forcé.

La conversation entre Mme Falkenbach et Mathilda Greiner s'est animée. Personne ne comprend ce qu'elles se racontent, sauf ici et là quelques noms de villes. Quant à Charlotte Pouthet, elle s'ennuie. Elle n'a pas touché son assiette, la viande de chevreuil est trop forte à son goût.

À la fin du repas, un serveur vient annoncer que le café est servi sur la terrasse. Maurice Lamazou demande la cave à cigares. Il allume un havane. Falkenbach décline. L'industriel s'appuie à la rambarde et respire profondément l'air de la nuit.

Les toits de la ville se découpent dans l'ombre. Le

calme règne au creux des collines. Falkenbach cite trois vers de Francis Jammes et improvise quelques compliments sur la beauté du Béarn. Pouthet les reçoit avec fierté, comme si le Béarn, c'était lui.

Écoutant les vers que récite Falkenbach, le professeur Greiner se laisse absorber par le paysage nocturne. Mathilda vient près de lui. Soudain, il est secoué de petits spasmes. Il tente de réprimer un fou rire.

– Pierre, lui glisse-t-elle, que se passe-t-il, ça va ?

Greiner a les yeux baignés de larmes, il approche son visage de l'oreille de sa femme :

– La farine... j'ai compris... la sole... meunière...

C'est au tour de Mathilda de réprimer un fou rire. Dès qu'il s'agit d'humour, la lenteur d'esprit de son époux est vraiment irrésistible. Elle passe un bras autour de sa taille et l'entraîne à quelques pas, affectant de s'intéresser au panorama, le temps que leur rire s'apaise.

Léon Pouthet entreprend Falkenbach :

– Je peux organiser une visite de la ville, si vous le désirez. Nous nous enorgueillissons de quelques monuments historiques et je ne doute pas que vous vous intéressiez à nos diverses productions, le textile par exemple, nous avons des tissages célèbres.

– Je suis très vivement intéressé, monsieur le maire, ma nature curieuse est insatiable.

– Ce sera avec plaisir.

Un train passe le long des jardins, les sifflements métalliques des freins incisent le murmure de la nuit. Chaque paire de roues émet un double claquement, à la jointure des rails. La hulotte qui chantait dans les arbres de la berge se tait. Le train s'éloigne. La hulotte reprend son chant feutré, qui se mêle à la rumeur du Gave.

Les Frères Reclus sont réunis autour de la table, dans la cabane de jardin. Paco Cazals est venu avec Sérafin, le républicain en cavale planqué chez ses parents. La lueur fragile d'une bougie éclaire un silence de plomb que Lucette Fortas décide de briser en racontant l'aspersion au jurançon de Francine Lamazou.

Tout le monde rit de bon cœur.

– C'est ton premier attentat ! dit Antonio Rubio en s'essuyant les yeux.

– Tu sais ce que ces Allemands viennent foutre ici ? demande Jules Artigaud.

Lucette gonfle les joues et lève les sourcils.

– C'est un industriel, il veut importer de la farine.

Sérafin glisse quelques mots à Paco, qui traduit aussitôt :

– Sérafin dit que les nazis envoient des agents sur le territoire français.

– Espionnage ? fait Louis.

– Espionnage, exactement !

– Comment tu sais ça ? demande Jules à Sérafin.

– Nous savons beaucoup de choses, l'information circule entre nous, aussi mystérieusement que ça puisse paraître. La lutte continue ! assène l'Espagnol.

Puis, à la demande de Paco, il raconte quelques pages de son histoire personnelle. Comment lui et ses camarades ont réussi à tuer une dizaine de franquistes dans une embuscade, puis comment ils se sont fait piéger à leur tour à l'aube, dans les décombres d'une maison qui avait été bombardée la veille, où ils se planquaient. Les franquistes ont abattu tout le monde, sans procès. À genoux et une balle dans la nuque. Ils les avaient obligés à creuser la fosse où ils les ont jetés ensuite. Le dernier survivant a rebouché le trou. Quand l'ignoble tâche fut achevée, ils l'ont rossé férocement, arrosé d'essence et brûlé vif. Ses cendres furent abandonnées sans sépulture. Lui, Sérafin, il s'en est tiré par hasard. À bout de forces, il s'était endormi un peu plus loin, ils ne l'ont pas vu. Il s'est réveillé quand il a entendu des éclats de voix. Il a observé de loin le massacre de ses amis.

– Heureusement, je ne ronflais pas ! plaisante-t-il pudiquement, pour dissimuler sa tristesse et la peur qui le secoue chaque fois qu'il évoque ces événements tragiques.

Ensuite, il n'a eu de cesse d'échapper aux attaques des franquistes qui déchaînaient leurs forces sur les civils et les troupes en déroute. Maintenant, c'est aux rafles de la police française qu'il faut échapper pour joindre les membres du Mouvement libertaire en exil.

– La lutte continue, répète-t-il d'un ton ferme. Nous vivrons le temps qu'il faut dans la clandestinité, les Français nous y contraignent. Quand ils attrapent l'un d'entre nous, le choix est simple : la Légion étrangère ou le retour en Espagne. Qui d'entre nous, combattants de la liberté, veut aller en Afrique, les armes à la main, sur des terres colonisées ? Qui veut mourir fusillé par les suppôts de Franco ? Attention, les amis, prenez conscience que la France aussi est menacée, vous croyez qu'*ils* vont en rester là ? Il faut unir nos forces, écoutez-moi bien ! Vous devez nous aider à tenir et à nous réorganiser. Un jour, nous vengerons le 28 mars de cette année noire, quand Madrid est tombée. Nous marcherons ensemble sur la Puerta del Sol !

Les membres du groupuscule sentent leur chair vibrer aux accents inflexibles de la voix de Sérafin. L'heure approche de commencer la lutte. Existe-t-il une meilleure cause que celle pour laquelle les camarades de cet homme sont tombés ? Existe-t-il une meilleure cause à laquelle ils peuvent offrir leur vie ? Non, il n'en existe pas de meilleure ! Chaque mot du républicain renforce leur conviction.

Après les avoir dévisagés, Sérafin glisse la main sous le revers de sa veste et en sort un objet enveloppé par un tissu crasseux. Il le pose au milieu de la table et le déballe.

Les souffles sont courts. Le sang tambourine dans les veines.

La lueur de la flamme lèche les parties métalliques du pistolet.

– Voilà, dit Sérafin, c'est un Ruby 7,65. Je n'ai plus qu'un chargeur, et encore, il est vide. Vous ne devriez pas avoir trop de mal à trouver des munitions. Faites gaffe, ce modèle n'a pas de sécurité.

Jules Artigaud prend la parole :

– Nous avons rassemblé l'argent, chacun donnera la même somme, c'est entendu ainsi. Nous en serons responsables chacun son tour. Le pistolet appartiendra de la même façon à tout le monde, mais il sera interdit de s'en servir sans l'accord de tous, nous sommes d'accord ?

Il laisse un blanc pour permettre à chacun d'acquiescer, puis il saisit le pistolet et le passe dans la ceinture de son pantalon, sous son tricot, avec des airs importants. Après quoi il pose de l'argent sur le tissu étalé sur la table. Lucette Fortas fait de même, puis les autres.

Sérafin recompte :

– *Vale, vale, es vuestro ya…*

– Qu'est-ce qu'il dit ? fait Jules.

– Que c'est bon, le pistolet nous appartient maintenant.

VI

IV

Le plan qu'a dessiné Manon permet à Juan de remonter le Gave jusqu'à l'embouchure du ruisseau qui traverse la ville. Ici, on l'appelle le Riulet. Il prend sa source au nord, dans les collines de Barrat, traverse la châtaigneraie, puis musarde sur les prairies de Sainte-Cluque et Sainte-Eulalie pour atteindre la ville au lavoir dit de la Sèrp, à cause de la quantité de serpents qui nichent dans ce coin. Puis, entre les façades arrière des maisons, le cours d'eau suit une rigole au bord de laquelle on peut marcher aisément. Les berges mesurent entre trois et cinq mètres de large. Poursuivant sa course, le Riulet franchit la rue Saint-Jean sous un petit pont, et plus loin la rue des Charmilles, il glisse au ras des abattoirs et, par un tunnel où un homme courbé peut passer, croise la route nationale et la voie ferrée avant de se jeter dans les eaux vertes du Gave.

Juan remonte le Riulet, le quitte pour s'immiscer entre les maisons par le corridor d'à peine une largeur d'épaule, qui débouche sur un dégagement encaissé entre des murs aveugles et l'enceinte de la cour au cerisier. Il arrive après minuit, comme convenu. Il se cache, près du petit portail, en attendant que Manon vienne le chercher.

Accroupi dans l'ombre, il entend grincer les gonds. Il serre la canne de houx, prêt à en faire usage. Manon apparaît à la lumière de la lune. Il se signale par un discret « tsst ! ». Elle place un index devant sa bouche pour lui faire comprendre de rester silencieux, la chambre de Marthe est juste là.

Pour accueillir Juan, Manon a aménagé une cachette dans le grenier, derrière un bahut grossier, hérité d'on ne sait plus qui, mais que Marthe ne veut pas brûler. En guise de lit, une simple couverture sur le sol, pliée en deux, et un drap. Aucune lumière.

– Voilà, Juan. J'espère qu'ici, tu seras en sécurité. Tu devras attendre la nuit pour prendre l'air. Je te préviendrai que la voie est libre en cognant discrètement au plafond de ma chambre. Comme ça, deux coups répétés à intervalles réguliers. Tu répondras de la même façon pour dire que tu as compris, d'accord ?

– D'accord.

– Tu dégourdiras ta jambe, tu respireras un peu, et je te donnerai à manger. Je trouverai toujours le moyen de piquer une peu de soupe et de pain, à la cuisine.

– Merci, Manon. Je ne pourrai pas te rendre ce que tu fais pour moi.

– Ne me remercie pas. Je ne fais rien pour que tu me le rendes. Tu sais où tu iras, après ?

– Si je le savais, je ne te le dirais pas.

Manon sent un pincement dans sa poitrine.

– Tu n'as pas confiance en moi ?

– Rien à voir avec la confiance, Manon. Ça pourrait être dangereux pour toi, si tu savais.

– Tu as raison, je comprends.

Lentement, leurs yeux s'habituent à l'obscurité. Les lueurs ténues de la nuit parviennent à filtrer au travers des tuiles.

Juan s'allonge sur la couverture et croise les mains derrière sa nuque.

– À Fuente Vaqueros, il y a une grande maison abandonnée depuis plus de trente ans, avec un grenier comme celui-ci. On raconte des tas de choses étranges sur cet endroit. Des histoires atroces de vengeance, de pendaisons, de crimes. Certains disent même qu'elle est… comment dit-on… qu'il y a des… fantasmes ?

– Fantômes… une maison hantée ?

Manon s'est assise près de lui.

– Oui, c'est ça, hantée. Je ne sais pas d'où les villageois sortent ces histoires. À mon avis, c'est un vieux truc pour que les enfants n'aillent pas y traîner.

– Ici, dit Manon, il n'y a pas de fantômes, enfin je ne crois pas.

Juan la regarde.

– Non, je ne crains rien, ici. Je n'aime pas ces histoires. Petit, j'étais très peureux. Ma mère laissait toujours une bougie sur la table de nuit, mais la flamme projetait des ombres qui bougeaient au plafond et j'avais encore plus peur que dans le noir. Quel trullard !

– Trouillard ! reprend Manon en souriant.

– Trouillard. Ah, je n'y arriverai jamais !

– Si, Juan, tu te débrouilles très bien, tu as fait beaucoup de progrès en très peu de temps ! Si tu veux, je t'apporterai mes manuels scolaires, tu pourras t'exercer.

– C'est gentil. Ma mère, elle a toujours voulu que je parle le français. Elle voyait en son fils un grand poète reconnu à Paris. Et me voici soldat en déroute.

Il se redresse et décroche de son cou une fine chaîne en or. Il fait penduler le médaillon, qui lance des petits reflets.

– Tiens, Manon, c'est pour toi. La Virgen del mar, la Vierge de la mer, patronne d'Almería. Ma mère est originaire de là-bas. Quand je suis parti de Granada pour me battre, je lui ai dit que j'allais essayer de rejoindre Almería. Alors elle m'a offert cette médaille, en me disant que la Vierge me protégerait. Je ne suis pas croyant, mais j'ai accepté, pour rassurer ma mère.

– Elle est belle... elle t'a peut-être porté chance.

– Oui, peut-être. Je suis vivant et...

Il s'interrompt.

– Et ?

Il semble soudain perdu dans des pensées terribles.

– Rien, rien, Manon.

– Quelque chose ne va pas ?

Juan regarde le médaillon, tenu à hauteur de son visage.

– Il y a eu des représailles, au village, contre les familles des soldats républicains. En juillet 38, j'ai appris que mon père, ma mère, mon petit frère et mes deux sœurs avaient été fusillés.

Manon ne peut prononcer un mot. Elle retient des larmes.

– Je... je ne sais pas quoi dire, Juan.

– Parce qu'il n'y a rien à dire, Manon. Approche, dit-il en levant la chaîne.

– Non, Juan, elle te protège, cette médaille.

– Elle me protégera encore plus, si elle est à ton cou.

Il y a quelques jours, un événement a apporté du grain à moudre au moulin de la parole. On ne parle que de cela aux comptoirs et aux tables de tous les estaminets, donc chez Marthe, ne lui en déplaise.

Un tract anonyme a été glissé nuitamment sous les portes des maisons. Une prose aux accents lyriques qui alerte la population du sort réservé aux réfugiés espagnols enfermés à Gurs et stigmatise un traitement intolérable pour une nation telle que la France, une honte contre laquelle chacun doit se dresser, particulièrement en aidant les « combattants de la Liberté » à échapper aux rafles policières.

Le document a déclenché une série de contrôles sans précédent. Des dizaines de Peyregaviens ont été interrogés. Une nouvelle fois, l'imprimeur Alfred Fayet a été entendu pendant des heures, ainsi que son apprenti Guilhem Martin. Fayet, c'est connu, entretient des sympathies avec les communistes. Plusieurs fois il a imprimé pour eux des documents et des affiches. Qu'il soit mêlé à ce type d'agitation publique n'étonnerait personne. Guilhem, pour sa part, se montre à la terrasse du café de la place en compagnie de Jules Artigaud, dont personne n'a oublié les frasques syndicales. Jules est un mécanicien doué, la gendarmerie sollicite régulièrement son talent, pour des pannes que les services internes ne parviennent pas à réparer, alors on ne regarde pas de trop près dans ses affaires, mais il ne faut pas qu'il pousse le bouchon trop loin, quand même.

Quant à Guilhem, Jules lui a demandé de se tenir tranquille. Tout ce remue-ménage ne dit rien de bon.

– T'es repéré, Guilhem. S'ils te pistent, ils pourraient remonter jusqu'à nous. On va pas tomber dans le panneau ! Tu fais le mort quelque temps. Tu ne viens plus aux réunions et tu ne parles pas avec Louis, en classe.

Lucette a indiqué que Léon Pouthet soupçonne les milieux d'extrême droite d'être à l'origine du tract. Ils s'appuient à l'évidence sur ce genre d'action trouble pour susciter la confusion et faire valoir leurs théories afin de rallier les voix des franges plus modérées de l'opposition.

Lucette a entendu le maire évoquer la question auprès du professeur Greiner et du nouveau chef de la gendarmerie. Une bonne partie de la population est exaspérée par la présence des réfugiés et les désordres que cela provoque. Les esprits s'échauffent. Les contrôles d'identité perturbent la cité. Cette affaire s'ajoute à celle encore irrésolue de l'assassinat du soldat dans le parc de l'hôpital, jetant de l'huile sur le feu d'une polémique sans fin dans la presse, l'un de ces scandales de clocher dont la ville a le secret. D'un côté on relativise, il ne s'agit que d'un crime de droit commun. De l'autre on monte le sujet en épingle : ce crime montre bien que nous avons affaire à de dangereux terroristes rouges, toute une racaille que Franco a boutée hors d'Espagne pour faire place nette et asseoir sa politique. Et maintenant, ils font même de la propagande ! Le plus juste serait de lui rendre cette lie, pour retrouver la paix sociale.

Il règne sur la cité béarnaise un air de Saint-Barthélemy.

– Dis, Manon, demande Marthe, tu fermes bien la porte de la rue, le soir ?

Marthe est contrariée. Depuis quelque temps, sa fille a la tête en l'air. Elle est fatiguée. Elle se couche tard, bien plus tard qu'avant, elle vaque toute la journée sur son vélo, à livrer des médicaments, à soigner les vieux. La campagne en est pleine, de vieux. La génération des quadragénaires – celle de Marthe et de la plupart des clients de l'auberge – a été largement décimée pendant la Grande Guerre. Les vieux ont leurs habitudes ailleurs. Ils fréquentent les bistrots tenus par les vieux.

Au marché, on a parfois l'impression de vivre dans un pays de femmes et d'ancêtres. Cela fait du travail pour Manon, parce que les vieux c'est souvent estropié de quelque part, mais quand même, l'avenir ne s'annonce pas réjouissant pour autant. Marthe est soucieuse, Manon ne doit pas attendre trop longtemps pour se choisir un homme, toutes n'en auront pas.

– Oui, maman, je vérifie toujours la porte de la rue avant de me coucher, pourquoi ?

– J'ai l'impression qu'on nous barbote du pain et de la soupe, pas toi ?

– Ah ?

– Ce serait pas Fifi, au moins ?

– Fifi ? Non, il ferait pas une chose pareille.

– Pourtant, j'ai l'œil, je sais où j'en suis, à une ou deux assiettes près… Je vais mesurer discrètement, nous verrons bien si j'ai raison ou pas.

Les mains dans l'évier, Manon lave la vaisselle.

– Oui, c'est une bonne idée…

Manon sèche ses mains et sort dans la cour. Les idées s'embrouillent dans son esprit. Elle rentre dans la cuisine.

– Maman… je dois t'avouer une chose.

– Rien de grave, ma fille ?

– C'est moi !

– Quoi, c'est toi ?

– La soupe, le pain… c'est moi !

Marthe saisit le balai et se met à le passer nerveusement sur le sol de la cuisine.

– Allons, allons, ça peut pas être toi, t'es chez toi ici, pourquoi tu te volerais de la soupe ?

Elle s'interrompt brusquement.

– Manon… à qui tu la portes, cette soupe ? À l'un de tes malades qui crève la faim ? Je peux pas nourrir tout le canton, moi, j'ai pas les moyens, tu le sais !

– Non, maman, je la porte à… un Espagnol.

– Quoi ? Quoi, un Espagnol ? Ton malade est espagnol ? Tu serais pas en train de t'enticher d'un hidalgo, par hasard ?

– Il n'est pas malade, maman, il est blessé.

– Quoi, blessé ? Blessé où ? Quand ? Comment ? Par qui ?

– C'est un soldat…

– Hein ?

La colère monte aux tempes de Marthe. Un instant, elle ne sait plus quoi dire.

– Oui, un soldat… répète Manon.

– Hein ? Et pourquoi il se planque ? Il a peur d'être embarqué ! Il a fait des conneries…

Manon soupire.

– Non, maman, il est aviateur et les flics envoient les aviateurs à Gurs…

Marthe lâche le balai et prend son visage dans les mains.

– Oh bon sang ! Mais c'est pas vrai, c'est pas vrai ! Tu me les auras toutes faites ! Il est où ?

– Ici, répond Manon en levant le pouce vers le plafond.

Pour un peu, Marthe s'étouffe.

– Hein ? Quoi ? Ici ? Au… au grenier ?

– Oui, au grenier…

– J'appelle la gendarmerie tout de suite !

Le balai tombe au sol, Marthe fait trois pas et s'effondre sur une chaise. Elle sort la blague à tabac, prise nerveusement, avant de se reprendre.

– Non, j'appelle pas les gendarmes, mon pauvre Jean n'aurait pas fait ça, j'en suis sûre.

Manon s'engouffre dans la brèche.

– Tu sais bien que papa aurait mis tout son honneur à…

– Ça va, ça va, oui, je sais, pas la peine d'insister ! Je dois réfléchir. Louis est au courant.

– Ben oui… je lui en ai parlé. Maman, je compte sur toi…

– Quoi « maman je compte sur toi… » ?

– Pour… pour ne pas…

– Ça va !

Manon fait une bise à sa mère.

– Merci, maman…

Marthe s'agace :

– Je t'ai dit : ça va ! Au fait, ton cousin Charlot a encore ses migraines, Jeanne m'a demandé si tu pouvais pas lui déposer un peu d'aspirine, en passant par là-bas, c'est possible ?

L'atelier de sabotier du cousin Charlot se trouve près du Riulet, un peu en amont du lavoir de la Sèrp. Charlot est un cousin de Marthe, il est né à Salles-Mongiscard où son père était ébéniste. Il a une trentaine d'années. Il s'est marié l'année dernière avec Jeanne, sa fiancée de toujours. On dit qu'ils s'aiment depuis l'enfance, ces deux-là. Qu'il s'aimeront jusqu'à la mort et très certainement au-delà.

– Je n'ai personne à voir de ce côté aujourd'hui, mais je ferai un détour, dit Manon.

Marthe regarde le pendentif qui étincelle au cou de la jeune femme.

– Dis, Manon… tu la sors d'où cette Sainte Vierge ?

Manon est embarrassée, ses joue s'empourprent.

– C'est, c'est une Espagnole qu'on a soignée à l'hôpital qui me l'a donnée pour me remercier et me protéger.

Marthe n'a pas l'air très convaincue par l'explication.

– Ah oui, marmonne-t-elle, une Espagnole… j'avais pas pensé à ça.

Après avoir visité son cousin, un homme doux et affable, une bonne pâte, comme dit sa Jeanne, Manon s'arrête chez deux ou trois malades refaire des pansements, remonter le moral, avant de se rendre à l'hôpital où le docteur Loustau l'a convoquée.

À l'entrée du vestiaire, elle tombe sur Juliette.

– Salut, Manon, ça va ? Dis donc, on se voit plus beaucoup depuis que t'as pris du galon.

– Du galon, faut pas exagérer. On compte davantage sur ma foulée ou mon coup de pédale que sur mes compétences médicales...

– Heureusement qu'il y a le cinéma, sinon je ne saurais même plus à quoi tu ressembles...

– Le cinéma ? Ah oui, le cinéma...

– Ça se passe bien avec Marcellin ?

– Que veux-tu dire ?

– Allons, te fais pas plus gourde que tu es, tu vois bien ce que je veux dire... vous allez bien ensemble, je trouve, deux sportifs... et puis il est pas fauché, ça ne gâte rien.

– Il n'y a rien entre Marcellin et moi !

– Pourtant, vos débats avaient l'air passionné, vous voliez la vedette à Fernandel, faut le faire !

– Et si tu te mêlais de ce qui te regarde, ma belle ? Est-ce que je te demande des nouvelles de, de de…

– De qui ?

– C'est qu'avec toi, il faut suivre ! Oh, je suis bête ! C'est vrai, tu fricotes maintenant avec François, le clerc de maître Labarrère… Il doit bien gagner sa vie, tu as raison.

– Justement, ma chère, tu crois pas si bien dire. Il m'attend pour m'emmener dîner au Francis Jammes, ce soir.

Manon décoche un sourire hypocrite.

– Quelle chance ! Remarque, il est sûrement très intelligent. J'aimerais être à ta place, tu peux pas savoir…

– Ça viendra, ma fille, ça viendra… il va falloir que tu remues un peu tes fesses ailleurs que sur un vélo !

Elles se toisent un instant. Manon préfère en rester là. Juliette est follement jalouse que Loustau confie des responsabilités à sa collègue.

– Excuse-moi, j'ai rendez-vous avec le docteur Loustau.

Manon quitte le vestiaire et se dirige vers le bureau du chirurgien.

L'hôpital est moins bondé de réfugiés, il n'en reste qu'une dizaine, déjà mourants ou en passe de l'être. Les garages ont retrouvé leur première fonction, même si l'on a conservé des bottes de paille propre dans un coin, pour le cas où de nouveaux convois seraient accueillis.

D'après les journaux, tous les Espagnols sont désormais acheminés vers Gurs. C'est justement le sujet que le chirurgien veut aborder avec Manon.

Il est assis à son bureau et fume une cigarette en triturant un stéthoscope. Sa blouse blanche est dégrafée sur sa poitrine. Il semble fatigué, les traits de son visage sont tendus.

– Alors, Manon, comment vont nos petits Basques ?

– Du mieux qu'ils peuvent, docteur. Quelques bobos, rien de méchant. Ils demandent quand ils rentreront chez eux…

– Si nous pouvions, nous les aurions déjà renvoyés… Je redoute qu'on ne les envoie eux aussi au camp de Gurs, vous savez. J'en ai parlé au maire, il m'a dit qu'on n'y envoyait que les hommes, et certifié qu'il s'opposerait à un transfert des enfants, même sur ordre du préfet. Vous savez, l'armée pourrait s'en mêler et là, pour contrôler…

– S'ils font ça, il faudra qu'ils m'embarquent aussi !

– Ne dites pas de bêtises, Manon, laissez l'héroïsme aux imbéciles, nous avons besoin de vous. C'est précisément de Gurs que je veux vous parler. Le fait d'avoir évacué les Espagnols de l'hôpital n'a fait que déplacer les problèmes. Les services de santé d'Oloron et de Navarrenx saturent, les infirmeries du camp sont pleines et l'état de santé des prisonniers – il faut bien se résigner à les nommer ainsi maintenant, n'est-ce pas ? – se dégrade de jour en jour, c'était à prévoir. Il m'a été demandé de prendre en charge certaines opérations. Je suis réquisitionné, ils ne m'ont même pas laissé dire un mot, vous rendez-vous compte ? Comme si je n'avais pas assez de travail ! Ce qui se fera là-bas ne se fera pas ici.

– Qu'attendez-vous de moi, docteur ?

– Vous m'accompagnerez à Gurs. Je n'y procéderai qu'à des actes simples pour lesquels votre aide sera suffisante et précieuse. Juliette vous remplacera pour la tournée de soins.

– Juliette ?

Il tire sur la cigarette, une étincelle sarcastique brille dans ses yeux.

– Oui, Juliette… cela ne lui fera pas de mal de pédaler un peu, non ?

Manon pique du nez et ravale son rire.

– Vous n'êtes pas charitable avec elle.

– C'est vous qui n'êtes pas charitable, Manon, et vous n'y pouvez pas grand-chose… elle souffre de la comparaison, ma petite Manon, oh que oui !

Elle rougit.

– Arrêtez, docteur.

– Allons, je plaisantais, ne vous formalisez pas. Êtes-vous d'accord, pour Gurs ? Je préfère vous prévenir, ce sera sans doute difficile. Vous avez eu un aperçu pendant quelques semaines ici, je crains que ce ne soit pas beaucoup plus brillant au camp, voire bien pire.

Manon relève les yeux et le regarde droit.

– Je suis d'accord, docteur.

– Ne voulez-vous pas réfléchir jusqu'à demain ? Nous ne sommes pas à un jour…

– Je vous le répète, je suis d'accord.

À l'auberge des Charmilles, la garde rapprochée de Marthe est au complet. Bistec, Galoche, Miguel, Fifi, Clip-et-clop et l'abbé Bancon. La patronne a tiré les rideaux et fermé la porte de la rue à clef.

Après avoir offert une tournée – signe qu'une chose d'importance se trame –, elle a cherché ses mots pour savoir par quel bout commencer. Marthe sait bien qu'un jour ou l'autre, quelqu'un découvrira le pot aux roses. Les habitués entrent et sortent n'importe quand et vont souvent au fond de la cour pour libérer leur vessie. La présence de l'Espagnol sera bientôt un secret de polichinelle, autant déflorer la question tout de suite et le protéger ensemble. Parce que, pour Marthe, le réfugié est désormais un protégé de sa fille, donc un protégé de tous !

Une fois la nouvelle annoncée, la patronne se tait et observe l'assistance. L'un qui renifle, l'autre qui regarde ses ongles, celui-ci qui en profite pour se servir encore un coup aux frais de la maison, et Fifi qui fronce les sourcils, parce qu'il sait que l'Espagnol est un copain de Manon, accointance qui lui confère une aura quasi sacrée.

– C'est un criminel, tout de même, marmonne Bistec.

– Comment un criminel ? fait Marthe, un soldat qui se bat contre un soldat, t'appelles ça un crime, toi ?

– En l'occurrence, dit l'abbé, nous ne sommes pas en guerre contre l'Espagne, aux dernières nouvelles. Pas encore…

Galoche prend la parole :

– Moi, je suis d'accord avec le tract, on a un devoir vis-à-vis de ces gars-là. Vous imaginez si un Franco nous tombait sur la couenne, ici ? On ferait quoi ? On filerait doux ?

– Moi, fait Joseph, je dis qu'il faut pas aller se chercher les emmerdements où on les a pas. Rendre service, d'accord, de là à se gâcher la vie… Et toi, Miguel, t'en penses quoi ?

Miguel rêvassait, alors il emberlificote un peu le français et l'espagnol, comme quand il est surpris :

– T'as vraiment besoin que je te conteste ? Il n'y a pas de question pour moi, si j'ai allé retournar en Espagne pour prêter main fuerte a los republicanos, c'est pas pour les trahisonner maintenant !

– Ouais, Miguel, bravo ! lance Fifi.

Marthe demande son avis à Clip-et-clop. Pour lui, la question se pose en d'autres termes. Si Marthe décide de protéger un Espagnol, lui, il doit protéger Marthe. Il pourrait en cela lui conseiller de ne pas garder le républicain chez elle, or il ne lui vient pas le moins du monde à l'idée de la contrarier. Si elle décide que ce type reste ici, il reste !

– Moi, je pense comme toi, Marthe, dit-il laconiquement.

À ce moment-là, une camionnette freine devant l'auberge. On entend claquer une portière. Quelqu'un veut entrer. Marthe approche de la porte, écarte légèrement le rideau. Elle aperçoit Marcel Rieussec, l'adjoint au maire, limonadier de son état. Il a l'air d'en avoir un coup dans l'aile.

Il cogne au carreau.

– T'es fermée, Marthe ?

Elle réfléchit à toute allure. Inutile d'attirer l'attention, à cette heure, l'auberge est toujours ouverte. Elle tourne la clef.

– Entre, Marcel, quelqu'un a dû fermer à clef par mégarde.

Il franchit le seuil et découvre la tablée.

– Ah, mais y a du monde ! Salut la compagnie ! Dure vie que celle du limonadier. Je fais le tour de la clientèle pour prendre les commandes, si vous comptez bien, un verre par bistrot que je livre… faut pas fâcher, vous comprenez ça, vous autres…

– Ici, c'est pas un bistrot, précise Marthe, d'ailleurs tu n'y livres rien, je me procure moi-même le carburant… mais ça t'empêche pas de venir te faire payer un coup, t'as bien raison.

– Ben quoi, Marthe ? Si on se voyait que dans les occasions professionnelles… on peut passer chez toi par amitié, quand même, non ?

– C'est ce que je suis en train de te dire ! Prends place, je t'en prie. Alors, quelles sont les nouvelles ?

Le limonadier pose sa lourde carcasse en grimaçant, on dirait un gros soufflet de forge qui retombe.

– Les nouvelles de quoi ?

– Les nouvelles… les nouvelles… en général. Je sais pas, moi, la vie, les affaires…

– Oh, les affaires… ça ronronne, ça va pas fort.

– Et… à la mairie, dit Marthe, ça ronronne aussi ?

Le piège fonctionne à merveille.

– Ah non, là, par contre, ça camphre, je vous le dis ! Un vrai quartier général ! Les RG nous tannent pour qu'on les aide, la gendarmerie est sur les crocs, la police ne nous lâche plus. Ils ont eu vent d'un attentat contre Pouthet, ou je sais pas quoi, on sait pas exactement, on entend tout et n'importe quoi... et ils veulent arrêter les combattants espagnols qui sont encore dans la nature, foutre les aviateurs à Gurs, et les anars au trou, ils en veulent même aux cocos, enfin j'y comprends plus rien, moi. Le maire a beau leur dire que son rôle n'est pas de gendarmer la ville, ils fouinent dans les registres, l'état civil, les contraventions du garde champêtre...

– Et alors ?

– Ils veulent la peau de ce type qui a tué un soldat derrière l'hôpital. Vous n'avez rien entendu, par ici ?

Tous se regardent, tirant la moue, plissant le front, secouant le visage de gauche à droite. Ils se questionnent entre eux.

– T'as vu quelque chose, toi ?

– Moi ? Non, tu rigoles, j'ai pas que ça à faire, zyeuter le voisinage.

– Et toi, Bistec ?

– Ma foi, non, ce type doit être loin depuis longtemps, à mon avis.

Marcel essuie son front ruisselant de sueur.

– En tout cas, si vous entendez parler... et toi, Fifi, tu ouvres l'œil et le bon, des fois qu'il se planque du côté du Gave ou au fond des bois, hein ? Tu fais la différence entre un Espagnol et une poule d'eau, eh, Fifi ? Ha, ha ! Tiens, bois un coup à ma santé !

– Ouais, Marcel, dit Fifi... euh... qui ça se planque pour tuer le maire ?

– Laisse tomber, Fifi, c'est pas pour toi ces histoires.

On a beau craindre le pire quand il prend la parole, il se montre parfois plus malin que prévu, Fifi. Un nigaud qui joue les nigauds, c'est imparable et ça tendrait à prouver qu'il ne l'est peut-être pas tant que ça, nigaud. Sur le coup, en tout cas, il épate les gradins.

Le limonadier vide son verre.

– Bon, c'est pas tout, je dois encore passer chez Justine Jaurégui.

– T'as gardé le gros morceau pour la fin, Marcel ! dit Galoche.

Il faut avouer que chez Justine, ça picole dur.

Tout le monde se marre, intérieurement.

En sortant des carrières, Gaston Escoubeth rend visite à Jules Artigaud qui loue une chambre sous les toits à la pension Lascombes, juste au carrefour des routes de Dax et de Bayonne, où commence le quartier Chicago. Gaston et Jules ont appris à se connaître pendant les grèves de 36. Jules et sa révolte de mécanicien anarcho-romantique, et Gaston le communiste qui ne lésine pas à l'heure de monter au créneau.

Il est inquiet, Gaston. Un industriel allemand – Falkenbach, il croit – est venu visiter les carrières avec le maire et Lamazou, ce richard d'affairiste.

– Moi, j'aime pas ça, je te dis.

Allongé sur son lit, mains croisées derrière la nuque, Jules pense à ce que disait Sérafin, à propos des espions allemands.

– En plus, continue Gaston, il a posé des questions sur la compagnie de travailleurs étrangers, le fridolin. Je vois pas en quoi ça l'intéresse. Comme je suis responsable du groupe d'Espagnols, le patron m'a appelé et j'ai dû dire comment ça se passe. L'Allemand m'a demandé si la présence de gauchistes ne nuisait pas au bon fonctionnement de l'entreprise. J'ai répondu ce que je pense, que c'est des gars rudes à la tâche, et c'est pas avec ce qu'on les paye... il a compris que j'étais pas franchement du côté du patronat et m'a tourné le dos.

Jules se lève et ouvre la fenêtre en chien assis. Sans prononcer un mot, il regarde la ligne droite de la route de Dax qui monte vers le nord. Au loin, les feuillages des platanes palpitent dans les lueurs du soir. Les arbres immenses sont comme recouverts de pièces de bronze.

– Mouais, fait-il. Qu'est-ce que tu veux qu'on fasse, Gaston ? Après tout, des industriels qui font des affaires, c'est pas tout à fait anormal non plus, t'es pas d'accord ?

– Moi, je te dis que ça sent pas bon !

– D'accord, mais on fait quoi ? On manifeste devant la mairie contre le péril teuton ?

Jules s'assoit sur le lit, prend une cigarette et en propose une à Gaston qui accepte.

– J'en sais rien, mais on devrait leur montrer de quel bois on se chauffe. Qu'ils sachent à qui ils ont affaire ! Et puis t'imagines, pourquoi il s'intéresse aux carrières, hein ? Et si après les céréales, il voulait nous mettre le grappin dessus... tu vois le tableau, travailler à l'allemande ? Non merci, pas pour moi !

– Tu crois pas que ce serait mieux de pas faire de vagues, au contraire ? On y gagnerait quoi à emmerder ce Falkenbach ? Ça changerait rien, autant ne pas être repéré et attendre de voir ce qui se passe.

– Je suis pas d'accord, Jules. Si tout le monde dit ça, faudra pas s'étonner si on se fait bouffer. La lutte concerne chacun de nous, faut rien négliger.

Une nouvelle fois, Jules pense à Sérafin. À cette heure, le républicain doit être en chemin pour retrouver ses amis et poursuivre son combat.

– T'as peut-être raison, Gaston.

Une mouche vient se poser sur la nuque bovine de l'ouvrier. D'une main épaisse et calleuse Gaston l'écrabouille. Il déplie son imposante carcasse de muscles et va à son tour près de la fenêtre.

– En plus, y paraît que sa greluche bat le pays en compagnie de cette pouffiasse de Lamazou, à bord de la Bugatti de Monsieur, chauffeur et tout et tout... non mais tu trouves pas que c'est un peu trop ? Ils nous narguent !

Deux jours plus tard, les Frères Reclus passent à l'action.

Lucette Fortas a donné des renseignements sur le programme des Falkenbach. Ils ont décidé de rester plus que prévu. Le maire a proposé à l'industriel de visiter le barrage de Baigts, tandis que sa femme irait à Pau en compagnie de Francine.

Jules a donné rendez-vous à Louis, Paco et Antonio près du Vieux Pont, en pleine nuit. Ils ont longé la voie ferrée jusqu'aux abords des entrepôts Lamazou. Paco et Antonio se sont postés pour faire le guet, si quelqu'un vient, ils imiteront la hulotte.

Les deux autres sont entrés dans le hangar où Lamazou laisse ses voitures. La serrure n'a pas résisté longtemps à Jules. Du beau travail, sans esquinter le matériel, pas une trace. Le mécanicien a trafiqué les freins, en un temps record. Ensuite ils sont ressortis et ont refermé le garage. Ni vu ni connu.

Ils sont repartis en trottinant par la voie ferrée et se sont séparés en chemin. Jules a prévenu qu'ils ne se verraient plus pendant quelque temps. Même pas au bistrot. Il a décidé que la cellule des Frères Reclus devait se diluer, disparaître dans l'air.

Le lendemain matin, à la première heure, une Hispano-Suiza V12 étincelante se gare devant chez Lamazou. Maurice a absolument tenu à faire une surprise à Francine tant que les Falkenbach sont là. Il a téléphoné à Paris afin qu'on lui livre de toute urgence la voiture.

Une heure plus tard, le chauffeur envoyé par Hispano-Suiza repart avec la Bugatti. Il roule à fond de train, épaté par les performance de l'Italienne. Il se réjouit à l'idée que ce sera un vrai plaisir de remonter à Bois-Colombes avec ce bolide. Juste après Sault-de-Navailles, les freins lâchent et il percute le décor champêtre où, hélas pour lui, ont été plantés des platanes il y a un ou deux siècles. Les pompiers mettront une journée entière à extirper son cadavre de la tôle en bouillie.

Pendant ce temps, à l'arrière de l'Hispano-Suiza neuve cinglant en direction de Pau, Francine met à contribution ses vagues connaissances anglophones pour expliquer à une Mme Falkenbach tout aussi peu shakespearienne que le berceau d'Henri IV était une carapace de tortue retournée.

L'enquête de gendarmerie attribuera tout naturellement la catastrophe de la Bugatti à un excès d'enthousiasme du conducteur. En effet, entre Peyregave et le lieu de l'accident, de nombreux témoins ont vu passer l'automobile à une vitesse ahurissante. Personne n'aura l'idée de procéder à une autopsie de la carcasse.

Le premier sabotage des Frères Reclus est un fiasco.

Sur les coups de onze heures du matin, les gendarmes débarquent à l'auberge des Charmilles. Il leur arrive rarement de passer boire un verre, la maison n'invite pas la maréchaussée, c'est un principe. Ils sont quatre. Deux moustachus, deux glabres. Après avoir salué Marthe, il demandent à voir Manon. Marthe leur annonce qu'elle est au travail.

Le chef de l'escouade est un nouveau venu, un certain Loupiacq, on a lu un article dans le journal saluant sa nomination à Peyregave, il y a quelques jours. Il questionne la patronne, un sous-fifre prend des notes et les deux autres lorgnent dans tous les coins de la pièce.

Un gendarme auxiliaire, celui-là même qui ressemble à Errol Flynn dans *Robin des bois*, traficote un bouton du Ducretet Thompson.

Marthe l'épingle :

– Bas les pattes, fiston !

Surpris, l'auxiliaire la regarde d'un œil mauvais. Il ne compte pas se faire damer le pion devant ses supérieurs – qui plus est le nouveau chef Loupiacq – par une mégère, alors qu'il n'est pas encore titularisé. L'occasion en or de s'affirmer, de montrer qu'il a une haute idée de sa fonction et de l'autorité. Il allume le poste et augmente le volume.

Une voix égrillarde évoque les préparatifs des festivités du 14 juillet, cent cinquantième anniversaire de la Révolution française.

Marthe s'adresse au gradé :

– Chef, vous dites à ce blanc-bec d'éteindre le poste et de plus y toucher, sans quoi je vais perdre ma courtoisie...

Le chef s'adresse au gendarme en question :

– C'est bon, Lemoux, laissez ce poste et allez attendre à la fourgonnette !

Lemoux s'exécute et sort en grinçant des dents.

Le chef dit à Marthe que sa fille devra se présenter à la gendarmerie dans la journée.

– Elle a fait une bêtise ?

– Non... enfin, elle a...

Le chef s'interrompt. Marthe hausse le ton :

– Ah, j'ai quand même le droit de savoir ce qui arrive à ma fille, hein ? Elle a quoi ?

– Elle a, semble-t-il, je dis bien semble-t-il, sympathisé avec un Espagnol mêlé à une sale affaire.

– ... L'assassinat de l'hôpital ?

– C'est exact.

– Et qui vous a dit qu'elle le connaît ?

– Nous avons épluché les registres de l'hôpital, questionné le personnel et tous ses collègues de travail... C'est elle qui le soignait, et disons... le courant avait l'air de passer plutôt bien entre eux, à ce qu'on raconte.

– Comment ça « plutôt bien » ? Vous insinuez quoi ? Ce qui concerne ma fille me concerne ! Vous prétendez qu'elle est complice d'un criminel ?

– Je ne prétends rien du tout, madame, calmez-vous !

Votre fille peut aider à faire progresser l'enquête, nous savons que cet homme lui faisait des confidences. Elle comprend l'espagnol, n'est-ce pas ?

– Oui.

Le gendarme dit une deuxième fois que Manon devra se présenter à la gendarmerie. Puis il enchaîne :

– Et votre fils ? Louis… c'est ça ?

– Quoi mon fils ?

– J'aurais également quelques questions à lui poser. Il fréquente Guilhem Martin… vous confirmez ?

– Je confirme rien du tout ! Non mais dites donc, mon fils fréquente qui il veut. Il est pas là, désolée, c'est pas votre jour de chance.

– Décidément…

– Ben oui… fait Marthe en se disant que l'abruti d'auxiliaire qui lorgnait dans tous les coins lui rappelait bien quelqu'un.

En revenant du lycée, Louis aperçoit la fourgonnette devant l'auberge. Le jeune gendarme est à bord. Heureusement, ils ne se connaissent pas.

Sans changer de foulée, Louis entre au presbytère.

L'abbé Bancon est en train de faire des pompes dans le couloir. Il se relève prestement, remet de l'ordre dans les plis de sa soutane.

– Il faut entretenir la forme, Louis, tu vois !

Il esquisse deux coups de patte de la droite enchaînés sur un crochet du gauche qui frôle la mâchoire du jeune homme.

– À ton âge, j'étais une terreur. Double feinte de la droite pour déranger la garde et vlan ! crochet du gauche au menton, tout le monde descend ! Hé, hé, hé ! que me vaut ta visite, Louis, tu viens te confesser ?

– Je crois plus en Dieu, monsieur l'abbé.
– C'est pas grave, lui Il croit en toi.
Louis dit que l'auberge reçoit la visite des gendarmes.
– Oh merde ! Ils flairent la piste du réfugié.
L'abbé entre dans son bureau et regarde la rue au travers des rideaux.
– S'ils fouillent la maison, dit Louis, on est marron.
– Non, ils n'en sont sûrement pas là. Ta sœur soignait ce type, je crois. Ils doivent vouloir la questionner.
– Vous croyez ?
– Il va falloir faire gaffe…

Planqué derrière les rideaux crasseux de la fenêtre du presbytère, Louis attend le départ de la fourgonnette avant de se montrer.
Quand il entre dans l'auberge, Marthe s'apprête à en sortir, avec un pot de soupe.
– Tiens la porte ouverte, Louis, s'il te plaît, je vais au presbytère.
Louis saisit la poignée et attend avant d'ouvrir.
– Qu'est-ce qu'ils voulaient, les cognes, maman ?
Elle s'arrête et pose le pot sur une table.
– Questionner ta sœur, et toi aussi. Tu dois le savoir mieux que moi, non, ce qu'ils te veulent ?
Louis hausse les épaules.
– Non. J'ai rien fait de mal, maman.
– Pourquoi ils m'ont parlé de Guilhem Martin, t'as une idée ?
– Non, pas la moindre.
– Tu m'as pas dit qu'il travaille à l'imprimerie Fayet ?
– Si, et alors ?
– Tu serais pas mêlé à cette histoire de tract, par hasard, Louis ?

– Maman, franchement, tu crois que j'ai une tête à manigancer des trucs pareils ? Un tract, franchement…

– Bon… j'espère que t'es pas en train de filer du mauvais coton.

– Ils t'ont parlé de l'Espagnol ?

– Oui, ils le recherchent mais ne se doutent de rien pour l'instant. Je ne sais pas si on pourra le garder ici, c'est risqué.

Midi sonne au clocher de l'église Saint-Matthieu. Marthe s'agite.

– Avec tout ça, je me mets en retard. Allez, ouvre la porte, la soupe du curé refroidit !

VII

À la mi-journée, alors que les clients sont retournés au travail ou partis à la sieste – c'est selon –, Manon monte au grenier. Le temps lui paraît bien long, à attendre la nuit que Juan sorte dans la cour. Elle lui apporte des victuailles et de quoi procéder à de succinctes ablutions.

Ce n'est pas la première fois qu'elle rend visite au réfugié en pleine journée. Cela deviendrait même une habitude… Marthe a rongé son frein quelques jours avant de faire part de sa contrariété. Que Manon le voie la nuit, quand il descend au jardin, le temps qu'il se dégourdisse et grignote, va, mais le midi *et* la nuit, ça commence à faire… Elle trouve sa fille un peu trop prévenante avec l'Espagnol, mais elle serait bien incapable de se substituer à elle. En effet, Marthe souffre d'une phobie des rongeurs qui lui interdit les greniers et les caves. Cette angoisse à l'idée même d'apercevoir la plus chétive musaraigne arrange Manon, qui entretient le meilleur commerce avec Juan.

Pour lutter contre l'engourdissement cérébral, pendant ses interminables heures de solitude, il parfait ses connaissances en français. Manon s'amuse beaucoup à essayer de lui faire distinguer la prononciation du *v* de celle du *b*. Juan s'améliore, son accent sera bientôt imperceptible.

Manon a monté un baquet d'eau et du linge propre. Elle vérifie la bonne cicatrisation de la blessure à la jambe et refait le pansement. L'Espagnol lui demande de rester davantage avec lui, il aime sa compagnie. Au fond, c'est exactement ce qu'elle attend, elle le désire même intensément, or sa première réaction est de chercher un prétexte pour redescendre. Juan insiste.

– Reste un peu, s'il te plaît, les journées sont longues, tout seul, ici.

La lumière du jour filtre à travers les tuiles et par des interstices. La poussière dorée danse dans l'air que des rais bleus traversent à l'oblique.

– Tourne-toi, s'il te plaît, ne me regarde pas.

Manon ne comprend pas. Il répète :

– Tourne-toi, je vais faire ma toilette.

Juan se dénude et se met debout, les pieds dans le baquet. Il nettoie son corps et le sèche. Il renfile son pantalon et signale à Manon qu'il en a terminé. Elle le regarde. Les muscles fins de son torse dénudé luisent dans les fuseaux de lumière solaire. Elle remarque qu'il a forci un peu, le trouvant moins maigre qu'à l'hôpital, et en retire une certaine fierté.

Il s'assoit sur la couverture, adossé au bahut derrière lequel est aménagé son antre. Manon se tient à un mètre de lui. Pendant un moment, ils ne peuvent prononcer une parole.

Juan demande à Manon si elle peut lui procurer des cigarettes, puis il se met à lui parler de sa vie, sans qu'elle réclame quoi que ce soit. Elle a l'impression que craque une espèce de barrage intérieur, que les images se libèrent dans le flot de la parole, comme les branches quand une crue libère l'embâcle.

Tantôt les yeux posés au-devant de lui, sur la couverture, tantôt fixant Manon de son regard viril, Juan raconte une partie de sa propre histoire.

Après avoir effectué son service militaire dans l'armée de l'air, il est revenu à Fuente Vaqueros, à une vingtaine de kilomètres de Grenade, pour prendre le poste d'instituteur. Il dirigeait une modeste revue de poésie, diffusée dans les cafés intellectuels de Grenade, et jouissait localement d'une petite réputation de poète. Quand la guerre a éclaté, l'Andalousie s'est enflammée. Les « Arabes », en réalité les hommes de la Légion étrangère, étaient précédés d'une effrayante réputation. Juan a décidé de fuir, avec un groupe d'hommes qui voulaient tenter de quitter le pays, sans trop savoir comment. Ils ont pris le chemin du port d'Almería. En cours de route, certains se sont rendus. Les nouvelles n'invitaient pas à l'optimisme. Ils ont mis plus de trois semaines à rejoindre le port. Franchissant des rivières à la nage, traversant les oliveraies à la lueur de la lune. À moins de dix kilomètres du but, les membres du groupe se sont disputés. Certains ne voulaient pas entrer dans la ville. Ils n'obtenaient que des renseignements contradictoires qui affirmaient parfois qu'elle était aux mains des franquistes. Juan décida d'y aller tout seul.

À la fin du mois d'août 1936, il apprit la mort de Federico García Lorca en lisant un journal du camp républicain.

C'est la tragédie de Viznar qui le décida à s'engager dans le régiment 453, pour lutter contre le soulèvement, défendre la République et, au travers de cela, se battre pour la liberté telle qu'il la concevait.

Doué pour l'exercice et le commandement, il acquit rapidement une certaine autorité. On le redirigea vers son arme et l'école de la République de Murcie. C'est là qu'il compléta sa formation militaire et apprit à piloter.

Il mena ses premières missions à la fin de l'année 1937, à bord d'un bombardier d'ancienne génération, du côté de la Santa Eulalia la Mayor, en pleine Sierra de Guara. Plusieurs appareils ont été descendus et l'escadrille a ensuite été déplacée vers le centre de l'Espagne. Depuis Brunete, il participa à plusieurs semaines de bombardements sur Madrid, avant d'être de nouveau déplacé aux confins de l'Aragon et de la Catalogne, pour venir appuyer les lignes de front de Huesca et Saragosse.

Au fil des mois, les avions se détérioraient. L'escadrille attendait de nouveaux appareils qui étaient soi-disant en France mais tardaient à être livrés. Au cours de l'année 1938, les missions se sont raréfiées parce que les bombardiers commençaient à ne plus très bien voler. Juan a reçu un coup de mitraille qui l'a envoyé au tapis. Des paysans l'ont récupéré en pleine campagne, coincé dans la carlingue de son avion après un atterrissage forcé. Il était grièvement blessé à la jambe. On l'a transporté sur une charrette tirée par un âne jusqu'à Lérida où il a reçu les premiers soins avant d'être évacué sur Barcelone.

Là, les services de santé étaient déjà engorgés par les blessés et complètement désorganisés. On crevait à qui mieux mieux. Juan a été conduit vers le nord. L'ambulance longeait des colonnes de civils qui fuyaient. Des dizaines de véhicules étaient abandonnés sur le bord des routes, à court d'essence et des chasseurs venaient du ciel pour cracher le feu sur les gens.

En France, sa blessure infectée lui a évité le camp de Prats del Mollo. Il fut hospitalisé à Perpignan, avant d'être mis dans un train pour le Sud-Ouest parmi plus de deux mille compatriotes.

Voilà comment il s'est retrouvé à Peyregave, et bientôt dans le grenier de Marthe...

Au fil des jours, la fine équipe qui assure le fonds de commerce de l'auberge s'interroge de plus en plus sur « l'Espagnol du grenier », comme ils le surnomment. Certes, à chaque fois que la gendarmerie vient poser des questions, ils jouent une parfaite comédie qui égare les plus fines truffes des forces de l'ordre.

Même les policiers de Pau ont fait le déplacement pour questionner l'abbé Bancon. Sa trogne de boxeur un peu couperosée et ses avant-bras tatoués sont autant d'éléments qui retiennent l'attention. On sait que les presbytères n'ont pas pour coutume de laisser porte de bois aux fuyards. Évariste Bancon leur a servi un couplet inénarrable sur sa défiance vis-à-vis des bouffeurs de curés, jurant trois fois qu'il se sentait prêt à trahir jusqu'au secret du confessionnal pour faire progresser l'enquête. Quand il raconte la scène après avoir picolé un peu, l'assistance en pleure de rire et en redemande.

À ce régime-là, chacun redoublant de trésors d'imagination pour enfumer les enquêteurs, on comprend donc qu'elle ne progresse pas, l'enquête. N'oublions pas Fifi qui joue les parfaits innocents à merveille, il possède quelques recours naturels pour cela, c'est exact.

Cela dit, à force de parler de ce Juan, tous ceux qui sont au parfum finissent par concevoir une légitimité à le connaître un peu mieux. Après tout, s'il faut protéger quelqu'un, autant savoir de quoi il a l'air exactement. Et puis son histoire intéresse tout le monde, pas par curiosité, non, mais enfin quand même, on aimerait savoir... surtout Miguel qui partage avec lui tant les origines que la cause.

Un jour, à la faveur d'un moment où il se retrouve seul avec Marthe, Miguel n'y tient plus :

– Je te demande un favor, Marthe... je te promets que je dirai rien aux otros mais tu entends, ton Espagnol, j'aimerais bien le connaître. Sabes, je n'ai pas de nouvelles de mes camaradas de guerra, lui, peut-être qu'il sait... tu crois pas ?

– Ce que je crois, c'est que moins vous en savez sur lui, moins vous en aurez à raconter en cas de pépin ! Et puis c'est pas « mon » Espagnol.

Vexé, Miguel s'apprête à pendre congé quand Joseph le boucher débarque. Il l'entreprend aussitôt :

– Ah, Bistec, t'as pas envie de le connaître l'Espagnol del grenier, toi ?

– Ben tu tombes à pic, on parlait justement de ça avec Galoche, ce matin, en buvant le café chez Jaurégui.

Marthe s'inquiète :

– Vous en avez quand même pas parlé chez Justine, j'espère !

– Non, dit Bistec, te fais pas de bile... enfin si, on en a parlé mais à voix basse, personne ne nous entendait...

Marthe tape des mains sur ses cuisses.

– Ah, mais c'est pas vrai, Seigneur, pourquoi vous m'avez flanqué cette bande de bras cassés ? Qu'est-ce que je vous ai fait, moi, mon Dieu, pour mériter pareille calamité ?

Bistec regarde tour à tour Miguel et Marthe.

– Ben quoi ?

Marthe laisse filer un long soupir d'accablement. Elle imite l'air ballot du boucher :

– Ben quoi ? Ben quoi ? ... Ben rien, Joseph, rien. Tu sais, t'es pas toujours très malin... tu crois que tu as des amis partout, toi, tu jases, tu causes, tu déblatères, tu t'étales... On t'a jamais appris à la fermer un peu, dis ? On dirait que t'es nouveau, au pays. La fermer, tu comprends ? La boucler, tu piges, bouche cousue, motus, tu piges ou pas ? Et toi, Miguel, t'as rien dit à personne toi, hein ?

Miguel ne répond pas tout de suite. Il finit par bredouiller une phrase vaguement négative.

Marthe vient se camper devant lui, bras croisés.

– Miguel...

– Oui... Marthe...

– ... Miguel...

– ... oui, Marthe... bueno non, Marthe, je n'ai pas parlé...

– Miguel ?

Alors Miguel cède et avoue qu'il en a touché deux mots à Gaston Escoubeth, sous le sceau du secret bien entendu. Il justifie cet écart en rappelant que Gaston est responsable de la compagnie des travailleurs étrangers des carrières, que c'est grâce à lui que lui, Miguel, n'a pas été inquiété à son retour d'Espagne, il faut s'en souvenir, et puis Gaston, personne ne peut le soupçonner d'intelligence avec les autorités, il est plutôt du genre à balancer des pavés du haut des barricades.

Du coup, Marthe est partagée entre le reproche et l'intérêt.

– Si c'est à Gaston, alors… fait-elle.

Miguel n'a peut-être pas tort, si l'on arrivait à caser Juan, peut-être que les autorités le laisseraient en paix. La suite de l'explication de Miguel ruine tous ses espoirs, Gaston dit qu'il ne peut rien faire. Tout d'abord Juan est soupçonné de meurtre, d'autre part les aviateurs et les soldats de l'armée républicaine sont systématiquement conduits à Gurs, même ceux qui travaillent au sein d'une CTE.

Comme un fait exprès, Gaston Escoubeth passe à l'auberge. Comme ça, pour saluer Marthe. Il veut lui parler dans la cour, à l'écart de la clientèle.

Des policiers sont venus aux carrières pour interroger tous les Espagnols. Deux d'entre eux ont été emmenés et ils ne sont pas revenus. Gaston insiste pour rencontrer Juan. Marthe refuse, arguant que l'Espagnol du grenier risque de mal réagir.

– Il ne te connaît pas, tu comprends, il est sur le qui-vive et pourrait te tomber dessus par surprise. Manon lui dira que tu veux le voir, elle lui expliquera qui tu es.

Gaston insiste, dit qu'il a une raison très importante de vouloir le rencontrer au plus vite, il pourrait éventuellement tenter quelque chose pour lui. Marthe répond que Manon est la seule à posséder la clef de l'endroit où il se cache.

Depuis que l'Espagnol est là-haut, les choses ne tournent plus très rond. Marthe est irascible, Manon n'a pas toute sa tête, ça commence à bien faire. Bistec et Galoche n'arrivent même plus au bout d'une partie de dominos. D'habitude ils s'engueulent mais ça ne dérange pas le cours du jeu, alors que là, Bistec est incapable de se concentrer, il sent la présence de l'aviateur, il est perturbé, il meurt de trouille que les flics débarquent et coffrent tout le monde.

– En fait, Marthe, on se retrouve tous complices, avec ces histoires. S'il se fait pincer et qu'il est reconnu coupable du meurtre du soldat de l'hôpital, on l'a dans le baba, tu comprends ? Complicité de meurtre… j'ai pas envie de me faire coffrer, ça commence à bien faire ces salades à l'espagnole, ils n'ont qu'à retourner là-bas. Chacun chez soi et les veaux seront bien gardés, voilà ce qu'on dit et on a bien raison !

– Toi, dis, Galoche, dès que tu sens la menace sur ton petit commerce… t'es minable, tiens, voilà ce que je dis, moi ! Nous, les cheminots, on se fait une autre idée de la solidarité. On était tous d'accord pour protéger ce type, alors on tient jusqu'au bout et on se serre les coudes, c'est pourtant pas compliqué ! Jusque-là, on a toujours réussi à mettre les flics dans le vent, je vois pas pourquoi ça continuerait pas comme ça.

– On tient jusqu'au bout, on tient jusqu'au bout… râle Bistec, c'est quand, le bout, d'après toi ?

– J'en sais rien !

Miguel débarque.

– Hou là, ça sent le roussi madre mía…

Galoche tire une chaise pour que Miguel s'installe.

– Tiens, dis, Galoche, donne-nous ton avis, toi. Bistec a la pétoche à cause de ton compatriote…

– Qu'est-ce que tu veux que je te dise, moi ? Si j'étais lui, je serais bien contento de tomber sur quelqu'un como Marthe, il me paraît.

– Ah, fait Galoche en tapant sur l'épaule de Bistec, tu vois, grand couillon ! T'y penses pas à ces choses-là, toi. Tu vois pas plus loin que le bout de ton billot.

– Je dis que tant que ça me concerne pas, ça me concerne pas ! Moi, je suis pas aviateur, je suis boucher. J'ai pas des problèmes d'aviateur en cavale, j'ai des problèmes de boucher qui doit faire tourner une boucherie !

– Oh, s'exclame Galoche, tu vas pas commencer, dis ? T'es pas sur les rotules à la fin du mois, t'as pas attendu Léon Blum pour réduire les horaires de travail, toi !

– Hein ? Et c'est un cheminot qui va me faire la leçon, peut-être ? Nous les artisans, on n'est pas des assistés, tu comprends ?

Galoche durcit le ton :

– Non, je comprends pas, non… répète pour voir !

– Arrêtez, intervient Miguel, vous allez pas vous engolar à cause de…

– Toi, mêle-toi de ce qui te regarde, on s'engueule si

on veut à propos de ce qu'on veut ! Il commence à nous emmerder, ton compatriote, et toi aussi tu commences à nous emmerder !

– Quoi, qué te pasa, qu'est-ce que j'ai fait, moi ?

Marthe se mêle à la conversation :

– Vous avez pas fini, bande d'andouilles ?

Bistec rétorque :

– C'est toi et ta fille qui avez foutu la pagaille !

Marthe voit rouge :

– Joseph, tu changes de ton ou alors…

– Ou alors quoi ?

– Ou alors je fous tout le monde dehors, c'est compris ?

Le calme regagne un peu de terrain.

– Manon a été convoquée à la gendarmerie. Ils l'ont questionnée sur l'Espagnol. Elle est pas tombée de la dernière pluie, ma fille, elle a laissé filtrer quelques informations pour les envoyer sur une fausse piste. À mon avis, ils sont pas prêts de venir fouiner ici.

Joseph n'a pas l'air convaincu.

– Ouais, c'est toi qui le dis…

Miguel essaye d'apaiser les esprits.

– Bueno, il faut pas se fâcher, elle a raison Marthe.

Clip-et-clop arrive. Marthe sort la blague à tabac de la poche de son tablier et renifle une prise, comme l'écarteur siffle un armagnac avant d'affronter la corne.

– Tiens, tu tombes à pic, toi ! Je paye l'apéritif, c'est force majeure, là. Miguel, va en face prévenir l'abbé. Il faut qu'on tranche, ça peut pas durer.

À ce moment, Louis descend de sa chambre.

– Vous en faites une trombine…

Emportée par un élan de générosité que la situation exalte, Marthe a copieusement arrosé les glottes qui ont fini par se délier.

Clip-et-clop a commencé par se ranger à l'avis de Bistec. Il craint pour la sécurité de Marthe. L'abbé Bancon a proposé de faire passer Juan au presbytère, mais après discussion, on en a conclu que cela ne ferait que déplacer le problème. Miguel nous a bien gratifiés de trois envolées dans son sabir, la liberté, le courage et tout le bataclan, pour en venir au crime de l'hôpital qui ne ressortait quand même pas tout à fait de l'acte de guerre, Juan aurait pu se tenir tranquille quand même c'est vrai, comme si on pouvait pas s'évader sans tuer quelqu'un, tiens par exemple, il a voulu donner un exemple mais on l'a coupé parce que c'était hors sujet et qu'il n'est plus très compréhensible quand il fait des phrases longues, Miguel. Galoche s'est alors insurgé, l'Espagnol devait s'attendre à être transféré à Gurs, il est donc normal de chercher à fuir, dans ce cas-là, tant pis pour celui qui se met en travers du chemin. Un instant, l'avis général a vacillé, on était bien d'accord sur ce point, il ne pouvait se laisser colleter comme un lapin. On évoque alors les paroles de Ferdinand le menuisier-charpentier, qui a participé à la construction du camp, au début du printemps. Il a bien dit en revenant de là-bas que tout avait été conçu correctement, oui, d'accord, or les articles qu'on peut lire dans la presse décrivent tout de même des fils barbelés et des conditions de détention pénibles, surtout quand il pleut. Et cet été, ils vont crever de chaud dans ces clapiers ! Louis a surpris par une tirade passionnée sur la nécessité de s'opposer à l'autoritarisme par tous les moyens, et protéger les combattants espagnols en était un bon. Le conclave s'est retourné contre lui, c'est bien sympathique la fougue de la jeunesse, il n'y a tout de même pas le feu au Gave, autoritarisme, autoritarisme, de suite les grands mots. Voyant que le jeune était vexé, avec son bec cloué, Évariste Bancon lui a passé un peu de pommade. Louis l'a rabroué, s'est levé et a dit que puisque c'était ça, il n'avait plus rien à faire là. Bistec a profité de cette minute d'embarras général pour recentrer le débat sur le crime de l'hôpital, en demandant si tout le monde avait bien conscience de se rendre complice d'un meurtre. Blanc. On a senti que le boucher piquait au vif. Quelques gorges ont raclé, les regards se sont fuis un instant.

– Je vais réfléchir, dit Marthe en rangeant les bouteilles sur la table de service pour signifier que la maison est redevenue un petit commerce.

La peur instille son venin dans les pensées. Le train-train est menacé. On croyait que les vieux l'avaient emportée avec eux dans la tombe, la vieille peur qui serre le cœur des hommes… eh bien voilà, à l'affût dans l'ombre des âmes, elle attend son heure pour revenir, elle guette la première occasion, et la voici qui pointe son dard.

Galoche sent que le moral des troupes chancelle, alors il saisit l'occasion pour payer sa tournée. Aussitôt Marthe ramène deux bouteilles.

L'USP a gagné en match amical contre Montauban, la saison prochaine s'annonce animée. Le cheminot a prévenu sa femme qu'il risquait de rentrer tard.

– Ça va péter des flammes, cet hiver, je vous le dis. Les Montalbanais vont démarrer le championnat avec le moral dans les chaussettes, excellent !

– Bah, fait l'abbé Bancon, ils sont trop lourds tes Peyregaviens, Lucien, trop lourds. Le jeu change, c'est plus pareil, il faut courir sur un terrain maintenant, courir, la feinte, l'écart et paf !

– T'as toujours confondu le rugby et la boxe, Évariste.

Marthe a improvisé une brouillade aux lardons. Quand Manon revient du travail, la soirée bat son plein.

La jeune femme a le visage défait. Ses yeux habituellement pétillants et rieurs sont gonflés par les larmes.

Le silence tombe comme un poing au milieu de la table.

– Qu'est-ce qui se passe, ma petite ? demande Marthe.

Manon est gênée de se donner en spectacle. Elle écarte la question et file vers la cuisine. Marthe donne la cuillère de service à Clip-et-clop et rattrape sa fille près du cerisier. Elle a le visage plongé dans les mains.

– Alors, Manon, qu'est-ce qui t'arrive ?

Pendant une longue minute, les sanglots étranglent sa voix.

Marthe la serre contre elle.

– Tu veux pas me dire ?

– Maman, c'est affreux… je reviens de Gurs. J'étais là-bas avec le docteur Loustau.

– Et alors, qu'y a-t-il de si terrible, là-bas ?

Manon hésite, trouve difficilement les mots.

L'abbé Bancon vient aux nouvelles.

– Quelque chose ne va pas ?

– La petite revient de Gurs, dit Marthe sans se retourner, je sais pas ce qu'elle y a vu, mais regardez-moi le résultat ! C'est pas jo-jo…

L'abbé réfléchit.

– Tu pourrais peut-être venir dans la salle pour nous raconter, Manon. Je crois que tout le monde y trouverait matière à réflexion.

– À quoi bon raconter ça ? demande Manon. Je suis fatiguée, je vais me coucher.

– T'as rien mangé ! fait Marthe.

– J'ai pas faim.

Manon embrasse sa mère sur la joue et monte à l'étage.

Dans la salle de l'auberge, ils tendent l'oreille. Pas un bruit. Pour que Manon fasse cette bobine, il a dû arriver quelque chose de grave.

Marthe et l'abbé reviennent. Elle allume le Ducretet Thompson, pour couvrir la conversation, on ne sait jamais, une visite inopinée, une oreille indiscrète qui traîne… Sur les ondes, on parle en diagonale des tensions entre l'Allemagne et la Pologne et d'une intervention de Georges Bonnet, le ministre des Affaires étrangères, auprès de son homologue britannique pour le presser d'accepter les conditions soviétiques afin de parvenir à un accord, puis la voix enchaîne sans transition avec le 14 juillet qui approche et les commémorations du cent cinquantième anniversaire de la Révolution. Le gouvernement Daladier s'apprête à fêter l'unité nationale et prépare le défilé de « la plus belle armée du monde »…

– Ils nous bassinent avec ça, à la fin, gronde Marthe.

En pleine nuit, Manon entend le grincement de la porte de la chambre de Louis. Elle écoute et, un instant plus tard, perçoit le léger couinement du petit portail.

« Où va-t-il encore, à cette heure ? » se demande-t-elle.

Les yeux ouverts sur le noir, elle voyait défiler les images du camp de Gurs. Impossible de trouver le sommeil. L'envie de monter voir Juan lui serre le ventre. Tout à l'heure, quand il est descendu dans le jardin, elle a senti une grande tendresse dans la voix de l'Espagnol. Elle cherche un prétexte, y aller comme ça, en pleine nuit, cela pourrait laisser croire... laisser croire quoi, après tout ? Tant mieux s'il le croit ! Elle se décide enfin et sort de sa chambre, à pas de velours elle descend et va fouiller dans le tiroir du buffet sur lequel trône le poste. C'est là que Marthe garde toujours quelques paquets de cigarettes pour dépanner les clients.

Elle remonte à l'étage et tourne doucement la clef dans la serrure de la porte du grenier. Distraite, elle a oublié de cogner au plafond pour prévenir Juan.

Tout à coup, une traînée de lumière raye la cour. Marthe vient d'allumer. Le cœur agité, Manon s'immobilise. Au rez-de-chaussée, sa mère sort de la chambre.

– Y a quelqu'un ?

Elle fait quelques pas dans la cour, entre dans la cuisine pour vérifier qu'il n'y a personne et revient enfin dans sa chambre.

Manon attend. La lumière s'éteint.

La nuit est baignée de lait bleu.

Les yeux de Juan sont accoutumés à l'obscurité du grenier. Il a saisi la canne de houx et s'est accroupi, prêt à défendre sa peau.

Le plancher gémit sous le pied de Manon.

– Juan ?

Il reconnaît la voix et se détend.

– Tu m'as fait peur, Manon…

Elle prend place sur la couverture et lui tend un paquet de Celtique et des allumettes. Il la remercie.

L'allumette craque. Une lueur jaunâtre illumine le grenier. Juan plisse les paupières, penche la tête et aspire. La flamme lèche son visage. Manon observe ses joues qui se creusent lorsqu'il aspire pour activer la combustion. Quand la cigarette est allumée, il présente l'allumette devant le paquet et lit, d'une voix chaude et terreuse :

– Caporal ordinar… ordinaire… dix ciga… rettes gros module… régie française…

La flamme gagne ses doigts. Il secoue la main et souffle la fumée sur le brandon.

Un instant aveuglés, ses yeux s'habituent de nouveau à l'obscurité. L'odeur du corps de Manon le trouble. Il écoute le chuintement léger de sa respiration. Il l'observe, assise, le dos en appui sur une poutre, jambes tendues, croisées. La faible lueur qui s'immisce dans le grenier se pose sur les inflexions du corps de la jeune femme et le dessine par touches et fragments de courbes.

Elle sait qu'il est en train de la détailler. Un instant, elle est tentée de tirer le bas de sa jupe sous ses genoux, elle n'en fait rien. Le regard de l'Espagnol parcourt ses jambes, glisse sur son ventre, enveloppe ses seins, se perd un instant dans l'ombre de son cou pour finir sur son visage, sa bouche.

Une tiédeur envahit la chair de la jeune femme. Sa peau est parcourue d'une risée qui se répercute au fond de la poitrine et s'abolit dans un soupir.

Près de Juan, les tensions accumulées pendant la journée s'atténuent un peu. Elle est moins angoissée.

Il fume, sans parler. Il perçoit qu'elle apprécie le calme particulier qui s'est instauré entre eux. Il écrase la cigarette sur le plancher et étouffe les braises avec sa chaussure tenue à la main.

Peu à peu, le corps et l'esprit harassés de Manon glissent vers une sorte de langueur, de lassitude empreinte de ce doux plaisir que l'on éprouve à s'endormir. D'une voix régulière, ténue, comme tirant les mots d'un flot de cauchemars dont la fatigue rend l'atrocité plus distante, elle raconte sa première journée au camp de Gurs.

Il s'étend sur deux kilomètres, au bord de la route. Des centaines de cabanes de bois mathématiquement alignées sont encerclées par des grillages et des barbelés. Les gens du coin, des fermes, des villages alentour, parlaient avec les prisonniers. Elle en a vu qui lançaient des objets. Des lettres alourdies par des cailloux, pour passer par-dessus les barrières, des pommes de terre, des journaux. Parfois, ça tombait entre les deux lignes de clôture, alors un garde allait ramasser et renvoyait. L'objet finissait sa course dans les mains d'un autre destinataire que celui qui était visé. Manon ignore combien ils sont. Des milliers. Peut-être des dizaines de milliers, pas facile à dire, et pas seulement des Espagnols. Tous gris comme la terre, étiques, abattus. On dirait qu'ils se déplacent au ralenti. Qu'à l'intérieur de leur corps l'inquiétude et la tristesse pèsent des tonnes.

À l'entrée du camp, il a fallu passer par l'administration. Les gardiens, des soldats du 57e RI, ont épluché les papiers d'identité et toutes les autorisations. Ensuite ils ont fouillé l'ambulance. Le docteur Loustau s'est mis en colère, parce qu'on perdait un temps précieux qu'il aurait mieux valu consacrer aux malades et aux blessés. Il n'en fallait pas davantage aux cerbères pour ralentir l'allure. Ils ont suspendu la fouille et sont revenus à leur quartier. Manon les entendait rigoler. Elle a perdu patience à son tour, est allée les chercher. Ils sont revenus en traînant les pieds et, finalement, ont rendu les papiers sans achever la fouille.

Ensuite, ils ont ouvert les grilles. L'hôpital du camp est juste après l'intendance, à l'entrée, sur la droite. Hôpital, c'est un bien grand mot… certaines étables sont plus avenantes. Le docteur Loustau a fait ce qu'il a pu. Il a soigné des Polonais, des Tchèques, des Allemands, des Italiens, et un grand nombre d'aviateurs et de soldats espagnols. Beaucoup d'entre eux sont dans un état lamentable et seront sans doute morts d'ici peu de temps… Les soins ont duré toute la journée : Loustau, son assistant et Manon ont tenu jusqu'au bout de leurs forces, il en arrivait sans arrêt. Il a fallu interrompre brutalement. Des gardes sont venus et ont dit que l'hôpital fermait. Des hommes des Brigades internationales se sont fâchés. Ils ont demandé à rencontrer la direction du camp et tout ce qu'ils ont obtenu, c'est des coups de pied et de crosse de fusil… Les gardiens ont forcé l'équipe médicale à quitter les lieux.

– Lorsqu'on voit l'inimaginable, dit Manon, il faut apprendre à imaginer différemment.

Juan l'a écoutée sans dire un mot. Il a grillé plusieurs cigarettes. Manon voyait son visage durcir, à la lumière furtive des allumettes. Ses yeux étaient terribles, chargés d'ombre, de haine, de révolte.

Quand elle se tait, il y a un long silence. Du revers de ses doigts, il caresse la joue de la jeune femme.

– Merci, Manon. On va pas se laisser anéantir. Ni par les franquistes ni par les Français. Le combat continue. Je vais vivre dans la clandestinité, le temps qu'il faudra !

Au contact des doigts de Juan sur son visage, Manon a senti son cœur s'affoler. Comme sortant brusquement d'un rêve, elle se lève.

– Je dois aller dormir, Juan. Une autre dure journée m'attend, demain, j'ai beaucoup de malades à visiter.

Il se lève à son tour et reste devant elle. Il a envie de la serrer contre lui, de la rassurer, de lui prodiguer des paroles de réconfort. Il n'ose pas.

Elle va vers l'escalier. Avant de descendre, elle s'arrête un instant.

– Juan, c'est toi qui as tué le soldat, derrière l'hôpital ?

– Oui, Manon, je l'ai tué. Tu sais pourquoi, maintenant.

Allongé sur son lit, Jules Artigaud a écouté la relation de la discussion des habitués de l'auberge. Louis pense que l'un d'eux finira par craquer. Il a mesuré leur inquiétude et compris que l'amitié qu'ils portaient à Marthe n'était pas loin de trouver ses limites.

Le chef des Frères Reclus sort de la poche de sa chemise un paquet de cigarettes. Il en extrait une à demi et la tend à Louis. Louis décline, il ne fume pas, mais Jules insiste, c'est important pour un homme, de fumer. Alors Louis cède. À la première bouffée, il tousse et manque de s'étouffer. La tête lui tourne. Jules Artigaud réfléchit. Depuis l'attentat manqué contre les Falkenbach, les Frères Reclus ont cessé toute activité. Maintenant le chef du groupuscule anarcho-romantique cherche un moyen de relancer l'action. L'industriel bavarois est reparti dans son pays, interdisant une deuxième tentative d'attentat contre lui.

Peut-être que cet Espagnol offre sur un plateau l'occasion de reprendre le combat, d'une autre façon. Après avoir réfléchi, Jules dit à Louis qu'ils vont préparer le transfert et la planque du fuyard. Il ne faut pas le laisser tomber aux mains des flics. Dans un premier temps, on le conduira à la cabane de jardin. Sérafin a dit qu'il reprendrait contact avec eux, dès qu'il aurait rejoint la direction du Mouvement libertaire en exil, à ce moment-là on organiserait l'évacuation de Juan.

– Et si Sérafin ne se manifeste pas ? demande Louis

– On avisera.

La sécurité de Juan ne préoccupait pas seulement les Frères Reclus. Marthe a subodoré que le risque d'une dénonciation n'était pas négligeable. Elle en a parlé à l'abbé Bancon, un midi. L'abbé, il en a vu des vertes et des pas mûres au cours de sa vie. Il a été aumônier dans les tranchées, et ceux qui ont combattu à ses côtés savent ce qu'est un curé de choc. Ce brave mécréant de Jean lui vouait une admiration sans bornes. Il ne confondait pas le céleste et le terrestre, le pauvre Jean. Marthe sait qu'Évariste est le seul de la galerie sur qui l'on peut miser les yeux fermés. Les autres sont bien gentils, bien aimables, mais ils ont leurs petites faiblesses. En temps normal, rien de méchant mais là, on n'est plus en temps normal…

– Vous m'avez dit que Gaston est venu pour rencontrer l'Espagnol, Marthe, n'est-ce pas ? Gaston est un type bien, je suis sûr qu'il avait une idée, vous devriez le relancer.

Marthe n'a pas eu besoin qu'on le lui dise deux fois. Elle a fait prévenir Gaston par un gamin. L'ouvrier des carrières est passé à la sortie du travail. Comme il y a trois ou quatre clients inhabituels – dont Marthe ne peut répondre –, qui boivent une chopine, elle remercie bien clairement Gaston d'être venu si vite et fait allusion à une réparation dans la souillarde. Gaston Escoubeth pige le coup. Derrière eux, Marthe referme la porte de la minuscule pièce sans fenêtre. À la lumière pâlotte de l'ampoule, elle fait part de ses inquiétudes. Gaston dit à Marthe que Juan pourrait peut-être embarquer à bord d'un camion qui transfère des Espagnols vers le Lot-et-Garonne. Il n'y aura pas de convoi avant deux ou trois semaines, peut-être davantage. On tenterait de l'envoyer au large à ce moment-là. En attendant, il conseille à Marthe de redoubler de prudence.

– Pour ce genre d'affaire, rien ne doit filtrer, pas un mot, dit-il en pinçant le pouce et l'index devant sa moustache bien drue.

Légèrement piquée, Marthe se fait l'avocate de la clientèle :

– Je connais mes lascars, Gaston, de vraies carpes.

– Mouais… elles ont quand même une fâcheuse tendance à baratiner, tes carpes…

Tout en l'écoutant parler, Marthe se laisse absorber par la carrure de l'ouvrier. Une véritable armoire à glace. Et l'odeur de transpiration qu'il dégage, cette odeur de mâle lui remue un peu les sangs. Elle se secoue et s'apprête à rouvrir la porte.

Il la saisit par le bras.

– Quelque chose ne va pas, Marthe ?

– Non, tout va bien, je veux sortir de là, j'ai une peur bleue des souris !

Entre-temps, Arnaud, le fils d'Anselme, est arrivé à l'auberge pour livrer des œufs frais. Comme il n'a pas vu Marthe auprès de sa clientèle, il est entré dans la cuisine, puis a jeté un œil dans la cour. Arnaud connaît bien les lieux, il venait souvent jouer avec Louis et Manon, quand il allait encore au collège. La souillarde était fermée, alors il n'a rien remarqué. Il est monté, a cogné à la chambre de Louis, sans succès, puis à celle de Manon. Mal fermée, la porte s'est effacée sous sa main. Poussé par la curiosité, et très excité à l'idée de découvrir l'univers intime de celle pour qui il en a toujours pincé, Arnaud est entré. Il a longuement inspiré, afin de se pénétrer du parfum des lieux, puis a détaillé le décor. Du bout des doigts, il a caressé le lit. Sur le plateau d'une coiffeuse, un livre de natation ouvert. Des croquis décomposaient la technique du crawl.

Soucieux de n'être pas pris en flagrant délit d'impertinence, Arnaud s'apprêtait à ressortir quand il lui a paru entendre un bruit provenant du plafond. Il s'est immobilisé. En effet, le plancher du grenier craquait à intervalles réguliers, quelqu'un marchait là-haut. Il a écouté un moment, le bruit a cessé. Il a pensé qu'il s'agissait peut-être d'un hibou. Cela arrive souvent, que l'on confonde les tribulations d'un hibou dans les combles avec un pas humain. Quand même, le son qu'il a entendu semblait produit par quelque chose de plus lourd qu'un hibou. Il est ressorti doucement, a refermé la porte de la chambre et éprouvé la poignée de celle du grenier. Celle-ci a résisté, elle était fermée à clef.

Arnaud entend alors la voix de Marthe, en bas. Elle ressort de la souillarde avec Gaston. Il se demande bien ce que ces deux-là pouvaient trafiquer ensemble, puis il trouve une réponse à sa question… et redescend.

Marthe, qui devine les pensées du garçon, explique d'une voix embarrassée que Gaston a eu la gentillesse de lui rendre un petit service.

– Un petit service… reprend Arnaud.

– Ben… ben oui, fait Marthe un peu confuse, y a quelque chose d'extraordinaire à se faire dépanner par les amis ?

Comme elle sent qu'elle s'enlise, Marthe vire de bord et entre dans la cuisine. Elle aperçoit les œufs, posés à côté de l'évier.

– Ah, tu as porté des œufs !

– Oui, Manon réglera la prochaine fois qu'elle passe à la ferme. Elle n'est pas là ? Je suis monté à sa chambre et je ne l'ai pas vue…

– T'es monté là-haut ? demande Marthe d'un air sévère. Et pourquoi t'es monté là-haut ?

Elle sert un verre de vin à Gaston Escoubeth, légèrement émoustillé par les yeux qu'elle vient de poser sur lui, qui lui ont paru doux. Torse bombé, il roule sa grande carcasse musculeuse et la plante devant Arnaud.

– Tu crois que ça se fait de monter à la chambre d'une fille comme ça, petit ? Tu veux que je te rappelle les bonnes manières ?

Arnaud devient pâle.

– Non, Gaston, mais je pensais pas à mal…

– Je m'en fous de ce que tu pensais. Si tu recommences une chose pareille, je t'emplâtre, tu as bien compris ?

– Oui, Gaston…

– Alors fous le camp, maintenant, et fais-toi oublier !

VIII

Côté abreuvoir, Ferdinand le charpentier n'avait jamais vraiment forcé sur l'abstinence. Cela dit, depuis qu'il était revenu du chantier de Gurs, sa soif s'était considérablement accrue et, chose nouvelle, il avait le vin de cerf quand il pictonnait. Qu'il tînt un coup dans le nez, le voilà qui larmoyait et se morfondait, crevait de remords, s'en voulait à mourir d'avoir participé à l'édification du camp. Lui qui tirait tellement de fierté d'avoir répondu présent à l'appel des autorités, lui qui s'enorgueillissait des quarante-deux petits jours qui avaient suffi à expédier la construction, comme d'un record mondial imbattable, il était tombé au fond du trou... Il en devenait même un peu lourdaud, pour tout dire. De bistrot en bistrot il traînait sa misère, et comme il n'y avait pas un jour sans qu'il entende une réflexion, sans qu'il lise un article sur les conditions de détention des prisonniers, le mal s'aggravait et il sombrait inexorablement dans la mélancolie.

Ce qui devait arriver arriva, sa dernière cuite s'est achevée sur le pavé de la rue du Château, au terme d'une chute commencée quinze mètres plus haut alors qu'il remaniait la toiture de l'Institution Montcalm.

Pour bon nombre d'élèves qui sortirent dans la rue attirés par le branle-bas, ce fut la première occasion de la vie de voir un mort. Un vrai mort. De près, avec la tête fendue, la bouche ouverte, le sang qui s'étale, les yeux de bête apeurée et cette étrange et inexplicable impression générale qui se dégage d'un cadavre, de n'être plus tout à fait un humain.

Après l'enterrement, l'auberge est bondée. Les flonflons de la vie, orchestrés par une légère ébriété, succèdent au recueillement et à la tristesse.

Galoche et Bistec trinquent déjà à la santé du défunt, si l'on peut dire. Vêtu d'une veste sombre, Alfred Fayet l'imprimeur est là aussi, avec Mimi son épouse et trois connaissances. Un groupe de jeunes de l'USP tonitrue autour d'une table où Marthe a déposé un casse-croûte. Ils ont fini l'entraînement et se préparent à une tournée des grands-ducs.

– Marcellin n'est pas avec vous, les gars ? demande Marthe.

Le tintamarre baisse d'un ton.

– Il aide son père pour l'inventaire de la quincaillerie, dit l'un, peu convaincant.

– Il fait pas la tête, au moins ?

Tous affichent des visages innocents.

– La tête ? Pourquoi voudrais-tu qu'il fasse la tête, Marthe ?

– Pour rien, maugrée-t-elle en s'éloignant.

Le vacarme reprend. Galoche leur offre une bouteille de vin.

– À votre santé, les jeunes ! Le vin, ça conserve !

– Ça dépend qui, marmonne Bistec en tournant distraitement les pages de *L'Illustration.*

Galoche se mord la lèvre.

– Mince, c'est pas le jour… pauvre Ferdinand, je l'aimais bien, moi.

– Ouais, faut bien canner de quelque chose, ajoute le boucher sans lever le nez du journal. T'as compris ce que c'était, toi, l'Anschluss ?

– L'an quoi ?

– Ça va, je demanderai à quelqu'un d'autre…

Quand Marthe vient les resservir, Joseph « Bistec » lui pose la question. Elle répond, poings sur les hanches :

– Ah tu vois, dit Bistec à l'adresse de Galoche, elle est moins couillonne que nous !

– C'est où exactement, l'Autriche ?

– Ben… au sud de l'Italie, je crois, non ? répond le boucher.

– Vaut mieux entendre ça qu'être sourde ! dit Marthe.

Elle porte du pain à la table des jeunes.

– Elle a pas l'air, la Marthe, mais… méfie-toi ! dit Galoche.

– Tu crois qu'elle se retrouvera un bonhomme ?

Le cheminot se penche et parle à mi-voix :

– J'ai dans l'idée que Gaston…

– Gaston ? Gaston Escoubeth ? Cette grande gueule de syndicaliste des carrières ? s'étonne Bistec.

– Tu le verrais avec elle… un toutou.

– Et comment ça, un toutou ?

– Figure-toi que je les ai vus ensemble. Il l'a emmenée voir passer le Tour de France, l'autre jour… de vrais petits tourtereaux. À propos, tu l'as suivi, cette année ?

– Qui, Gaston ?

– Non, le Tour.

– Boh ! M'en parle pas ! Une mascarade, mon pauvre. Le Tour sans les Allemands, sans les Italiens, sans les

Espagnols, franchement, ça ressemble à quoi ? Moi, j'aurais annulé à leur place.

– Attends, attends, t'exagères pas un peu ? On a eu droit à une sacrée bagarre, quand même…

Et Lucien Despujols « Galoche », cheminot de son état, de se lancer dans le récit comme si on y était de la huitième étape contre la montre entre Salies-de-Béarn et Pau, qui vit la victoire du Suisse Karl Litschi, tandis que René Vietto le Français consolidait sa place de premier au général. Comme chaque année, la foule s'était amassée sur le parcours. Au bord de la ligne droite qui longe le camp de Gurs, les réfugiés espagnols ont eu l'autorisation de passer la première clôture de barbelés pour encourager les coureurs. Sur un calicot, on a pu lire « Les combattants de la liberté saluent les forçats de la route », mais les journaux du lendemain ont parlé d'autre chose.

Installés face à face, se tenant la main, Jeanne et Charlot se font les yeux doux. Charlot était un bon copain de Ferdinand le charpentier. Il raconte à Jeanne des histoires de jeunesse qu'elle connaît déjà, elle l'écoute sans donner le moindre signe de lassitude. Elle caresse sa main et boit les paroles du sabotier, ouvrant de grands yeux attendris d'amour.

Marthe leur porte des tartines de rillettes. C'est la tradition qui le veut, après un enterrement, on mange et on boit en parlant un peu du mort et beaucoup d'autres choses, en particulier des absents qui sont encore vivants.

Jeanne et Charlot ne sont pas de ce bois, eux, ils ont bon esprit, de véritables saints en route pour le paradis, trajet direct et sans l'ombre d'un doute.

– Allez, les tourtereaux, goûtez-moi ces chichons, c'est

pas une raison pour se laisser abattre, vous m'en direz des nouvelles !

– Merci, Marthe. Manon n'est pas là ? Nous aurions aimé lui faire la bise, quand même !

– Elle est allée nager à la piscine après l'enterrement. Tu la connais, elle a toujours besoin de faire de l'exercice, alors comme elle ne retournait pas au boulot, elle a profité de l'occasion ! Elle gagnera les jeux Olympiques, si elle continue.

– Et ton petit Louis ?

– Ne m'en parle pas ! L'abbé Bancon a proposé de l'emmener avec lui, après les fêtes, pour travailler à la colonie du Bager. Eh bien, figure-toi qu'il a préféré partir à Toulouse jusqu'à la rentrée... chez un libraire qui l'a embauché pour trois picaillons, le gîte et le couvert. Louis et ses livres, tu sais bien... Je sais pas qui lui bourre le mou contre les curés, mais il change, le gosse.

– Il grandit, pardi ! Ne te plains pas, tes enfants sont aussi gentils l'un que l'autre, Marthe, dit Jeanne.

– Tu dis ça parce que tu les vois pas tous les jours !

– Si tu as besoin d'un coup de main... propose Charlot.

– T'es pas là pour travailler, je me débrouille.

Marthe va dans la cuisine chercher l'Almanach des Postes et Télégraphes. Elle le pose sur la table de Galoche et Bistec.

– Tenez, bande d'ignares, il doit y avoir une carte de l'Europe là-dedans !

– Pour quoi faire ? demande Bistec.

– Pour que vous regardiez ce qu'y a au sud de l'Italie !

Service funéraire achevé, l'abbé Bancon et Hugues, le grand escogriffe de séminariste, entrent à leur tour. De bonne famille et d'éducation rêche, le jeune se sent ici un peu à l'étroit dans sa soutane. Les gars du rugby lorgnent son air engoncé d'un œil narquois. L'abbé les repère et vient à leur table en retroussant les manches de la sienne, de soutane, sur les tatouages de ses avant-bras.

– Quelque chose ne tourne pas rond, les enfants ?

– Tout va bien, monsieur l'abbé, tout va bien... répond Luc, un Chalossais sculpté dans un tronc de chêne, porte-parole habituel de l'équipe en cas de différend sous la mêlée.

Même les plus costauds savent qu'on ne cherche pas de noises à Évariste Bancon, jadis surnommé « l'Enclume » dans les salles de boxe. Le dernier type que le curé a mis KO sur un ring, il y a plus de vingt ans, a toujours la tremblote quand il passe devant une église ou un simple crucifix.

L'abbé et le séminariste s'installent à la même table que Jeanne et Charlot.

– Marthe, une quille de rouge et deux verres, s'il vous plaît !

– Voilà, ça vient, je vais pas vous laisser à sec, vous inquiétez pas !

Le saint Hugues ne trouve pas les mots pour dire qu'il préférerait une grenadine. Donc il ne le dit pas et on lui sert du rouge, source ineffable de plaisirs que ne peut réprouver catégoriquement Rome, et pour cause.

Une vie de pochardise commence souvent ainsi, avec des intentions louables, des circonstances atténuantes.

Les joueurs de l'USP se lèvent et prennent congé. Marthe ne peut s'empêcher de leur prodiguer quelques recommandations. Ils la chambrent sans méchanceté en l'appelant « maman ».

Peu à peu le reste de la clientèle quitte l'auberge, sauf

l'abbé qui a commandé un souper pour deux à Marthe. Évariste invite son séminariste. On sent bien que le pieux et compassé jeune homme commence à l'agacer avec son côté bondieusard, l'abbé a décidé de prendre son éducation extra-religieuse en main. Gestes à l'appui, il décortique sous les yeux polis de son interlocuteur les subtilités de l'uppercut et les mille manières de l'appliquer au menton de l'adversaire. Passionnant.

Une heure plus tard, complètement pompette, Hugues dort sur sa chaise, le menton dans la soutane.

Quand Manon revient de la piscine, les joues roses, cheveux encore humides, plaqués en arrière et tenus par un foulard blanc, Louis est en train de balayer la salle. Aussitôt il raconte à sa sœur comment l'abbé a pris le jeune curé sur son épaule, hop ! telle une botte de foin. Marthe en rigole encore. Elle aligne les verres propres et essuyés sur la table de service.

– Manon, si tu as un moment dans la semaine, tu iras chercher du vin chez Anselme, ils m'ont presque tout picolé, aujourd'hui. Un enterrement, c'est pas bon pour le mort mais c'est pas mauvais pour la tire-lire. Dis, tu sortais plus du bouillon, j'ai failli t'envoyer les pompiers, moi !

– Si tu savais comme ça me fait du bien, j'ai l'impression de purifier mon corps, de le débarrasser de toutes les tensions accumulées auprès des malades...

– Purifier mon corps, répète Marthe en levant les yeux au ciel. On aura tout entendu !

– J'irai chez Anselme demain soir, je finis tôt parce que nous retournons à Gurs après-demain. Loustau m'accorde un peu de repos avant ça, c'est dur, tu sais, alors il me fait une fleur.

– Ah, Loustau t'offre des fleurs, c'est nouveau, ça !

– Non, maman, j'ai dit « me fait une fleur ».

– Ah… ts ! c'est pareil… fait Marthe que la mauvaise foi n'effraie pas toujours. Bon, je vais me coucher, moi, la journée a assez duré. Vous n'oublierez pas de tirer les volets et de fermer la porte à clef, hein ?

Minuit. Lune rousse bien pleine au-dessus du cerisier. On connaît mille dictons, mille croyances associés à tous les états de la lune.

Juan respire l'air, étire ses membres, teste l'élasticité retrouvée de sa jambe. Il sera bientôt prêt à partir.

Manon lui a demandé où il comptait aller. Il a dit qu'il essaierait de se rapprocher de la frontière. Ses propos étaient laconiques, il préférait que personne ne sache exactement.

Louis descend de sa chambre et, d'un geste, l'invite à entrer dans l'auberge. Tous trois s'installent à la table centrale. Louis baisse l'abat-jour le plus bas possible, grâce au système à poulies, pour que la pièce ne soit pas trop éclairée, inutile d'attirer l'attention.

– Juan, dit-il, il ne faut pas que tu restes là. On a peur que quelqu'un finisse par te dénoncer.

– Qui ça « on » ?

La question surprend Louis.

– Ben… nous, quoi, moi, maman, l'abbé…

Manon s'étonne de l'initiative de son frère. Elle écoute.

– De toute façon, dit Juan, ma jambe va mieux. Je boite, je crois que je boiterai toujours, mais je peux marcher et même courir pas trop mal, je crois.

– Tu sais où tu iras ?

– … Non, pas encore.

– Je peux t'emmener ailleurs, je connais une cachette plus sûre. Ici, à mon avis, ça sent le roussi. Tu sais, les gens qui viennent ne sont pas méchants, mais…

– Tu veux l'emmener où ? demande Manon.

Louis hésite.

– Je ne peux rien dire.

La voix de Manon durcit :

– Il n'est pas question que Juan sorte d'ici sans que je sache où il va, t'entends ? C'est moi qui l'ai fait venir, il est sous ma responsabilité.

Juan pose une main sur l'avant-bras de Manon.

– Attends, Manon, s'il te plaît… elle est où ta cachette, Louis ? Tu peux parler devant ta sœur, elle a ma confidente, confidence.. comment dit-on ? Elle m'a sauvé la peau deux fois, tu sais. Une fois à l'hôpital, une autre en me cachant au grenier.

Louis cède :

– … une cabane, dans un jardin qui appartient à un ami. Personne ne va là-bas à part lui. Il faut juste faire gaffe en journée, mais c'est plus sûr qu'ici. Mon ami cultive quelques plants de légumes juste pour tromper les curieux… tu seras en sécurité, le temps qu'il faudra. On viendra te porter à manger.

– Qui c'est, cet ami ? demande Manon.

– Je ne peux rien dire.

– À nous, tu peux tout dire.

– J'ai donné ma parole.

– C'est Jules ?

Louis ne répond pas, sans toutefois nier.

– T'es d'accord, Juan ?

L'Espagnol pose les coudes sur la table et appuie le front sur ses doigts. Depuis qu'il est planqué au grenier de l'auberge, il vit coupé du monde et ne peut juger de la situation, sauf à la lecture de la presse que lui apporte Manon et qui témoigne de la crise grandissante entre les réfugiés et les autorités françaises.

– Qui c'est, ce Jules ?

– Un mécano un peu anarchiste sur les bords. Tout le monde le connaît parce qu'il était à la tête des grévistes, en 36…

– Bon, je me range à votre avis, j'ai pas le choix… chut !

Brusquement, Juan vient d'intimer le silence. Il tend l'oreille et désigne la fenêtre.

Louis se précipite vers la porte, tourne la clef et sort. Une ombre disparaît à l'angle de la rue des Charmilles. Louis se met à courir, il débouche sur le boulevard des Prunes et voit une silhouette filer à grandes enjambées par la rue derrière l'église. Inutile d'insister, il ne le rattrapera pas.

Lorsqu'il revient à l'auberge, haletant, la lumière est éteinte. Il n'y a plus personne. Il referme la porte.

Il retrouve Manon dans sa chambre.

– Alors ?

– J'ai vu quelqu'un s'enfuir, oui, on nous épiait. Où est Juan ?

– En haut.

– Il doit pas rester là, tu vois bien ! On l'évacue tout de suite, allez !

À ce moment, Marthe sort dans la cour.

– C'est quoi ce bastringue ?

Louis descend et met sa mère au parfum en quelques mots.

Pendant ce temps, Manon aide Juan à faire disparaître les traces de son séjour. Ils repoussent le bahut. Juan roule la couverture et la lie avec une cordelette. Manon rassemble les livres et les journaux.

Il lui tend la canne de houx.

– Merci, Manon. Je n'oublierai pas ce que tu as fait pour moi.

Manon referme les mains de Juan sur la canne.

– Garde-la. Moi non plus je ne t'oublierai pas.

Leurs yeux se cherchent au cœur de la pénombre.

– *Vamos,* dit Juan, ne traînons pas !

Ils descendent. Louis et sa mère attendent au pied du cerisier. À la clarté de la lune, l'aviateur regarde le visage grave de Marthe. Il la serre contre lui.

– Merci, Marta.

Les larmes de Marthe se diluent dans la nuit.

– Il faut y aller, dit Louis en ouvrant le portail.

Le cœur de Manon bat lourdement. Juan se retourne encore une fois, la regarde droit dans les yeux, cherche ses mots. Il renonce et ferme le portail.

Manon fixe la lune rouge et trouble. Elle écoute le pas furtif des hommes dans l'étroit corridor entre les maisons, jusqu'à ce qu'il disparaisse, se mêle au fin murmure du ruisseau.

À la pointe du jour, la porte de l'auberge tremble sous des coups répétés. Marthe se lève précipitamment, enfile une robe de chambre et va ouvrir. Cinq gendarmes, emmenés par le chef Loupiacq, la bousculent sans ménagement. Deux autres restent à surveiller la rue.

Marthe se fâche :

– Dites donc, messieurs, qu'est-ce que ça signifie ?

Alertés par le tumulte, Louis et Manon sortent sur le balcon, au-dessus de la cour. Ils aperçoivent des képis, en bas, de l'autre côté du mur. Toutes les issues sont bouclées.

Trois gendarmes, dont Lemoux, l'auxiliaire à fine moustache à la Errol Flynn, empruntent l'escalier. On ordonne à Louis et Manon de se tenir à l'écart. Ils vont directement à la porte du grenier, fermée à clef.

– Donnez-nous la clef ! dit Errol Flynn à Manon.

Manon obéit. Les gendarmes préparent leurs armes et montent au grenier.

Cinq minutes plus tard, ils redescendent, sans dire un mot.

L'auxiliaire lance un regard de haine à Manon, accompagné des soubresauts nerveux de sa moustache. Elle demande :

– Vous avez trouvé ce que vous cherchiez ? Je peux refermer ?

Ils ne répondent pas.

En quelques minutes, la maison a été entièrement fouillée.

Marthe et ses deux enfants sont interrogés tour à tour. Un gendarme a installé une machine à écrire sur une table. Il tape tout ce qu'il entend.

Le chef Loupiacq rappelle à Manon ses allégations, le jour de son passage à la brigade.

– Je vous ai dit qu'il était peut-être parti en Ariège, parce que c'est ce que j'avais cru comprendre. Vous imaginez bien que ce n'est pas à moi qu'il allait confier ses plans, s'il en avait.

– Nous avons de bonnes raisons de croire que vous avez menti, mademoiselle.

– Quel type de bonnes raisons ?

– De bonnes raisons.

– On nous a dénoncés, c'est ça ? Vous trouvez pas que c'est un peu facile, non ? Pour régler ses comptes, on dénonce et voilà… vous vous basez sur la délation pour mener votre enquête.

– Je n'ai pas dit qu'on vous avait dénoncés. Quelqu'un serait-il susceptible de vous en vouloir ?

– Non, personne.

– En êtes-vous sûre ?

– Oui.

Le chef croise les bras et attend que le secrétaire ait fini de retranscrire. La machine crépite.

– Connaissez-vous Guilhem Martin ?

– C'est le frère d'une collègue de travail, je ne sais pas grand-chose de lui.

– Comme par hasard. Est-il l'ami de votre frère ?

– Vous le lui demanderez à lui.
– Non, je vous le demande à vous.
– Je crois qu'ils sont camarades de classe, voilà.
Soudain le chef approche son visage de celui de Manon.
– Et si je vous le disais, que quelqu'un vous a balancée, hein, qu'on nous a affirmé que l'Espagnol était planqué ici !
Manon ne sourcille pas.
– Je vous répondrais que ce quelqu'un vous a menti !
– Nous nous reverrons, mademoiselle.
Il se tourne vers la cuisine et s'adresse à un collègue pour qu'il fasse venir Marthe, tenue à l'écart dans la cour, avec Louis. Marthe n'a rien à raconter. Elle n'a jamais vu l'Espagnol, et elle ne voit pas pourquoi elle l'aurait protégé, surtout s'il est soupçonné de crime. Elle croise les bras et décide qu'elle en a assez dit. Les gendarmes comprennent qu'il est inutile d'insister.

Lorsque vient le tour de Louis, le chef exhibe le fameux tract.
– Toi, t'es jamais loin des mauvais coups. Ce torchon te rappelle quelque chose ?
– Non, absolument rien.
– Ben voyons ! Et tu crois qu'il rappellerait quelque chose à ton ami Guilhem ?
– Qui ça ?
La voix du chef se charge de menace.
– Dis, si tu continues à me prendre pour un con, tu vas prendre des taloches, vu ? Tu veux que je te rafraîchisse la mémoire ?
– Les Guilhem, c'est pas ça qui manque au pays…

– Guilhem Martin, ton copain d'école. Celui qui travaille à l'imprimerie Fayet...

– Et comment voulez-vous que je sache si ce tract lui rappellerait quelque chose ?

– Comme ça, je te pose la question juste pour voir ta tête. On a vérifié les machines de Fayet, il ne semble pas que ce soit celles qui ont servi à l'imprimer.

– Ah, vous voyez...

– Vous voyez quoi ?

– Il vient peut-être de l'autre bout de la France, ce tract !

– Ah bon, tu as une idée ?

– Je... je disais ça comme ça...

– Et l'Espagnol, alors...

– Quel Espagnol ?

Une gifle atteint le visage de Louis, de plein fouet. Il se tient la joue. Ses yeux se troublent de larmes et de rage.

– Vous n'avez pas le droit !

– C'est moi qui décide à quoi j'ai droit ou pas ! assène Loupiacq. T'en veux une autre ? Je te parle de l'assassin qui s'est évadé de l'hôpital.

Le ton de Louis s'est durci.

– Jamais vu, je sais pas de qui vous parlez.

– Artigaud, tu connais ?

– Oui, on se croise parfois au Garibaldi.

– T'as l'âge d'entrer dans ce bouge, toi ? Tu sais qu'Artigaud est fiché pour ses activités politiques ?

– Je ne m'intéresse pas à la politique.

– T'es une forte tête, toi. Et moi j'aime pas les fortes têtes mais j'adore leur filer des trempes. T'as intérêt à te tenir à carreau, mon lascar, parce que sinon je vais t'en faire baver, moi.

Errol Flynn Lemoux tient entre deux doigts un mégot de cigarette Celtique ramassé dans le grenier. Il le passe sous les yeux de Louis.

– Et ça, c'est quoi ? demande-t-il, la moustache au comble des tics.

Louis lève les sourcils.

– Un mégot, à première vue, non ?

– T'en veux une autre ? menace Lemoux Flynn.

– Je fume en cachette au grenier…

Déconcerté, le chef Loupiacq donne l'ordre de lever le camp.

– Bon, allez, on s'en va, il commence à me gonfler celui-là, je sens que je vais perdre mon sens de l'humour.

Avant de sortir, il tend l'index vers Louis.

– Va falloir que t'arrêtes de faire le merle, petit con.

À bord de la camionnette, Lemoux attend une évaluation du chef Loupiacq.

Ainsi vient-elle :

– Bien, Lemoux, bien. Vous progressez… N'en faites pas trop quand même, hein !

– Oui, chef, j'ai bien compris !

– Lemoux…

– Oui, chef ?

– On vous a déjà dit que vous ressemblez à Errol Flynn ?

Lucette Fortas ouvre les fenêtres du bureau du maire. Léon Pouthet souffre de la chaleur, l'été n'est pas sa saison préférée. Elle profite du début de la matinée pour faire entrer l'air frais.

Dossiers du jour sous le bras, Léon arrive.

– Quoi de neuf ce matin, Lucette ?

– Le président du comité des fêtes a laissé un mot, il a besoin de vous rencontrer. Une équipe de cinéma voudrait descendre de la capitale pour filmer, cette année.

– Filmer quoi, les fêtes ?

– Oui, les rues, la course landaise... tout ça est follement pittoresque vu de Paris, vous savez bien.

Le maire regarde fièrement la place de Mars. Il admire le nouveau kiosque à journaux. Les passants s'arrêtent, échangent deux mots avec la vendeuse, repartent la presse sous le bras. Les marronniers du jardin public frissonnent à la lumière matinale. Des voitures, des bicyclettes et des attelages commencent à encombrer les rues. Une équipe de cinéma, tout de même... Il se rembrunit aussitôt, dit à Lucette de voir, de s'occuper de tout, donner toutes les autorisations, enfin tout, quoi, tout, il a d'autres chats à fouetter, lui.

– J'attends Greiner, j'ai besoin qu'il me prenne vingt Espagnoles de plus, je ne sais plus où les mettre, moi ! J'ai dans l'idée que ça va pas passer comme une lettre à la poste… Tenez, prenez ces dossiers et débrouillez-vous. Nous ferons un point à midi.

La Delahaye de Greiner se gare sur la place.

Le professeur débarque, furax.

– Léon, j'en ai encore une qui a accouché, j'en ai ma claque maintenant, je suis psychiatre à la retraite, moi, pas obstétricien !

– Pierre, allons, calmez-vous… Lucette, vous nous apportez un café, je vous prie ? Pierre, cher Pierre, asseyez-vous. Je vous sais gré du service que vous nous rendez, je vous décorerai officiellement de la médaille de la ville.

– La médaille de la ville ? Ha, ha, la belle affaire ! Vous êtes en train de transformer le château en hôpital de campagne !

– Tout cela est provisoire, que voulez-vous, ils ne prennent que les hommes, à Gurs.

– Oui, je suppose que le but n'est pas de créer un claque ! Mais pourquoi diantre ne les fiche-t-on pas dans des camions et ouste ! en Espagne. La plaisanterie a assez duré, il me semble, nous avons fait preuve d'hospitalité au-delà de toute raison, je suis patient, je suis patient… je voyais tout ça d'un bon œil mais à force… Le pays ne parle que du problème des réfugiés, qui sont avant tout des bouches supplémentaires à nourrir. Les gens ne roulent pas sur l'or, vous le savez tout aussi bien que moi, sinon mieux ! Que voulez-vous, une révolution ? L'extrême droite fait bloc avec l'opposition, la police a déjà dispersé je ne sais combien de manifestations intempestives… Je demande une nouvelle réunion de la cellule de crise, la municipalité doit prendre des mesures de protection, il en va de la sécurité publique, Léon ! Nous devons tenir tête au préfet ! Et puis vous allez y laisser votre fauteuil, vous, écoutez bien ce que je vous dis...

– Allons, allons... calmez-vous, cher Pierre. Un bon nombre de réfugiés a déjà été rapatrié, je vous assure ! La plupart refusent, au prétexte que Franco fusille les anciens républicains. Vous ne pouvez vous montrer insensible à leur cause, cela ne vous ressemblerait pas, vous étiez si...

– J'y suis sensible jusqu'à un certain point. Je ne vis plus, moi, et je ne vous parle pas de Mathilda, qui va se payer une nouvelle dépression, si ça continue. Vous savez bien qu'elle ne s'est jamais faite à ce pays... Elle et sa Bavière... Depuis qu'elle a rencontré les Falkenbach, elle ne pense qu'à retourner là-bas pour un voyage vers ses racines, pensez donc !

– Ce n'est peut-être pas tout à fait le moment opportun, vous le lui avez dit, Pierre...

– Elle déraisonne, que voulez-vous. Elle en perd même sa manie des calembours... Elle est frappée de... la nostalgie de la terre natale. Un Béarnais doit comprendre ça, non ?

– Pour le Béarn, oui... mais la Bavière, franchement, je vois pas ce qu'elle y trouve.

– Vous y êtes déjà allé ?

– Non, mais j'imagine...

– Enfin bref, il me tardait que cet industriel teuton retourne dans ses pénates, bon débarras, et j'espère qu'on ne le reverra pas de sitôt !

– Détrompez-vous, j'ai dans l'idée que si... je crois qu'il a fait affaire avec Maurice Lamazou.

Le maire baisse le volume :

– … et qu'il succombe aux charmes de la belle Francine. Maurice pourrait bien se faire rouler dans sa propre farine, hi !

Lucette Fortas pose le café sur un guéridon. Léon Pouthet la remercie.

– Vous sucrez, Pierre ?

– Un sucre, oui, merci.

Un instant, les cuillers cliquettent contre la porcelaine. Léon Pouthet semble percevoir que le café de Lucette, toujours excellent, apaise un peu l'ire du professeur.

– Pierre… je vous envoie vingt femmes supplémentaires.

La tasse du professeur retombe dans la sous-tasse.

– Vous pouvez répéter ? dit-il d'une voix exténuée.

– Elles sont en bonne santé et seront accueillies à Bayonne la semaine prochaine.

Le professeur est abattu.

– Vous ne pouvez pas me faire ça.

– Si vous refusez, j'ai ordre de réquisitionner les dépendances du château.

Lucette vient chercher les dossiers du jour et regagne son bureau.

Greiner est défait.

– Vous me tuez, Léon…

– Je n'y suis pour rien, les ordres viennent d'en haut !

– Le préfet ?

– Non, plus haut…

– Et merde…

– Vous croyez que ça m'amuse de vous imposer ça ? Vous croyez que ça m'amuse de gérer cette situation depuis bientôt six mois ? Non, Pierre, non, cela ne m'amuse pas le moins du monde ! Tenez, j'ai moi-même reçu l'ordre d'impliquer plus fermement la police municipale dans la recherche et l'arrestation des Espagnols. On les envoie maintenant vers Septfonds, parce que, à Gurs, c'est plein. Ils savent ce qui les attend, alors pour leur mettre la main dessus, croyez-moi... Mais les choses évoluent, tout ceci va se résorber sous peu. Tenez, pas plus tard qu'hier nous avons eu des nouvelles des parents des enfants basques, les choses se calment là-bas, ils rentreront chez eux d'ici deux ou trois jours. Je vais remettre la prison en service pour y enfermer les récalcitrants qui ne veulent pas rejoindre un camp, vous rendez-vous compte ?

– Parfait, vous y mettrez ces bonnes femmes !

– Pas question, elles iront chez vous ! Nous bouclerons la racaille en attendant... Où allez-vous ?

Le professeur Greiner vient de se lever.

– Je rentre chez moi. J'ignore comment je vais annoncer la catastrophe à Mathilda...

– Oh, catastrophe, catastrophe, on a vu pire, tout de même... c'est pas le chemin des Dames...

Comme d'habitude, le professeur Greiner n'a pas capté la plaisanterie, ou bien il la goûte si peu qu'il préfère l'éluder :

– Oui, Léon, on a vu pire... C'est toujours possible de voir pire.

Pendant que se déroule cette discussion, Lucette Fortas expédie plusieurs affaires avec efficacité, quand son attention est attirée par un imprimé remis par Dédé, le garde champêtre. Il demande deux boîtes de munitions pour son pistolet, calibre 7,65.

La secrétaire établit un bon de commande à l'attention de l'armurerie Tissoire, 25, rue du Stade à Peyregave.

Trois boîtes.

Les enfants font une ronde dans la cour, derrière la mairie. Toutes les femmes qui se sont occupées d'eux ces derniers mois sont là, dissimulant leurs larmes derrière des sourires affectueux. Quelques-unes prendront le train, pour les accompagner jusqu'à Hendaye. Là, ils seront conduits à la frontière où les familles viendront les récupérer.

Manon prodigue des paroles de réconfort. Certains pleurent et ne veulent pas partir. Elle a dessiné une marelle et, à la place du ciel, elle a inscrit EH, Euskal Herria. Tour à tour, ils lancent un galet plat et sautent à cloche-pied.

Vers dix heures, les policiers municipaux arrivent. Ils protégeront les enfants jusqu'à la gare. Quelques excités ont menacé de s'en prendre à eux. Les femmes se chargent des maigres valises et demandent aux petits de se tenir par la main, deux par deux, et de former une colonne. Ils sont vêtus de hardes disparates, fournies par la population. Souvent les godillots sont trop grands, les pantalons trop courts, les chemises étriquées ou flottantes, mais les enfants ne se soucient pas beaucoup de ce genre de contingences. On les a bien débarbouillés et peignés comme un dimanche, tel qu'il est convenable pour partir en voyage. La minuscule colonne se met en marche, en chantant *Au clair de la lune.*

Manon les regarde s'éloigner. Elle n'ira pas avec eux. Elle doit assurer sa tournée des malades et en profitera pour passer à la ferme Laporte. De temps en temps, une tête se retourne, une petite main se lève et s'agite, comme un oiseau clair. Adieu, Iñaki, Pablo, Kepa, Marixu… Bon voyage, les enfants !

Manon les suit des yeux. Ils traversent la place de Mars en direction du jardin public. Ont-ils compris, au moins, qu'ils rentrent chez eux ? Qu'ils retrouveront ce soir leurs proches, leurs maisons. Reverront-ils leurs parents ? Beaucoup sont morts, sans doute, au cours des combats. Une autre vie les attend. Ils auront beaucoup vieilli, en moins d'une demi-année. Sans doute que, pour nombre d'entre eux, rien ne sera plus comme avant.

Le soleil monte lentement. Manon laisse filer la bicyclette vers le Nouveau Pont. De l'autre côté du Gave, sur la gauche, les ouvriers poursuivent les travaux de couverture des arènes, à l'ombre des platanes. Manon regarde au-delà, où se trouve la piscine. Elle aimerait bien nager, pour sentir la tristesse se diluer. Elle s'était attachée à ces gosses. Elle se remet à pédaler devant l'église de Castets, où commence la côte du même nom. Peu après, elle tourne à droite pour revenir le long du Gave sur la route du Lannot. Aujourd'hui, elle ne s'arrêtera pas au château des Saules. Le professeur Greiner est passé à l'hôpital de bonne heure, de fort méchante humeur, pour chercher des médicaments et du petit matériel chirurgical que Sœur Madeleine lui a confiés de bonne grâce. Le maire en a pris pour son grade !

À la ferme Laporte, Lucie pousse une brouette de fumier, ses deux plus jeunes tourbillonnent autour d'elle et l'empêchent de transporter le lourd chargement. Elle crie après eux, en gascon :

– Allons, sortez-vous du passage !

Manon laisse le vélo et sa carriole devant la remise, entre la cuisine et l'étable.

Lucie lâche la brouette et refait le nœud de son foulard, sur la nuque.

– Tiens, voilà la plus belle ! Alors, Manon, il fait bien beau, pas vrai ?

– On va pas trop se plaindre, cette année.

– Oh té, té, ne crions pas victoire, nous autres on le voit bien, y a plus de saisons ! Tu voulais quoi aujourd'hui ?

– Du vin et des légumes, comme d'habitude. Et des œufs... on a déjà épuisé ceux qu'Arnaud a apportés l'autre jour.

– Il t'en a pas apporté d'autres ?

– On en use, tu sais.

– Qui connaît pas l'omelette de Marthe, pas vrai ? Y devait vous en laisser d'autres en passant, pourtant, je lui ai dit...

Lucie se met à crier en regardant à l'intérieur de l'étable.

– Oh, Arnaud, où t'es passé ? T'as oublié de porter les œufs à Marthe ? Mais où t'es, bougre de gosse ?

– C'est pas grave, Lucie, je vais les prendre, j'ai ma carriole, ça pèse pas lourd deux douzaines d'œufs.

– Ben où c'est qu'il a foutu le camp, il a pas fini de nettoyer l'étable, il m'a tout planté là ce mounard ! Pourtant quand il entend sa Manon, d'habitude... Y t'aime bien, tu sais...

– Oh ça, je sais ! Pendant que tu prépares la marchandise, je vais aller le saluer.

– Il a dû rejoindre son père, va voir au fond des vignes, Anselme coupe des lies.

Passé le séchoir à maïs, Manon aperçoit au loin Anselme qui taille de jeunes branches de saule, le long d'un fossé. Le soleil brut de midi tombe droit sur la vigne. La terre sent l'herbe sèche. Cinq ou six corbeaux, jusque-là perchés en haut des branches d'un arbre mort, au bord du Gave, se laissent tomber dans le vide puis ouvrent leurs ailes en croassant. Ils passent au-dessus des champs et disparaissent derrière un bois de chênes.

Un chemin de terre longe la vigne, bordé d'un talus aux mèches folles. Manon sent la chaleur saisir ses épaules et sa nuque. Elle marche d'un bon pas.

– Bonjour, Anselme, comment ça va aujourd'hui ?

– On a pas froid en plein cagnard !

– Je veux bien te croire… tu nous feras un bon vin corsé pour l'hiver.

– Faudra pas trop laisser fermenter les moûts, avec c'te chaleur.

Canif à la main, Anselme élague de fines tiges de saule – ici, on appelle ça des *bimas* – qui lui serviront à lier la vigne. Il en a déjà rassemblé tout un fagot.

– Je croyais trouver ton fils…

Le paysan donne un coup de menton en direction de la ferme.

– Il est là-haut avec sa mère, à sortir le fumier, tu l'as pas vu ?

– Là-haut, on me dit qu'il est ici, ici, on me dit qu'il est là-haut…

– C'est pourtant pas l'heure d'aller chercher les

vaches… où il est ce cossard ? Relever les cordeaux ou quoi ? Dis, Manon, t'as pas l'air bien gai !

– Fais pas attention, Anselme.

– Rien de grave ? Tout va bien à la maison ?

– T'auras bien entendu parler des petits qui étaient à l'ancienne prison.

– C'est quoi cette histoire ? Tu sais, ici, à la campagne, on n'est pas au courant des potins.

– Des enfants basques arrivés à Peyregave en début d'année, dont je m'occupais. Je m'étais attachée, ils faisaient de la peine.

Anselme plie le couteau, ramasse sa hachette et revient au pied du saule.

– Oh si c'est que ça, t'en verras d'autres, ma fille, t'en verras d'autres, y a plus grave, faut pas en faire tout un pastis. On n'a pas besoin de tous ces gens, Manon, y sont bien chez eux et nous chez nous, crois-moi !

Les mots d'Anselme sont comme des coups de griffe au cœur de Manon. Elle le connaît, plus brute que méchant. Et parfois méchant parce que brute. Et têtu comme deux bourriques. Inutile de polémiquer avec lui.

– Si tu le dis… Tu passeras le bonjour à Arnaud de ma part.

– J'y manquerai pas, ma belle, j'y manquerai pas !

IX

Il y a eu les fêtes, à la fin du mois de juillet, et puis c'est vrai que, cette année, elles ont été quand même réussies. Pourtant les rumeurs du monde ont de quoi inquiéter, mais quand le premier pétard donne le ton, on pourrait croire que le monde, enfin le reste du monde, s'éloigne, nous laisse en paix, nous laisse souffler. Même si l'on dit qu'il manque une génération d'hommes, depuis la dernière guerre, on voit surtout des hommes dans les bistrots. Cette année, ils ont bu comme des trous. Marthe a envoyé Manon tous les jours chercher du vin chez Anselme.

Bistec a pris une cuite mémorable au retour du concours landais. On a beau dire, il a parfois le cœur tendre, Bistec, alors il craque un peu quand il voit la bravoure des vaches qui se battent dans l'arène. Comme il les côtoie sous forme de rôti toute l'année, on comprend que ça le touche de les voir galoper.

Pendant les fêtes, on ne compte plus les roulottes sur la côte de la Vieille Route. Profitant de l'affluence, les roms viennent faire leur commerce. Il y a parmi eux bon nombre de forains et quelques fameux écarteurs. Bistec s'est pointé à l'auberge avec trois d'entre eux, les frères

Schmidt, qu'on connaît dans toutes les arènes de Gascogne. D'après les spécialistes, leur style n'est pas académique, mais ils ont l'inspiration, le petit truc en plus. Ils ne sont pas très bien vus en ville, parce qu'ils plaisent aux femmes. Un parfum de mystère les précède et perdure après leur passage. En vérité, ils ne vivent pas comme tout le monde et cela suffit déjà à les rendre indésirables, à tout le moins louches. Ils boivent beaucoup et font volontiers le coup de poing, enfin, à ce qu'on dit, mais Bistec s'en fout, pour lui un écarteur c'est une espèce de divinité, de mage, d'homme hors du commun qui donne à la race bovine ses lettres de légende, et on dira ce qu'on voudra, Joseph y pense, il le sent sous le fil de sa lame quand il tranche la bavette.

Toute la soirée, les gitans l'ont entretenu avec des anecdotes d'arènes tantôt désopilantes, tantôt effrayantes. Bistec n'en revenait pas et en redemandait – c'est qu'ils savent raconter les histoires –, et ils lui en resservaient à condition qu'on les resserve sur le compte du boucher. Il y a laissé le bénéfice du mois de juillet. Heureusement, avec l'alcool, la pilule est passée sans se coincer dans la gorge. C'est le lendemain, en faisant le bilan, qu'il a eu très mal à la tête et le moral en berne pour huit jours.

Une équipe de cinéma est venue de Paris, comme promis. Pour dire si on parle du pays, là-haut. Il paraît que ça fera un film, les gens se demandent si on le jouera au Phœbus. Ils ont filmé les fêtards dans les rues, le corso fleuri, le concours hippique du stade Larrocq et les monuments, aussi. La place de Mars illuminée par les lampions, le jardin public remis à neuf pour l'occasion – parce que les plates-bandes et les pelouses avaient eu du mal à se remettre de la vague espagnole –, le

Nouveau Pont et le Vieux Pont qu'on voit sur tant de cartes postales, les arènes et la piscine côte à côte au bord du Gave, et la tour du château en ruine, d'où l'on a un sacré coup d'œil sur la chaîne des Pyrénées, si le temps le veut bien et là il le voulait, une chance. Les badauds qui suivaient les caméras n'en revenaient pas. Le cinéma est un curieux phénomène, on dirait que les choses sont plus belles une fois qu'elles ont été filmées. Les gens regardent le Vieux Pont ou les rues d'un œil plus fier, plus attentif, depuis. Ils disent : « Ça, ils l'ont filmé, vous savez ! »

Pendant les fêtes, les forces de l'ordre veillent au grain, sans compter qu'il y a, paraît-il, quelques banquets à la gendarmerie. Du coup on a un peu moins entendu parler d'arrestations, et ceux qui manifestent et se plaignent de l'afflux des Espagnols ont été plus discrets aussi, ils avaient mieux à faire au comptoir.

Profitant de cette période propice, Jules Artigaud s'est bien lié d'amitié avec Juan, planqué au jardin. Pendant la journée, l'Espagnol reste couché et ne bronche pas. Il y a des gens qui jardinent. Le soir, Jules va à la cabane avec un panier de victuailles. Le mécanicien fait semblant de biner et de sarcler quelques plants, juste pour tromper l'espion. À la nuit tombée, il soupe et fume en compagnie de l'Espagnol, jusqu'à fort tard.

L'aviateur lui a raconté l'horreur de la débâcle. Des visions qui ne le quitteront jamais de sa vie, il le sait. Ses paroles faisaient écho à celles de Sérafin, prononcées ici même il y a quelques semaines. Les avions qui bombardaient les colonnes de civils en fuite, les viols, les massacres et puis à la frontière, la brutalité des tirailleurs sénégalais, qui tabassaient tout le monde, les jeunes, les vieux, même les blessés, et ensuite les gendarmes, les coups de pied, les coups de crosse, les aboiements, les engueulades. Il a vu des femmes cogner et implorer aux portes des fermes, qui restaient closes. Les frontaliers étaient terrorisés de voir fondre sur eux une telle vague de misère, dynamiteurs de curés, violeurs de nonnes, infâme racaille marxiste, anarchistes sans foi ni loi, comme l'affirmait une partie de la presse.

À cause, ou grâce à sa blessure, Juan a échappé aux camps sur les plages, où ont crevé des milliers de compatriotes, peut-être dix mille, peut-être davantage. Il en parle avec rage, le regard inflexible, les mâchoires tendues.

– Antonio Machado est mort chez vous, Jules, avec sa mère.

– C'est qui ?

– … Un jour, peut-être, je t'offrirai des poèmes d'Antonio Machado sur la terre d'Espagne…

Après avoir ressassé les atrocités qui le hantent, il y revient toujours, à sa terre. L'Andalousie, la plaine de Grenade. Sa voix change, une grande fatigue semble alors l'envahir et tout son être paraît souffrir de chaque mot prononcé qui hale une image à ses yeux. Il raconte le petit matin, quand les ouvriers regagnent les oliveraies, les orangeraies, et les jardins. Il parle de ses chers élèves, à l'école, à qui il apprenait des poèmes français.

– Francis Jammes, dit fièrement Jules, il a vécu ici, tu sais ?

– Non, je ne le connais pas… répond Juan. Guillaume Apollinaire, Blaise Cendrars… voilà ce que je faisais lire à mes écoliers.

Passé la mi-août, Jules Artigaud décide que le moment est venu de réactiver le groupuscule anarcho-romantique des Frères Reclus. Il faut agir, l'anxiété commence à dévorer Juan Jimenez, qui voudrait rejoindre au plus vite des compatriotes pour organiser la reconquête de l'Espagne.

Jules a un plan. Il a passé le mot à Paco, Antonio et Lucette, réunion ce soir à minuit. Manon a été prévenue, elle ne fait pas officiellement partie de la bande mais c'est la volonté de Juan qu'elle soit là. Elle prend momentanément la place de son frère Louis, parti à Toulouse.

Guilhem n'en est pas. Jules a expliqué à Juan qu'un Frère repéré doit se tenir à l'écart jusqu'à nouvel ordre, d'autant qu'on sait que sa sœur Juliette a la langue leste, et pas seulement pour rouler des patins à des bonshommes. Il a également raconté que les Frères Reclus ont diffusé un tract appelant à venir en aide aux Espagnols. Le document a été imprimé au sous-sol de l'imprimerie d'Alfred Fayet, qui a conservé son ancienne presse pour les « travaux particuliers », comme il dit. De père en fils, les Fayet mettent secrètement leurs machines au service de ce qu'ils considèrent comme les bonnes causes. Les gendarmes savaient que Guilhem travaillait chez Alfred, et on l'a vu plus d'une fois à la terrasse du café de la place avec Jules, le recoupement n'est pas difficile. Jules, pour les Renseignements généraux, est suspect permanent. À chaque fois qu'il y a un coup tordu fleurant la politique, il a droit à des ennuis, heureusement qu'il est bon mécano.

Jules a achevé sa présentation en disant qu'officiellement, Louis est donc parti travailler chez un libraire à Toulouse pendant les vacances scolaires. En réalité, il est chez un imprimeur du quartier du Mirail, un ancien apprenti d'Alfred. Cet atelier est tenu par des communistes qui eux aussi exécutent des « travaux particuliers », notamment des fac-similés de toutes sortes de documents, pour tirer les militants de situations délicates, parce qu'il faut avouer que la police fait du zèle.

Juan acquiesce, ce n'est pas lui qui peut contester...

– Voici mon plan, dit Jules. L'un d'entre nous va se rendre à Toulouse en train avec les papiers d'identité de Juan. On ne peut pas se permettre d'envoyer par la poste, c'est trop risqué. Alfred préviendra ses collègues. Là-bas, ils referont tes documents, Juan, sur la base des véritables, en modifiant ce qu'il faut. Quand Louis aura fini son boulot, début septembre, il reviendra avec les papiers et tu pourras te déplacer. Gaston Escoubeth m'a assuré qu'il te trouverait une place dans une compagnie de travailleurs étrangers. À partir de là, ce sera à toi de jouer, ton destin sera entre tes propres mains. Qu'en penses-tu ?

Juan a écouté, dodelinant doucement de la tête en signe d'approbation.

Paco Cazals et Antonio Rubio en ont le souffle coupé. Le chef gagne de l'étoffe, dans l'épreuve...

Les Frères Reclus ont attendu quelques jours avant de mettre leur nouveau plan à exécution. Ils ont déjà connu quelques ennuis qui forgent l'expérience.

Antonio et Paco viennent chercher Juan à la cabane, vers deux heures du matin. Les jardins sentent la végétation humide et une odeur de vase monte du Gave, cela annonce à coup sûr l'orage. Ensemble, ils traversent la voie ferrée et la route, puis le cimetière. Devant le portail, Jules attend avec la Citroën « empruntée » au garage. Juan se roule dans le coffre, sous une couverture, et la voiture démarre tandis que Paco et Antonio disparaissent dans la nuit.

Alfred Fayet attend, derrière la porte de son atelier d'imprimerie. Il fait entrer Juan et Jules, puis referme la porte à clef. Au fond de la pièce envahie de pénombre, il fait glisser une palette d'affiches posée au sol et soulève une trappe. Il presse les deux hommes de descendre, avant de basculer la trappe derrière lui.

Un instant plus tard, Alfred allume la lumière sur une pièce exiguë, encombrée de tas de papiers et occupée en son centre par une vieille presse. Parlant peu, l'imprimeur prépare une plaque photographique et demande à Juan de se placer devant l'objectif d'un appareil posé sur son pied. Juan darde son regard vert. Son visage est maintenant envahi d'une barbe très noire et ses cheveux ont poussé. Le flash éclate. Alfred dit à Juan de ne pas bouger, il veut en prendre une deuxième, sait-on jamais. Ensuite, il somme les deux hommes de repartir sans traîner, leur disant de se tenir tranquilles jusqu'à nouvel ordre.

Lorsque, deux jours après, Guilhem Martin passe à

l'auberge pour rapporter un livre que lui avait prêté Louis, Manon comprend immédiatement que les photographies sont entre les pages.

– Merci, Guilhem, je les monterai dans sa chambre, Louis les trouvera à son retour de Toulouse.

Marthe propose au jeune homme de boire un verre, mais il est pressé et file sans tarder. Il sait qu'il ne doit pas traîner.

Lors de la réunion suivante, dans la cabane de jardin, Jules désigne Manon pour aller à Toulouse. Il semblera tout à fait naturel qu'elle rende visite à son frère, l'alibi est simple mais imparable. Antonio et Paco ont des têtes d'Espagnols, ils seraient contrôlés dix fois et risqueraient la fouille. Jules n'est pas l'estafette idéale, Guilhem est hors jeu, Lucette trop repérable... Pour plus de sûreté, Jules emmènera Manon en voiture jusqu'à Pau, où elle prendra le train discrètement.

– T'es d'accord pour aller faire un tour en voiture avec moi, cette fois, Manon ?

Dans la voix de Jules, il y a une pointe de défi, ou bien de revanche.

– Oui, bien entendu, je suis d'accord, dit Manon.

– Ben tu vois, Juan, fait Jules, elle n'a plus peur de moi.

Lucette Fortas se retient de le griffer.

Manon regarde longuement Juan, bien dans ses yeux verts qui, à la lueur de la bougie, paraissent translucides comme des cristaux, et cela vaut tous les aveux du monde.

Manon fera l'aller-retour à Toulouse un dimanche, à la fin-août, au moment des fêtes du quartier des Arènes.

Tout le monde a remarqué que les contrôles s'allègent

pendant la bamboche. Pour un peu, la mobilisation partielle de l'armée passerait inaperçue. D'ailleurs, Marthe a bien essayé d'en parler, sans succès :

– J'ai entendu au poste que la France a prévenu Hitler : s'il intervient en Pologne, on tiendra nos engagements ! Ça veut dire ce que ça veut dire, non ?

Personne n'a répondu. On lui a demandé de se taire et de servir à boire, au lieu de jouer les oiseaux de mauvais augure. La guerre, personne n'est assez fou pour y revenir, on a compris avec la dernière. Aux tables de l'auberge, on s'accorde à dire que là-haut, ils nous sortiront de cette nasse au dernier carat, à la Houdini.

Le petit peuple qui fréquente l'auberge des Charmilles n'est pas riche et pas forcément très malin, cela ne l'empêche pas de cultiver avec quelque réussite un certain art de vivre. Dans ce Béarn champêtre qui déroule ses lignes de collines au pied des montagnes lumineuses, ils s'estiment heureux, à tout le moins pas les plus mal lotis, préférant ô combien ! garder ce qu'ils ont plutôt que risquer de le perdre à poursuivre des idéaux un peu trop ambitieux. Quand on s'estime heureux, qu'importe que ce soit vrai ou non. On n'a pas envie d'être plus malheureux, et la mémoire collective, même drapée d'un voile de pudeur et de crainte, sait bien qu'on peut l'être davantage, malheureux. De cela, personne n'a envie, non. Personne n'a guère envie, même, de l'imaginer.

– C'est quoi, cette histoire d'engagement avec les Polonais ? a demandé Bistec à son copain Galoche.

– J'en sais rien, moi. Té, tant qu'on parle de Polonais... à la tienne !

Dès qu'elle a réceptionné les munitions pour l'arme de Dédé le garde champêtre, Lucette Fortas a glissé la boîte commandée en plus dans son sac. À la sortie du travail elle a filé chez Jules, à la pension Lascombes.

Le mécanicien était en bas, accroupi, les doigts dans le moteur d'une motocyclette Magnat Debon 350.

– Vise un peu la merveille, Lulu ! Je l'ai eue pour une bouchée de pain, une « type Boss » 1930, une veine incroyable. Le pigeon qui me l'a vendue n'y connaissait rien, je lui ai un peu fait croire que le moteur était foutu... en deux coups de cuillère à pot, je vais la remettre en état, tu vas voir ça !

Lucette, visiblement d'humeur peu charmante, s'appuie au mur et croise les bras.

– Tu comptes te marier avec elle ?

– Lulu, tu vas pas me faire une scène pour une moto, elle est géniale, regarde, moteur à soupapes latérales avec un allumage par magnéto, distribution par chaîne, boîte trois vitesses avec sélecteur au réservoir de vitesse, cylindre borgne à chapelles... une fois réparée, tu pourras grimper sur le siège arrière et en avant la musique, à nous la route !

– Je parle pas de ta bécane… Je parlais de Manon !

Jules se relève.

– Lulu, qu'est-ce qui te prend, ma Lulu ? On s'est jamais fait des scènes tous les deux, je t'ai empêchée de rien, moi, on se l'est toujours dit, on reste libres…

– Oui, mais là c'est pas pareil !

– Ah, et pourquoi ?

– Parce que t'es amoureux, je te connais, ça se voit.

Jules essuie ses mains crasseuses à un chiffon qu'il pose sur la selle rouge de la motocyclette.

– Allez, viens, ma Lulu, on sera mieux dans ma chambre pour discuter.

Une fois en haut, Jules prend Lucette par le bras et l'invite à s'asseoir sur le lit. Elle lui tape sur la main.

– Bas les pattes, t'es encore plein de cambouis !

Jules soupire, verse l'eau du broc dans la bassine et se lave les mains au savon noir.

– Lulu, y a rien entre Manon et moi, rien du tout, je te promets.

– Alors tu me laisses vous accompagner à Pau en voiture !

Essuyant consciencieusement ses mains, Jules s'assoit sur le lit, contre Lucette. Elle se déplace un peu pour se décoller de lui.

– Lulu, c'est une mission délicate, quand même…

– Tu parles, aller à Pau en voiture, où t'as vu du délicat, toi ? Tu veux roucouler peinard, plutôt, avoue-le !

– Et toi tu veux quoi, que je te promette la bague au doigt ?

Lucette penche la tête en avant et regarde ses propres mains croisées sur le sac à main posé sur ses genoux. Sa bouche fait une moue assez craquante. Jules s'y fait pincer.

– Lulu, ma Lulu, ma blondinette, je vais réfléchir si tu veux, c'est d'accord, je vais réfléchir.

Alors Lucette ouvre son sac à main et en sort la boîte de munitions.

– Lulu ? fait Jules.

– Ben, j'ai vu passer une fiche de Dédé le garde champêtre, il voulait des balles de 7,65 pour son pistolet de service, il en voulait deux boîtes, alors je me suis dit que… comme c'est moi qui contrôle les commandes…

Jules se baisse et prend le pistolet Ruby, glissé sous le matelas.

– Mince, Lulu, mais t'es un as sur ce coup-là !

– Je te remercie pour « ce coup-là »…

Jules l'embrasse sur la joue, et cette fois, elle le laisse approcher. Alors, ils se réconcilient.

À la nuit, le corps encore agité des fureurs de Lucette, Jules est allé à la cabane. Il a montré le Ruby à Juan.

– C'est une arme espagnole, a dit Juan, fabriquée à Eibar au Pays basque…

– Montre-moi comment elle fonctionne, je ne suis pas spécialiste de ce genre de mécanique.

Juan charge le pistolet et l'arme.

– Voilà, comme ça il est prêt à servir, mais je ne te conseille pas de le laisser armé, ce modèle n'a pas de cran de sécurité. Un accident est vite arrivé. Qu'est-ce que tu vas faire avec ça ?

– J'en sais rien…

À force d'habitude, la vigilance de Jules et Juan s'est un peu relâchée. Ils ont laissé la porte de la cabane légèrement entrebâillée. Depuis les fourrés ténébreux des berges du Gave, si quelqu'un se trouvait là, tapi, à observer la cabane, il pourrait très bien les apercevoir en train de manipuler l'arme à la lueur d'une bougie.

Juan s'avise de cette imprudence et claque la porte.

– Merde, il faut faire gaffe, Jules !

– Te fais pas de bile, il n'y a personne dans le coin, à cette heure-ci.

Il a tort, Jules.

Ce matin, Marthe écoute la radio avec angoisse. Elle voudrait que le petit revienne de Toulouse au plus vite. En passant le chiffon sur le Ducretet Thompson, elle parle à son Jean. Elle lui demande son avis sur la situation et Jean, bien entendu, il ne répond pas, de là-haut. On croit que les blessés de guerre en savent davantage sur la guerre, ce n'est pas tout à fait faux, ils en connaissent plus que les autres d'un certain point de vue – disons dans leur chair –, ils en éprouvent pour leur propre compte les capacités destructrices, ce qui n'est pas donné à tout le monde, même sur un champ de bataille, sauf à de mémorables exceptions. Une balle dans la peau, du gaz dans les poumons ou une éclat d'obus dans la tête, cela ne suffit pas à vous donner la capacité de prédire les turpitudes des hautes sphères, tous ces accords, désaccords, secrets, intérêts, marchés, vengeances, mensonges, erreurs et convictions mortifères qui échappent grandement au commun des mortels à qui l'on réserve pourtant les premières places au théâtre du feu.

Mardi 29 août. Au comptoir des bistrots qui jouxtent le foirail, les maquignons sont ivres de bonne heure. Ils sont arrivés avant l'aube avec le bétail, en particulier des veaux, célèbres jusqu'à Bordeaux pour la saveur de leur viande. Les plus fortunés possèdent une bétaillère, les plus modestes viennent à pied, au cul des troupeaux, par les routes et les chemins du canton. Certains ont crapahuté toute la nuit.

Avant le lever du jour, ça discute ferme. Ça regarde les dents, le poil, le pis, les pieds, les globes oculaires. Celui qui achète doute toujours de l'âge, de l'état de santé, du poids, même après la pesée. Celui qui vend prétend que c'est une affaire, une bête exceptionnelle, une lignée sans faille. On annonce, on discute, on négocie, on joue l'intimidation, on fait mine de partir. Et pour finir on se tape dans les mains. À partir de là, les choses sont figées plus sûrement que si on les avait gravées dans le marbre. Affaires conclues, les billets de banque entassés dans des portefeuilles retenus par une chaîne gonflent les blouses noires des hommes de l'art. Les langues deviennent farineuses à force de parler, alors on commence la tournée. Café, armagnac. De bon matin, ça vous remet d'aplomb un moribond. Ils enchaîneront directement sur l'apéritif, avant de passer à table dans quelque auberge de la ville. Pipérade, gras-doubles, pommes de terre à la vapeur, omelette aux cèpes le cas échéant.

Chez Marthe, le cas échoit. Fifi est arrivé avec un plein panier de champignons, les premiers de l'automne qui s'annonce déjà quand on sait lire entre les lignes le livre des saisons. On dit qu'il en trouve toute l'année. Toujours à courir les bois et les berges du Gave. Il précise à Marthe que c'est pour Manon, elle le remercie et lui demande l'autorisation d'en faire goûter à la clientèle, et Fifi accepte parce qu'il est gentil.

– Mais c'est pour Manon, hein, Marthe ?

– Oui, Fifi, c'est pour Manon, mais il y en a cinq ou six kilos dans ton panier, elle va pas manger tout ça, elle est comme toi, Manon, elle partage.

– Elle est où, Manon ?

– À l'hôpital, Fifi, tu sais bien qu'elle travaille. Le docteur Loustau l'a convoquée au bloc opératoire, elle a de la veine qu'il s'occupe si bien d'elle.

– Pourquoi il s'occupe si bien d'elle, le docteur ? demande Fifi, l'air inquiet.

– Parce qu'il l'aime bien, Fifi.

– Pourquoi il l'aime bien le docteur Loustau à Manon ?

Les questions en chaîne de Fifi agacent Marthe qui doit accélérer la manœuvre pour préparer la salle avant la déferlante de midi.

– Ben j'en sais rien, moi, Fifi, il doit aimer travailler avec elle, voilà !

La panique envahit les yeux de Fifi.

– Et pourquoi y doit aimer travailler avec elle ?

– Oh, tu m'agaces maintenant, avec tes pourquoi ci, pourquoi ça. T'as qu'à lui demander, à Loustau. Il la trouve à son goût, si tu veux mon avis, voilà !

Fifi s'assoit dans un coin et boude.

Marthe s'en veut un peu de l'avoir brusqué.

– Allez, Fifi, fais pas la tête, tu veux boire un coup de rouge ?

Immédiatement, le visage de Fifi s'illumine d'un sourire, comme lorsque le soleil réapparaît derrière un nuage.

Toute la ville fourmille. Partout, les gens discutent, se hèlent, se reconnaissent, s'évitent. La rue du Commerce est bondée de passants qui s'arrêtent pour parloter, se donner des nouvelles de la semaine. On s'attarde au pas des boutiques, le temps ne compte pas comme les autres jours.

Le marché couvert sent la plume et la fiente de volaille. Les femmes discutent âprement les prix, entre deux papotages. Lucie et ses deux fils aînés, Arnaud et Louison, vendent des lapins, des poulets, des pintades, des œufs et même du lait, tandis qu'Anselme est au foirail avec les vaches. Le jour du marché, ceux de la campagne se tiennent au courant des affaires de la ville et ceux de la ville en apprennent sur la campagne. La critique va bon train, mais personne ne raterait le jour du marché, pour rien au monde.

– Arnaud, dit Lucie, tu vas aller chez Marthe porter quatre douzaines, à midi.

– J'aime autant pas, maman, Louison va y aller à ma place.

– Et pourquoi ça ? T'auras l'occasion de voir Manon, dégourdi !

– Laisse-moi tranquille avec Manon...

Deux képis entrent dans le marché couvert. Le chef Loupiacq et son auxiliaire Lemoux. Ils viennent directement à l'étal de Lucie.

– Madame, gendarmerie nationale...

– Oui, ça, j'avais deviné.

– On voudrait poser quelques questions à votre fils Arnaud, madame.

Les joues de Lucie rougissent de honte et de colère. Tout autour, les gens n'en perdent pas une.

– Qu'est-ce que vous lui voulez au petit ? Il a fait quoi ?

– Rien, madame, nous avons des questions à lui poser, je vous dis, ce sera pas long.

Arnaud s'en va encadré par les gendarmes. Un silence inhabituel règne sur le marché. Seules les poules continuent de caqueter et les poussins de pépier. Les lapins, eux, font peu de bruit, quelles que soient les circonstances.

L'interrogatoire a lieu dans la fourgonnette.

– Arnaud, dit le chef, on reprend tout du début. Tu sais qu'on recherche un criminel espagnol, et tu nous as déjà bien aidés en nous mettant sur une piste.

– Vous l'avez coffré ? dit Arnaud, de la peur plein le gosier.

– Non mais ne t'inquiète pas, tu ne seras pas ennuyé, on y veillera. Alors dis-moi, tu m'as bien dit que tu as entendu des pas au grenier de l'auberge, un jour où tu es monté alors qu'il n'y avait personne, n'est-ce pas ?

– Oui, c'est ça...

– T'as pas pu confondre avec une bestiole, toi, un gars de la campagne ?

– Y a bien le grand-duc qui fait du barouf quand il se

met là-haut, mais c'était pas un grand-duc, non, ça j'en suis sûr !

– Et, voyons, tu peux me dire si c'est dans tes habitudes de t'introduire chez les gens comme ça, à leur insu ?

Arnaud pâlit. Ses yeux bleus se troublent.

– Non, je fais pas ça d'habitude, mais on se connaît depuis l'enfance avec Louis et Manon, alors...

– D'accord, d'accord... et quand tu as essayé d'ouvrir la porte du grenier...

– Elle était fermée à clef, ça, j'en suis sûr !

– Et puisque tu connais bien la maison, tu savais quand même pas où elle était planquée, la clef du grenier ?

– D'habitude, à ce que je me souviens, elle était toujours à la serrure.

– Et là, non ?

– Et là, non.

– Pourquoi tu crois que Marthe l'a prise, alors ?

– Ah, ça m'étonnerait que ce soit Marthe !

– Et pourquoi ?

– Parce qu'elle a une trouille bleue des souris et qu'elle est jamais montée dans aucun grenier ni descendue dans aucune cave à cause de ça !

– Elle a pu prendre la clef pour empêcher les autres d'y monter ?

– Oui, ça c'est possible, si y avait quelqu'un de caché là-haut...

– Comme tu dis... mouais... bon, on va en rester là pour aujourd'hui, tu peux filer. Si j'ai d'autres questions à te poser, je sais où te trouver.

Arnaud descend de la fourgonnette sans demander son reste. Le chef Loupiacq le regarde s'éloigner. Il ôte son képi, se gratte les cheveux et dit, à la fois pour lui-même et à l'adresse de son auxiliaire :

– On patauge dans la semoule, Lemoux.

– Faut aller cuisiner la vieille, chef !

– Vous la trouvez vieille, Lemoux ? Moi je la trouve pas mal, Marthe.

– Hi, hi, chef, je vous y vois en patron de bistrot...

Lemoux approche le pouce de sa bouche, pour imiter le geste du pintocheur.

– Du respect, Lemoux, je vous prie, du respect.

– Mes excuses, chef !

– C'est bon, Lemoux, mettez-vous au volant, on y va !

– Mais c'est juste à côté, chef, on peut y aller à pied.

– Vous avez raison.

Sur le boulevard des Prunes, les camelots, les marchands de babioles, les rempailleurs et les canneurs de chaise gitans regardent la maréchaussée de traviole, comme s'ils avaient tous un petit quelque chose à se reprocher, ce qui n'est sans doute pas totalement faux.

Plus loin, sur la place de l'église Saint-Matthieu, des enfants jouent à s'asperger avec l'eau de la fontaine.

Loupiacq et Lemoux passent au milieu des étals sans sourciller.

Ils bichent, Loupiacq et Lemoux, ils bichent.

La cuisson des cèpes à la graisse de canard parfume la rue, de l'auberge des Charmilles jusqu'au presbytère. Si l'abbé Bancon était là, il trépignerait dans sa cuisine en attendant que Marthe lui apporte la soupe et une part d'omelette... L'abbé ne trépigne pas, parce qu'il n'est pas encore revenu de la colonie de vacances, où le séminariste Hugues l'a finalement accompagné pour s'occuper des enfants.

Le petit d'Anselme et Lucie, le Louison, gosse des champs, ne connaît pas le luxe d'aller à la montagne. Pendant les vacances, il travaille à la ferme. Il vient de repartir de l'auberge avec une pièce, pour le service de livraison, et il n'est pas peu fier. Il ne dira rien à son frère, de peur d'avoir à partager.

L'effervescence règne dans la cuisine où les femmes se chamaillent aux fourneaux. Marthe les encourage subrepticement à ne pas trop en faire, elle pense au commerce, s'ils mangent trop de viande, ils ne voudront pas de son omelette. Pour une fois qu'elle a l'occasion de préparer un plat de cèpes. Ce n'est pas tous les mardis.

Les gendarmes font leur apparition. La conversation baisse d'un ton, quelques sujets virent de bord, même.

– Marthe Lamarque ? fait Loupiacq en entrant dans la cuisine.

Marthe est en train de faire glisser l'omelette de la poêle dans le plat, manœuvre délicate.

– Oui, c'est moi, on se connaît maintenant, non ? Vous n'allez pas jouer les nouveaux pendant un an, quand même ! C'est pour quoi ?

– Suivez-nous dehors, s'il vous plaît.

Lemoux ouvre la porte de la cour, tandis que Loupiacq, plutôt boulot et l'air gourmand, regarde l'omelette en avalant sa salive. Midi approche.

– Deux minutes, fait Marthe, l'omelette peut pas attendre. Si elle bave pas, c'est moi qui vais en baver avec les réflexions que je vais prendre.

Les gendarmes sortent et vérifient qu'il n'y a personne dans la cour.

– Vous avez senti ça, Lemoux ?

– Quoi ça, chef ?

– Ben, les cèpes…

– Ah… non.

Marthe lance la cuisson d'une autre omelette, demande à une femme de surveiller et rejoint les gendarmes en frottant ses mains au devant de son tablier.

– Alors, quoi ?

– Nous n'en avons pas pour très longtemps, madame. Un petit détail me chiffonne, depuis la dernière fois… votre grenier, vous le fermez toujours à clef ?

– Oui, toujours.

– Vous y gardez des choses si précieuses ? Nous n'avons rien vu de tel, lors de la fouille.

Pendant que le chef interroge Marthe, Lemoux monte à l'étage, museau papelard.

– J'y garde quelques affaires de mon pauvre Jean. Je suis pas très reliques, mais de temps en temps, j'aime bien me rappeler...

Loupiacq adopte un ton compréhensif, presque paternel.

– ... et vous allez près d'eux de temps en temps, pour retrouver les émotions passées, petit pèlerinage, c'est ça ?

– Voilà, c'est ça...

À ce moment-là, Lemoux passe le buste par-dessus la balustrade.

– La clef est sur la porte, chef !

Loupiacq regarde Marthe.

– Un oubli, sans doute... Autre chose, madame Lamarque, vous... n'avez plus peur des souris ?

– Peur des souris, moi ?

Loupiacq ne veut pas attaquer de front pour ne pas confondre son indic. Il préfère finasser, tenter de prendre Marthe à son propre piège, elle finira bien par trébucher.

Il hèle son auxiliaire.

– C'est bon, Lemoux, on a fini, c'est l'heure de casser la graine !

Marthe capte le message subliminal. Comme tous les patrons de bistrot, même si elle refuse la catégorie, Marthe sait bien qu'il vaut mieux soigner la maréchaussée, tout comme le clergé. Les uns peuvent toujours rendre service sur terre, les autres au ciel. Pour l'instant, le nouveau chef est du genre toile émeri, mais en le travaillant sur le long terme, on peut arriver à l'adoucir. Le long terme, on ne sait pas quand ça finit, mais on sait quand ça commence : de suite.

– Chef, vous allez bien vous laisser tenter par un peu d'omelette…

– Ma foi, pourquoi pas… elle ne sent pas mauvais.

– Allez vous installer, je vous apporte ce qu'il faut.

Képis à la main, les gendarmes cherchent une place. Depuis la cuisine, Marthe hurle à Galoche, Bistec et Fifi de se serrer les coudes. Une minute après, elle pose l'omelette au milieu de la table.

– Bon, si elle est trop cuite, vous viendrez pas vous plaindre, hein ?

Lemoux repousse son assiette d'un air dégoûté. Les œufs baveux ça l'écœure. En revanche, ça n'écœure pas Loupiacq qui y va direct et de bon cœur, et compte bien solder les comptes de l'auxiliaire.

C'est à ce moment que, ne pouvant s'empêcher de fayoter, Bistec met les pieds dans le plat et déclenche une catastrophe. Certes sans le vouloir, cet imbécile.

– Alors, fait le boucher la bouche pleine, elle en est où, l'enquête sur l'Espagnol ? Vous allez finir par vous faire coiffer par la police, hé hé… on dit que le commissariat de Pau a dépêché des inspecteurs en ville.

Galoche, qui sent venir le grain, lève les yeux au ciel, remue sur sa chaise, essaye de faire comprendre à Bistec qu'avec cinq ou six verres dans le nez, il perd en subtilité. Le problème, c'est qu'avec cinq ou six verres dans le nez, la complicité s'émousse et on ne se comprend plus avec des petits signes, c'est comme aux cartes.

Fifi subodore que quelque chose d'anormal est en train de se passer, sans pouvoir déterminer quoi exactement. Il se creuse la cervelle pour y mettre son grain de sel, on peut difficilement redouter pire.

– C'est qui ça, l'Espagnol ? C'est ton copain, Joseph ?

– Non, Fifi, c'est pas mon copain, c'est le gars qu'on

recherche, t'es au courant, le blessé qui s'est échappé de l'hôpital, çui qui a tué un soldat...

– Ah oui, fait Fifi en tressautant sur sa chaise, le copain de Manon !

Le brouhaha de l'auberge des Charmilles se fige. Les mâchoires de Loupiacq s'immobilisent, toutes affaires cessantes. Galoche simule une quinte de toux pour attirer l'attention de Bistec, lui faire de gros yeux. Errol Lemoux lève un sourcil, sa moustache en trait de pinceau vibrionne.

Le boucher achève la bête :

– Laisse tomber, Fifi, personne ne sait où il est, l'Espagnol, il a disparu, volatilisé...

Alors Fifi, l'air un peu dépité :

– Ben si, moi je sais où il est, le copain de Manon...

X

Ils ont embarqué Fifi.

Pendant qu'on le cuisinait, Marthe a convoqué la garde rapprochée sous le cerisier, pas besoin d'alerter la population. Elle a suggéré un plan de bataille, qu'on aille prévenir Manon au plus vite et que d'autres courent jusqu'à la cabane en passant par-derrière et en longeant le Riulet, pour dire à l'Espagnol de s'enfuir par le Gave. Avec un peu de chance, le temps que Loupiacq organise une traque, Juan aurait été tiré du piège. Personne n'a bougé. Les regards se sont dérobés comme des anguilles dans l'herbe. Alors Marthe a changé de méthode et a donné des ordres :

– Galoche, tu vas à l'hôpital prévenir Manon, les autres filent au jardin, allez, que ça saute, remuez-vous un peu !

Seul le cheminot a obéi sur-le-champ. Il a traversé la ville en essayant de garder une démarche naturelle. Bien entendu, on l'arrêtait ici et là, tout le monde le connaît, le Galoche. Il a fait ce qu'il a pu pour ne pas trop tchatcher. Manon a enfourché son vélo, foncé vers les jardins, n'accordant aucune confiance à la tripotée de bras cassés de l'auberge. Quand elle est arrivée, le secteur était déjà bouclé, alors elle a passé son chemin, comme si elle était en pleine tournée.

Elle a retrouvé la clientèle autour de Fifi qui boudait, la tête rentrée dans les épaules et les bras croisés. Il faut bien dire que tout le monde s'en prenait à lui. Quand les gendarmes ont relâché le pauvre garçon, le service était terminé. Il était très souriant parce que le brigadier l'avait félicité. Sitôt refermé la porte de l'auberge derrière lui, changement de musique : ils l'ont collé sur une chaise et encerclé comme des charognards amers. Il fallait bien s'en prendre à quelqu'un. Ils l'ont accablé de questions, comme s'ils l'agaçaient à coups de bec et Fifi, dans ces cas-là, il bloque. Comprenons bien que c'était pas pour les contrarier ni pour le plaisir de leur tenir tête, mais ils ne savaient pas y faire. Il n'aurait rien voulu davantage que leur raconter son passage à la gendarmerie, avec ses mots à lui bien sûr, tout le monde parle sa langue ici. Ils étaient tellement sur lui, tellement pressants que Fifi a fini par comprendre qu'il avait fait quelque chose de mal. Sans pouvoir dire quoi parce que personne ne lui expliquait, tant ils étaient pressés d'évacuer sur un bouc émissaire le malaise qu'avait laissé en eux leur manque de courage. Ah ! pour tomber sur Fifi, ils en avaient du courage, tiens... Pour passer à l'action, ils n'étaient pas psychologiquement prêts, sans doute, et ne manquaient pas d'arguments : Bistec a convaincu Marthe que ç'aurait été se jeter dans la gueule du loup, Clip-et-clop a abondé, Miguel n'était pas chaud-chaud... Le temps d'aller là-bas, les gendarmes y seraient, on se doutait bien que Fifi allait se faire un plaisir de cracher le morceau illico presto, convaincu que l'heure d'être un héros avait sonné pour lui. Charlot le sabotier, arrivé entre-temps, a demandé qu'on lui explique, alors on s'est rendu compte qu'il n'était pas au courant jusque-là. Bref, ils avaient tous une bonne raison pour ne pas y aller. Marthe s'est rendue à l'évidence, le plan qui lui était venu à l'esprit ne recueillait pas l'adhésion et son autorité de chef de guerre était à peu près nulle sur les troupes. On était donc tout naturellement revenu à la tactique traditionnelle, à savoir l'immobilisme. Pour ça, elle avait affaire à de vrais virtuoses, un corps d'élite de l'inefficacité. Elle regrettait intérieurement que Gaston Escoubeth ne soit pas là, il est tout de même d'une autre trempe, Gaston, il n'aurait pas hésité à se jeter dans la bagarre pour rattraper la bourde de Fifi.

Lorsque Manon arrive donc, on abandonne Fifi marri sur sa chaise et on se presse de donner sa version personnelle de la gaffe à la jeune femme.

Elle refoule une terrible envie de lui arracher la langue mais parvient à adresser un regard sans reproche à ce couillon, qui trouve dans ses yeux un havre. Alors l'amour redouble de vigueur. Rien que pour ce regard-là, même s'il n'a pas très bien compris ce qui s'est passé, ça valait le coup.

Manon demande aux habitués de tenir leur langue, chose qui n'est pas aussi simple qu'il y paraît, nous l'avons vu. Ensuite elle file à la mairie voir Lucette Fortas. La secrétaire est occupée avec le maire, dans son bureau, alors Manon patiente.

Quand Lucette ressort, le visage sombre, elle aperçoit Manon à l'entrée. Sans prendre le temps de la saluer, elle lui fait signe de la suivre, entre dans le secrétariat et ferme la porte.

– Lucette…

– Je sais, je sais, dit Lucette un peu revêche, je suis au courant, le maire vient de m'en parler.

– Qu'est-ce qu'on va faire ?

La secrétaire du maire entortille l'une de ses mèches blondes autour de son index.

– Ils vont remonter jusqu'à Jules maintenant, c'est malin...

Un instant, Lucette songe à demander à Manon d'aller prévenir Jules, mais elle renonce, par simple jalousie, ce serait la lui coller dans les pattes et il se ferait un plaisir de les ouvrir grandes, ses pattes. Car pour Lucette, s'il est une évidence, c'est que son Jules est irrésistible. Or, dans ce genre de situation, le cours des idées est assez chaotique et Lucette se met à peser le pour et le contre, entre le risque de laisser arrêter Jules et celui de lui envoyer Manon. Finalement, elle tranche :

– Je vais demander mon après-midi au maire, je m'occupe de Jules. Toi, tu préviendras Antonio et Paco, qu'ils ne se rendent surtout pas à la cabane, nous avions prévu une réunion cette nuit. Qu'ils ne bougent pas jusqu'à nouvel ordre, d'accord ? Les gendarmes ne veulent pas garder Juan dans la cellule de dégrisement, ils ont peur d'un assaut visant à le libérer, on dit que des Espagnols s'organisent en bandes, dans la région, et Juan semble un personnage important pour eux. En attendant de le transférer à Pau, il sera enfermé ici, dans l'ancienne prison. D'après moi, c'est foutu.

– Je ne le laisserai pas tomber, dit Manon. Je m'en fiche de plonger avec lui.

Lucette regarde Manon de façon plus amène.

– Dis, Manon, tu serais pas un peu amoureuse de ton Espagnol, toi ?

– C'est possible, oui...

Lucette se sent franchement rassurée.

– Tu vois, fait-elle, j'avais peur que toi et Jules...

– Tu avais tort d'avoir peur, Lucette, dit Manon en sortant du secrétariat, je ne suis pas le genre de ton Jules.

Manon se rend à l'hôpital sans tarder. Elle a une idée et veut rencontrer le docteur Loustau. Elle passe sans s'arrêter devant la salle des aides-soignantes, où Juliette et Noémie, une collègue plus âgée, prennent une pause.

– Tu l'as vue ? fait Juliette. Elle daigne même plus dire bonjour aux copines ! Depuis qu'elle est dans les petits papiers de Loustau, elle connaît plus personne.

– Tu crois que… fait Noémie.

– Tu tombes des nues, ma cocotte, c'est sûr qu'il se la tape, oui, la bistrote !

– Si ça lui fait du bien, ça nous fait pas de mal…

– En attendant, on la voit plus beaucoup avec nous, Madame assiste le docteur à Gurs, Madame est responsable de ceci, responsable de cela, tu verras qu'il va lui donner du galon, un de ces quatre. Et moi, on me fout sur un vélo à sa place !

– Il paraît qu'il est prêt à la pistonner pour la faire passer infirmière…

– Ah, tu vois, qu'est-ce que je te disais !

Manon rencontre Loustau qui revient du bloc, entouré d'une infirmière, Martine, et de Francis, le jeune assistant chirurgien. Loustau donne des recommandations et dit qu'il opère le suivant dans une heure pile. Lorsqu'il aperçoit Manon, son visage s'éclaire.

– Ah, la belle Manon ! Comment vont nos malades ? Ils ne peuvent aller que mieux avec une soignante pareille, non ? Qu'en pensez-vous, Francis ?

Ledit Francis, mains dans les poches de sa blouse blanche, vire immédiatement au pivoine.

Manon se force à sourire.

– Bon, fait Loustau, quelque chose ne tourne pas rond ?

– Je voudrais vous parler, docteur.

– Eh bien, parlez ! Je vous intimide tant que cela ?

Elle est embarrassée, le montre et Loustau réagit.

– Allez dans mon bureau, j'arrive tout de suite.

Lorsqu'il vient, un quart d'heure plus tard, il parle de la pluie et du beau temps, raconte qu'on commence à évacuer pas mal d'Espagnols du camp de Gurs, puis prend une cigarette du paquet qui traîne sur son bureau.

– Allons, mon petit, qu'est-ce qu'il vous arrive ?

– Vous vous souvenez de cet Espagnol que vous avez opéré d'une très vilaine blessure à la jambe, en avril...

– Avez-vous une idée du nombre d'Espagnols que j'ai opérés de la jambe ou d'ailleurs en six mois, Manon ?

– C'était... Juan Jimenez, l'aviateur qui s'est échappé...

– Ah, vous auriez pu commencer par là, je ne risque pas de l'oublier, celui-là ! Vous aviez plutôt sympathisé avec lui, d'ailleurs, si je ne m'abuse, non ?

– Les gendarmes l'ont capturé.

– Voilà une bonne chose, n'est-ce pas ?

– On peut pas laisser faire, docteur, vous savez comme moi que ces gens se battent pour une grande cause, vous ne feriez pas tout ça pour eux, sinon. Juan est un soldat de la République espagnole !

– Que voulez-vous que je vous dise, un soldat qui tue en dehors de la guerre est un assassin. Nous ne sommes pas en guerre, Manon... pas encore.

– Eux si ! Vous savez pourquoi il a fui, docteur, vous êtes bien placé pour le savoir, il ne voulait pas se laisser enfermer à Gurs !

Le docteur pointe Manon de l'index.

– Ça suffit ! Que voulez-vous que j'y fasse ? Notre rôle, le vôtre comme le mien, est de soigner, pas de redresser les torts ou de remettre en cause les décisions de la justice. Votre Juan était poursuivi pour meurtre, il s'est fait arrêter, eh bien tout est dans l'ordre ! Diable, je vous le répète, que voulez-vous que j'y fasse ?

– M'aider à le faire s'évader.

– Quoi ? Mais vous n'y pensez pas, mon petit ! Vous voulez que nous finissions côte à côte sur un banc de tribunal ?

– Docteur, écoutez-moi je vous en prie...

Voyant à quel point Manon semble triste et abattue, Loustau se calme et retrouve une voix plus douce.

– Allons, allons, ne vous mettez pas dans cet état...

– Je ne vous demande pas grand-chose...

– Dites-moi.

– Depuis que les enfants basques sont partis, la mairie a réhabilité l'ancienne prison, deux simples cellules au fond d'un couloir, je ne sais pas si vous y êtes allé... La préfecture a donné l'ordre aux municipalités de collaborer avec la gendarmerie et la police dans la recherche des réfugiés qui échappent aux contrôles. Soit ils trouvent un travail dans le secteur privé, soit ils intègrent une compagnie de travailleurs, soit ils sont enfermés à Gurs, soit...

– Venez-en aux faits, Manon, aux faits !

– Juan va passer la nuit à la prison avant d'être transféré à Pau.

Loustau allume un autre cigarette. Il enlève ses lunettes et se frotte les yeux.

– Ah bon, parfait, et alors ?

Après un temps d'hésitation, Manon se lance :

– Docteur, on nous avait confié un trousseau de clefs de la porte du couloir et des deux cellules, quand les enfants y étaient. Ont-ils pensé à le récupérer ?

– Non, pour l'instant on ne m'a rien réclamé. L'administration a souvent un temps de retard sur ses propres décisions, vous le savez bien. Et notre cher Léon ne sait plus où donner de la tête !

– Docteur, je vous demande juste de me donner ces clefs.

Loustau se lève et fait quelques pas.

– Vous me mettez dans l'embarras, Manon !

D'une voix pleine d'affliction, elle ajoute :

– Docteur, faites-le pour moi...

Le chirurgien écrase nerveusement sa cigarette.

– Je dois y aller, excusez-moi, ils doivent être prêts, au bloc. Demain j'aurai besoin de vous, vous seconderez Martine, une opération pas facile, vous verrez, cela vous passionnera, j'en suis sûr.

Toujours assise à sa place, Manon ne semble plus écouter. Coude sur les cuisses, elle plonge le visage dans ses mains.

Avant d'ouvrir la porte, Loustau la regarde.

– Vous trouverez ce que vous cherchez au fond du tiroir de gauche de mon bureau. Maintenant je ne veux plus rien savoir ni entendre, et faites tout disparaître ensuite, je dirai qu'on m'a cambriolé.

Il fallait agir vite. Manon a décidé de sauter dans la fosse aux lions.

Elle est revenue à pied et a traversé la place de Mars en direction de la cour de la prison. En passant un peu au large, elle a vu des policiers municipaux en conversation avec les gendarmes. Elle est revenue un peu plus tard et, cette fois, il n'y avait plus que deux gendarmes en faction, l'un devant la porte et l'autre à l'entrée de la cour.

Ensuite elle s'est rendue chez Jules Artigaud, à la pension Lascombes. En montant les escaliers, elle a entendu du bruit qui provenait de sa chambre. Des chocs contre le mur et des cris. Elle a reconnu la voix de Lucette et a pensé que Jules était en train de la battre, mais quand le mécanicien a ouvert la porte, une simple serviette passée autour des hanches et le torse haletant, Manon a bien compris qu'il s'agissait d'autre chose.

Lucette a noué le drap du lit sous ses aisselles. La chambre sentait la sueur et la cigarette. Manon a raconté que Juan était enfermé sous la simple surveillance de deux gendarmes. Elle a dit également pour le trousseau de clefs, Jules s'est montré impressionné. Ils ont mis au point un plan d'urgence.

Manon est sortie et, au lieu de prendre juste en bas vers la rue des Charmilles, elle a filé à gauche, traversé le carrefour et emprunté la Vieille Route jusqu'à la maison où vivent Antonio et Paco, au bout du quartier Chicago. Antonio était absent, elle a donc tout raconté à Paco, en allant marcher sur la route, en direction des roulottes des gitans, pour que personne ne les entende. Paco Cazals a bien compris et a dit qu'il expliquerait à Antonio.

Après l'heure du souper, Paco et Antonio se sont rendus au café de la place de Mars. Ils avaient l'air éméché, en arrivant, et on s'est dit qu'il avait fait une bamboche avec les gitans, du côté de Chicago. Les deux lascars riaient de bon cœur et s'en racontaient des vertes et des pas mûres. Cela a duré fort tard, jusqu'à ce que le café soit presque désert. Et puis – là, personne n'a très bien compris comment c'est arrivé –, ils sont tombés en désaccord sur on ne sait pas trop quoi, toujours est-il que la conversation a dégénéré. Comme ils menaçaient de se battre, les derniers clients sont partis et le patron, Grégoire, leur a demandé de payer leurs verres et d'aller s'engueuler ailleurs. Sitôt qu'ils ont passé la porte, il a tiré le rideau et n'a plus rien voulu savoir. Paco et Antonio ont continué de s'insulter, tout en se tenant par l'épaule. Ils étaient dans un sale état et ne se réconciliaient que pour insulter de conserve les gens qui se penchaient à la fenêtre.

De l'autre côté de la place, au bar Tauziet, les derniers poivrots sont sortis pour voir, et puis sont rentrés vite fait, de peur que la patronne n'en profite pour plier boutique alors qu'ils avaient encore un peu soif.

Paco et Antonio ont traversé la rue pour divaguer sur la place de Mars, jusqu'à se retrouver tout près de la cour, à droite de la mairie. C'est là qu'ils ont commencé à se taper dessus en se traitant de tous les noms d'oiseaux. Le gendarme en faction à l'entrée de la cour est venu leur demander de se calmer ou d'aller se battre plus loin, alors ils se sont retournés contre lui et l'ont copieusement arrosé d'insanités. Pris de peur, il a appelé son collègue à la rescousse. Paco et Antonio s'en sont pris à lui aussi, tout en faisant en sorte de s'éloigner de l'entrée de la cour.

Alors tout est allé très vite. Manon, qui se tenait non loin de là, a traversé la cour et est allée jusqu'à la porte du couloir. Elle a ouvert et elle a appelé Juan. Il ne répondait pas. Elle a prononcé quelques mots en espagnol, là il s'est manifesté. Elle a ouvert sa cellule et lui a dit de filer en lui indiquant la rue des Franciscains.

Juan s'est mis à courir, avec un peu de mal à cause de sa jambe. À l'angle de la rue des Horlogers, Jules attendait dans l'ombre avec la Magnat Debon. Il a démarré, Juan s'est juché sur la selle arrière et la moto pétaradante a disparu en prenant à droite, entre l'église et la salle Berlioz.

Manon a couru jusqu'au Gave, près du Vieux Pont. Elle a jeté les clefs le plus loin possible au milieu du lit et la rivière a émis comme un bruit de déglutition. Elle a repris sa course en direction de l'endroit où le Riulet passe sous la route et sous la voie ferrée. Elle a sauté et a remonté le ruisseau jusqu'au passage étroit entre les maisons. Elle a tiré le portail et s'est assise au pied du grand cerisier pour retrouver son souffle.

Marthe est sortie de sa chambre, elle a pris peur en voyant sa fille en nage, hors d'haleine.

– Qu'est-ce qui se passe, Manon ?

– Rien, maman, tout va bien.

Marthe a très bien compris que sa fille avait dû tenter de libérer son Espagnol. Elle n'est quand même pas miro, Marthe, et elle connaît sa progéniture. Seulement elle sait quand il faut parler et quand il vaut mieux se taire et là, elle comprend que ce n'est pas le moment de poser des questions.

– Viens à la cuisine, je vais te servir un verre d'eau.

– Non, maman, ça va, recouche-toi.

Marthe est rentrée dans sa chambre sans un mot et Manon est montée dans la sienne. Elle s'est jetée sur son lit, le visage dans les draps, et elle a pleuré longtemps.

Après l'arrivée de renforts, Paco et Antonio ont finalement été maîtrisés. C'est alors que les gendarmes ont constaté l'évasion et donné l'alerte. Les deux gardes ont été mis aux arrêts. Paco et Antonio continuaient à s'insulter et à vouloir se battre. Ils ont fini menottés dans la fourgonnette. Ils ont été longuement interrogés, sans grand succès parce que leur alibi tenait bon. Une soirée trop arrosée qui tourne mal, cela n'est pas un événement mais plutôt un fait divers, de surcroît assez commun, dans le patelin. On les a gardés au poste toute la nuit, pour les relâcher au matin en leur demandant de se tenir à la disposition de la justice, l'outrage à agent dans l'exercice de ses fonctions pouvait leur coûter une amende coquette et peut-être même un séjour derrière les barreaux.

Dans la nuit, la Magnat Debon s'éloigne fissa sur la route de Mont-de-Marsan. Au bout de quelques kilomètres, Jules prend à gauche, une route étroite bordée de pommiers qui s'enflamment à la lueur des phares. L'air sent les prairies et par bouffées vient accentuer l'impression d'ivresse que ressentent les deux hommes, lancés à fond de train à travers la campagne. Au carrefour, Jules tourne à droite. Peu après, la route devient un chemin de terre qui traverse les champs et conduit au pied de la grande côte de la Châtaigneraie. Accélérateur à fond, la puissante motocyclette et ses deux passagers grimpent la colline et continuent sur le chemin de crêtes, jusqu'à rejoindre la route de Barrat et de Saint-Goès. Là, Jules s'arrête. Il demande à Juan de l'aider à planquer la moto et ils empruntent un sentier qui redescend dans le vallon de la Châtaigneraie, où le Riulet prend sa source en mille filets d'eau suintant de toutes parts. Les bois sentent les fougères sèches, les champignons et la terre moisie.

Ils marchent longtemps. Juan ne peut avancer aussi vite que Jules le désirerait. L'Espagnol a l'impression de revenir vers Peyregave. Jules lui explique qu'il a fait un détour pour ne pas être repéré.

Il y a un abri de pierre en ruine, à l'orée des bois, où commencent les pâturages de Sainte-Cluque qui sont au-delà de ceux de Sainte-Eulalie. Il servait jadis aux gardiens des troupeaux qui parfois passaient la nuit avec leurs bêtes. Le mur de façade est écroulé. Le toit ne couvre plus que la moitié de la surface, mais en cas de pluie, un homme peut se blottir au fond et être à peu près au sec. Les ronces ont envahi les alentours depuis longtemps, et le lierre recouvre une bonne partie des pierres.

C'est là que Jules laisse Juan.

Le mécanicien lui dit de ne pas bouger, qu'on viendra lui apporter de quoi manger le lendemain, ainsi qu'une couverture et des habits propres pour se changer. Il lui conseille de quitter la cabane pendant la journée, en effaçant les traces. Mieux vaut remonter dans les bois et rester à l'abri des fougères ou des ronciers.

L'aviateur donne une accolade à Jules et prononce quelques mots en espagnol que le mécanicien ne comprend pas.

Une lune d'ivoire palpite sur les feuilles dont le bruissement est plus sec, déjà, comme renonçant à l'été. Tout près de là, le Riulet murmure sa chanson. Plus loin, de temps en temps, une vache meugle. Et du fond du paysage viennent les coups de cloche de trois heures du matin. Pour qu'on entende l'église jusqu'ici, il faut que le vent soit au sud. Il pleuvra bientôt, a pensé Jules.

À la première heure, Marcellin entre dans l'auberge avec des fleurs. Marthe lève le nez du journal. Cette grande armoire de Marcellin, avec son bouquet minuscule dans les mains, elle a envie de rire, pourtant, les nouvelles ne sont pas réjouissantes.

– Ah, Marcellin, voilà qui fait bien plaisir, ça faisait une paye, dis donc. J'ai bien cru que tu tirais la tête ! Tu portes des fleurs ? Que tu es gentil !

Marcellin se dandine, baisse le menton.

– Manon est pas là ?

– Manon ? Mais, mon petit, tu sais bien que Manon travaille à l'hôpital ! Figure-toi que le docteur Loustau la prend de plus en plus souvent avec lui, au bloc. C'était pour elle, les fleurs ?

Marcellin hoche la tête.

– Ben oui, je me disais que je regrettais…

– Que tu regrettais quoi ? fait Marthe, la curiosité piquée à vif.

– … pour le cinéma, je voulais pas…

– Tu voulais pas quoi ?

Et là, Marcellin pense qu'il ne va tout de même pas dire à Marthe qu'il a peloté sa fille en plein Fernandel et que ça lui a valu une taloche et qu'il faut bien quelques semaines pour s'en remettre, d'une taloche en public, même dans le noir.

– Je voulais être sûr qu'elle était pas fâchée, voilà !

– Fâchée ? Fâchée pour quoi, mon garçon ?

– Pour rien, s'agace Marcellin, et puis je vais pas tout vous raconter, quand même ! Vous lui enverrez le bonjour.

Il pose le bouquet sur une table et tourne les talons. Marthe lui laisse faire trois pas et ouvre le feu perfidement, sur le ton de la confidence :

– Tu sais, Marcellin, il faut que je te dise… à toi je peux le dire, tu es un très bon ami de Manon, je le sais… je crois qu'elle est amoureuse…

Marcellin se renfrogne. Manon pourrait très bien être amoureuse de lui, pourquoi pas, pourquoi ça serait pas possible ? Pourquoi ce serait pas de lui ? Mais il reste sur ses gardes parce que Marthe, là, on dirait une sorcière tellement qu'elle a de malignité dans l'œil.

Il a bien raison de se méfier, Marcellin.

– Ah, tant mieux pour elle… grogne-t-il.

Marthe s'étonne :

– Et tu veux pas savoir de qui ?

Marcellin secoue les épaules et sort en disant :

– Je préfère pas !

Marthe reprend sa lecture à mi-voix, il s'en passe des choses, ces temps-ci :

– « Alors que PC et AR, deux jeunes hommes d'origine espagnole, se battaient sur la place de Mars, un dangereux réfugié, probablement un anarchiste mêlé à l'assassinat de l'hôpital, s'est échappé de la prison municipale où il était enfermé en attendant son transfert sur Pau… » Tiens donc, comme par hasard…

C'est le moment que choisit l'abbé pour entrer.

– Tiens ! s'exclame Marthe, c'est la journée des revenants aujourd'hui ! Dites donc, l'abbé, vous avez noirci comme un bicot, à la montagne !

– Eh bonjour, chère Marthe, que je suis content de vous revoir en forme. J'ignore ce qui se passe mais en revenant de la messe chez les visitandines, ce matin, il y avait des gendarmes de tous les côtés.

– Un prisonnier espagnol s'est échappé.

– Un prisonnier ? fait l'abbé en refermant soigneusement la porte et en enlevant son béret. Un prisonnier, un prisonnier, voyons, Marthe, vous avez l'air bien grave… un prisonnier espagnol…

Marthe baisse et relève les paupières pour faire comprendre à l'abbé qu'il a bien compris.

Il chuchote, l'œil noir :

– Ils l'avaient cravaté ?

Nouvelle baisse et remontée de paupières.

L'abbé vérifie que personne ne vient à la porte.

– On sait où il est ?

– Moi, je sais pas, chuchote Marthe, mais y en a qui savent…

– Oh, nom de Dieu !

– Eh, l'abbé, surveillez-vous !

– Oui, ben des fois, il faut que ça sorte, que voulez-vous ! Qu'est-ce qu'on peut faire pour aider ?

– Rien, dit Marthe en passant le doigt devant sa bouche. Motus.

– Motus… répète l'abbé, pensif.

– Motus, répète Marthe. Un verre, l'abbé ?

Toute la matinée, Marthe a entendu des conversations sens dessus dessous. Entre les récits de la cavale de l'Espagnol, qui se déformaient de plus en plus au fil des heures, et les commentaires sur l'actualité internationale, on peut dire que la chronique est défrayée. Décidément, c'est un diable, ce type-là, une anguille, impossible de le garder à l'ombre !

D'habitude, les conversations tournent un peu en rond, il y a les sujets récurrents, certains même qui se transmettent de génération en génération, or en ce moment, une poule n'y retrouverait pas ses poussins, comme dit Marthe.

On a même vu des têtes nouvelles, en particulier deux types d'un genre à part, à l'élégance vulgaire, portant chapeau. L'un fumait un cigarillo, l'autre passait son temps à se curer les oreilles. Marthe les a servis, tout en précisant que la maison n'était pas un bistrot, plutôt une auberge, et elle leur a demandé s'ils comptaient rester manger et comme ils ont répondu que non, elle a dit qu'ils devraient libérer la table à midi. À leurs regards de fouines qui n'en loupaient pas une, Marthe s'est dit que ces deux-là étaient des flics. Miguel lui a discrètement confirmé qu'il avait la même impression, Clip-et-clop pensait qu'ils avaient l'air un peu trop patibulaires pour des flics, lui il s'en faisait une idée plus rassurante et Miguel a voulu en rajouter mais les deux fouines les ont regardés conciliabuler, alors ils ont embrayé sur la pluie et le beau temps, en parlant plus fort.

Quand ils sont partis, sans avoir posé de questions, Miguel a dit à Marthe qu'il avait entendu dire que la police cherchait des noises aux communistes, depuis quelque temps. Marthe a rétorqué qu'il n'y avait pas de communistes chez elle et Miguel a dit : « Et yo alors, je suis quoi ? Et Gaston, il est quoi ? cruciverbiste, peut-être ? » En fait, Miguel voulait dire « rosicrucien ».

– Oui, d'accord, vous êtes un peu coco sur les bords, mais quand même pas des forcenés non plus. S'il n'avait que des camarades comme vous, Staline pourrait se faire du mouron. Et puis vous faites de mal à personne, vous.

Marthe ne peut s'en douter, mais Miguel n'est pas si loin de la réalité. Si elle ignore que Louis a passé le mois d'août dans une imprimerie notoirement connue et surveillée pour ses accointances politiques, la police, elle, n'en perd pas une miette. La collecte d'informations tous azimuts va bon train et ne s'arrête pas aux Espagnols, loin de là.

Après le souper, Manon attache un panier au porte-bagages de son vélo, et sort. Elle remonte la rue des Charmilles, puis le boulevard des Prunes, puis la rue du Pountet jusqu'au lavoir de la Sèrp. Un peu plus loin, près du Riulet, elle tape à la porte de l'atelier de Charlot, qui l'attend. Il l'accueille chaleureusement et, après lui avoir demandé des nouvelles de la famille, lui passe une gibecière dans laquelle elle met les victuailles dont Marthe a empli le panier. Marthe a prévu une couverture de laine, aussi. Avec une longue lanière de cuir, Charlot la lie, de façon qu'elle puisse se porter en bandoulière..

Le sabotier reconnaît la canne de houx du grand-père que Manon tient à la main. Manon lui explique qu'elle l'a donnée à Juan mais que, lors de l'arrestation, elle est restée sur place. Fifi, qui est triste que Juan se soit fait arrêter, même s'il n'a pas compris pourquoi ni comment, est allé pleurer dans le jardin du Gave et il a trouvé la canne, il se souvenait que Manon l'avait donnée à Juan. Voilà pourquoi il l'a rapportée à l'auberge.

À la lumière de la lune, Manon se met en chemin. Elle remonte le ruisseau qui papote, où elle venait pêcher la truite avec son frère et Fifi, autrefois.

Le vallon du Riulet, elle le connaît comme un prolongement d'elle-même, parce que c'est là qu'elle a tourné les premières pages du livre de son enfance, connu les vives et tristes émotions d'un matin d'hiver, quand le givre craque sous la semelle et que les oiseaux ressemblent à des pelotes de plumes noires. C'est là, prise par l'orage un jour d'août et réfugiée dans l'abri où l'attend Juan cette nuit, qu'elle a ressenti dans sa chair combien la nature était violente et prodigue.

À chaque fois qu'elle revient au creux de ce vallon, elle pense à l'avenir, qu'elle voudrait aussi pur et intense que ces jours bénis qui lui semblent déjà lointains, quand elle sentit sans avoir à le comprendre qu'en elle circulait le flux de la vie. Que son corps, ses larmes, le sel de sa sueur, les collines, les arbres, les fougères étaient pétris d'une même matière et que tout était là.

Après une vingtaine de minutes de marche, la présence de la ville s'efface derrière elle. Le ruisseau est bordé de saules, de carolins et d'acacias. Il ondoie au centre des prairies de Sainte-Eulalie. À droite, se découpant sur le ciel noir, la tour du château dresse sa silhouette comme un grand pâtre de pierre à la mémoire pleine d'histoires inavouables.

Bientôt, il n'y a plus que le halètement de l'ombre, le frisson des feuillages, le cri des oiseaux de la nuit et le froissement de végétation que font les bêtes quand elles détalent. Le corps de Manon s'échauffe à l'effort. La canne fait un petit « toc » sur la terre du sentier, à chaque pas. Son cœur s'agite parce que, tout à l'heure, elle verra Juan et qu'ils seront seuls, juste tous les deux dans cette belle nuit que l'été finissant a voulu douce, presque tiède.

Quelques vignes servant un mauvais vin sont accrochées aux pentes. Elles brillent comme des fleurs de gypse. Plus loin, au bout de Sainte-Eulalie, le vallon s'évase mais devient plus sombre parce que les arbres l'envahissent. Sous le pas, Manon sent que la terre est plus humide. Elle colle à ses semelles et elle sent le mouillé. Le bois est obscur et la présence des chênes ne suffit pas à rassurer, alors elle accélère pour retrouver la corbeille ouverte de la nuit, presque comme on retrouve la lumière, au-delà des bosquets où commencent les prairies de Sainte-Cluque, plus sauvages, plus reculées, où pâturent quelques vaches échappées des troupeaux.

De temps en temps, Manon se retourne pour vérifier que personne ne l'a suivie. Elle pense aux recommandations de Jules, surtout faire bien attention que personne ne la suive. Il en va de la sécurité de Juan, mais aussi de celle des Frères Reclus, bien mal en point. Au plus profond du paysage, même quand la nuit est claire d'une belle pâleur de lune, il n'est pas facile de distinguer les êtres des choses. Les arbustes peuvent sembler des hommes immobiles, et il suffit à un homme de se tenir immobile pour ressembler à un arbuste. Manon tend l'oreille, cependant, comment distinguer parmi tous ces gargouillis le bruit d'un pas de celui d'une source qui clapote ? Elle se rassure comme elle peut en se répétant qu'avant de partir, elle a fait attention à ne pas éveiller le moindre soupçon.

Elle ne pourra pas rester bien longtemps auprès de Juan, le chemin prend une heure dans un sens et une heure dans l'autre, et pourtant elle rêve qu'elle ne reviendra pas. Qu'elle passera toute la nuit avec lui et qu'au matin, ils s'en iront tous les deux, comme deux oiseaux qui prennent leur envol dans un ciel nouveau. Qu'elle partagera sa vie clandestine, épousera ses combats et lui apportera ce qu'elle peut de bien-être.

L'air est tiède, presque moelleux. L'air est très doux de vent du sud.

Juan était affamé, il a mangé les provisions et bu le vin. Manon l'a regardé. Ensuite il a allumé une cigarette, au mépris de la sécurité – les guerriers savent parfaitement que la lueur d'une cigarette s'aperçoit de très loin –, il voulait fumer, fumer et regarder Manon.

Ils ont déplié la couverture et, maintenant, Manon est assise, appuyée contre le mur de pierre et Juan est assis en tailleur, à côté, tourné vers elle. Il se sent bien, comme si cette nuit était hors du temps, hors des circonstances. Elle inspire profondément pour graver au fond d'elle ces instants. Leurs mots sont rares. Ils préfèrent s'écouter, se respirer, être là l'un et l'autre sans avoir à se le dire. Ils savent tous deux que le jour de la séparation approche et qu'ils ne se reverront peut-être pas. Pourtant, Juan a promis qu'il reviendrait, voulait-il forcer le destin ? Ce genre d'homme croit qu'on peut le forcer. Et y parvient parfois.

D'une seule pensée Manon rêve toute une vie.

Les jambes de la jeune femme sont tendues devant elles, croisées l'une sur l'autre, une façon déjà familière de se tenir, aux yeux de Juan, qui lui rappelle les nuits dans le grenier. La robe remonte au-dessus des genoux et la douceur de la lune se reflète sur la peau. Sur les bras, aussi, l'épaule qui n'est pas dans l'ombre et le côté du visage.

Avec lenteur, Juan a posé sa main sur la cheville de Manon. De la paume de cette main se propage une onde dans tout le corps de la jeune femme. Elle ne sait plus si ce moment-là est celui qu'elle attendait le plus au monde, ou celui qu'elle redoutait le plus. D'abord, la main ne bouge pas. Et puis le pouce se met à caresser et une autre risée parcourt la peau de Manon et sa chair. Attentif, Juan ressent ces vibrations subtiles au bout de ses doigts et jusqu'au fond de son être. Alors il saisit la cheville, décroise les jambes, et la jeune femme a l'impression de s'ouvrir à lui tout entière. La main de Juan remonte le long des jambes, glisse sur la robe, effleure le corps ferme comme un jeune fruit dans ses moindres détails. Il saisit un sein, puis l'autre, et Manon sent monter une vague, elle prend la main de l'homme et la plaque plus fort sur sa poitrine.

Elle croyait, elle s'était dit mille fois qu'elle aurait peur, le jour où elle se donnerait, or elle n'a pas peur, elle ne craint rien et l'envie de s'offrir se mêle au plus intime à celle de le prendre, cet homme attendu et qui l'attendait, elle.

Le désir est une houle qui les soulève avec une tendresse mêlée bientôt de rage quand leurs bouches se joignent, que leurs langues s'enroulent et que leurs corps débarrassés se mêlent. La douleur d'un éclair zèbre l'esprit de Manon et puis c'est une mer nouvelle, un ciel inconnu à l'intérieur d'elle-même, muscles et souffle et esprit pétris ensemble et transportés, corps ajouté au corps et corps liés à la nuit, à la terre, à l'automne qui approche jusqu'au cri confondu que l'homme étouffe dans le cou de la femme et retient à l'orée de sa bouche à elle, au creux d'une main où il perdurera, où il sera toujours comme une pierre de lumière invisible.

Ils sont allongés l'un contre l'autre sur la couverture. Ils s'enivrent encore, en silence, des parfums de sueur, de ruissellements, de sucs que l'amour a répandus dans la cabane de pierre. Leurs poitrines peu à peu battent plus lentement. Désertés par la crainte, ils s'endorment sereinement. Juan est allongé sur le dos, un bras autour des épaules de Manon qui a posé la joue sur sa poitrine.

Une heure plus tard, peut-être davantage, elle ouvre les yeux.

– Juan, je dois partir.

XI

Quand Louis franchit la porte de l'auberge – il doit être près de midi – Marthe pèle les légumes sur une feuille de journal, en fredonnant avec Maurice Chevalier que diffuse le poste.

Dans la vie faut pas s'en faire...

La lame du canif s'arrête sur la pulpe du pouce. Une épluchure tombe et se recroqueville. Marthe regarde son Louis. Comme il a changé, en un mois ! Ses cheveux châtains, drus, ont poussé, la mèche est plus longue et rebelle sur le front. Les pommettes et l'angle de la mâchoire marquent une volonté, une gravité qu'on ne lui connaissait pas. Les yeux gris, fins, un peu ceux de sa sœur, pointent un regard plus grave, l'enfance en est presque enfuie. Une cigarette fume à sa bouche. Il porte une veste dont il a remonté le col sur la nuque. Marthe se lève et Louis laisse tomber sa valise au sol. Il prend sa mère dans les bras et, pour la première fois, elle se sent dans les bras de son fils.

– Louis, j'avais peur, tu sais, les nouvelles ne sont pas bonnes.

– Je sais, maman.

– Tu fumes ? Ce que tu ressembles à ton père quand tu fumes. Tu sais, avec ses poumons, il avait pas le droit mais il se gênait pas, en cachette. Et moi je regardais ailleurs…

– Maman, je suis content d'être là. La guerre va éclater…

Marthe le sait mais elle refuse de s'y résigner, même par les mots. Pour son fils, pour son petit, elle veut croire jusqu'au bout que la guerre n'éclatera pas, comme si cela pouvait influer sur le cours du destin.

– Ne dis pas de bêtises, ils vont trouver une solution.

– Je ne crois pas, non. Il y a du café chaud ? Ce train met une éternité à venir de Toulouse, je suis parti en pleine nuit.

Marthe trottine jusqu'à la cuisine et prend la cafetière qui froufroute au coin de la cuisinière.

Lorsqu'elle revient, elle s'arrête net.

Les deux fouines sont revenues. Le type au cigarillo et l'autre malpoli qui se cure l'oreille sans arrêt avec le petit doigt.

– On a des questions à te poser, dit la fouine au cigarillo, assieds-toi !

Louis répond qu'il préfère rester debout. La fouine à l'oreille sale s'approche de lui, le prend par les épaules et le force à s'asseoir.

– Oh vous, doucement, s'il vous plaît ! Qu'est-ce que vous foutez ici, d'abord ?

Sans regarder Marthe, l'inspecteur à l'oreille sale sort une carte de police qu'il tend sous ses yeux.

– C'est vu ?

Celui au cigarillo se met à la porte et la bloque avec le pied, tandis que l'oreille sale tire une chaise, met un pied dessus, pose un coude sur sa cuisse et se penche vers Louis.

– Tu vas répondre gentiment à deux ou trois questions qu'on a préparées pour toi, et tout se passera bien, d'accord ?

Louis devient pâle. Le flic le laisse mariner un instant. Il se gratte l'oreille et regarde son ongle.

– Bon, primo : t'as passé un mois à l'imprimerie de l'Avenir, quartier du Mirail à Toulouse, vrai ?

– Oui, monsieur.

Marthe intervient :

– Pas du tout ! Il vous répond n'importe quoi parce que vous lui faites peur, il travaillait chez un libraire !

– Bon, toi la grosse, tu la fermes et tu vas dans ta cuisine sinon le petit va finir par avoir des ennuis...

Marthe croise les bras et ne bouge pas. Comme les deux policiers sont occupés, l'un à tenir la porte et l'autre à questionner Louis, ils sont un peu coincés, elle en profite.

– Alors ? insiste l'oreille sale.

– C'est vrai, répond Louis.

– Deuzio, t'es au courant que c'est une bande de rouges qui tient la boutique ?

– J'ai pas parlé politique, j'ai appris le métier d'imprimeur.

– Tu vas faire attention, parce que je me sens un peu nerveux et que tu pourrais bien ramasser une torgnole, d'un coup, comme ça, impromptu. Tu sais, je suis du genre imprévisible, demande à mon collègue, des fois je me contrôle mal... gâchette sensible, que veux-tu, on ne se refait pas...

L'inspecteur au cigarillo acquiesce, levant les sourcils et fermant les paupières.

– Donc, t'es pas au courant que tu bossais chez les cocos et t'es pas au courant non plus qu'on les soupçonne d'un trafic de faux papiers ?

– Je n'étais qu'un apprenti, dit Louis, vous croyez qu'ils allaient me mettre au courant de ce genre d'affaire ? J'étais aux machines toute la journée et le soir, croyez-moi, j'avais qu'une envie, dormir !

– Ah bon ? On t'a pourtant vu traîner dans les bistrots fréquentés par les copains de tes patrons…

– Une ou deux fois, pas plus, je pouvais pas refuser.

– Plus d'une ou deux fois, Louis, bien plus…

– Mais vous voulez quoi, après tout ? J'ai fait quelque chose de mal ?

– Non, répond l'oreille sale, on se renseigne, c'est tout. T'as rien fait de mal, pas à notre connaissance… pas encore. Si tu permets, j'ai encore une question, la dernière… c'est bien Alfred Fayet qui t'a trouvé la place, hein ?

– Non, j'ai répondu à une annonce dans le journal !

– Ah, tu lis les annonces de Toulouse, toi ?

– C'est interdit ? Maman voulait m'envoyer travailler à la montagne avec l'abbé Bancon, le voisin d'en face, et moi je voulais pas, alors j'ai décidé de m'éloigner.

– T'as quelque chose contre les curés ?

– J'avais pas envie de torcher des gosses pendant un mois, c'est tout !

L'inspecteur écarte les mains, comme quand on profère une évidence :

– Tu préfères les livres…

– Demandez à ma mère, elle vous le dira.

– Alors ça, fait Marthe, je peux vous dire que…

– La ferme ! ordonne l'oreille sale.

Marthe lui adresse un regard plein de haine, et comme

il s'est de nouveau tourné vers Louis, elle tombe sur son oreille et remarque qu'il a de l'eczéma au creux du pavillon. « C'est pour ça qu'il se gratte... », songe-t-elle.

– Et pourquoi ta sœur est venue te voir un dimanche, aller-retour ?

– Ma sœur ? s'étonne Louis.

– Tu sens pas que t'es sur le point d'en prendre une, là ?

Louis cède :

– Elle est venue aux nouvelles, et pour m'apporter des affaires propres...

– Suis-je bête, tu vois, j'ai pas deux sous d'imagination... on est comme ça, nous, la flicaille, c'est pour ça qu'on note tout, tu comprends ?

Il sort un calepin de sa veste.

– Voilà du monde, Fred, dit le cigarillo en repoussant légèrement le rideau du revers de la main.

Midi sonne au clocher de l'église.

– C'est bon, on se reverra sans doute, fiston, tiens-toi à carreau, t'as tout l'air d'un benêt qui va recevoir des tuiles sur la tête...

Avec des roulements d'épaules de gangsters, les deux policiers saluent en touchant le bord de leurs chapeaux et ouvrent la porte, au moment où, dehors, Galoche allait poser la main sur la poignée. Le cheminot ne rencontre que le vide, perd l'équilibre en avant, et fait une entrée plutôt acrobatique pour éviter de s'étaler de tout son long.

– C'était qui, ces types ? demande-t-il en essayant de reprendre une contenance.

– Des flics, dit Marthe.

– Ils voulaient quoi ?

– Rien, ils voulaient rien, répond-elle en sortant la blague à tabac de sa poche.

– L'avait pas l'air commode, çui qui se grattait l'oreille…

– C'est l'eczéma, Lucien, ça doit l'agacer à force.

Les nouveaux papiers de Juan sont cachés à l'intérieur de la couverture d'un livre relié. Avec mille précautions, Louis les a récupérés, puis donnés à Manon.

Pendant la nuit, elle retourne à l'abri de pierre. Juan s'inquiète. Ils se serrent, font l'amour et parlent. Il sait qu'il doit partir, quitter Manon lui déchire le cœur. Elle est triste aussi, mais d'une tristesse qu'elle sait commuer en énergie au service de son amoureux. Pour lui, elle se sent capable de prendre tous les risques.

Elle lui explique que Gaston Escoubeth a pris contact avec Jules pour l'avertir qu'un transfert d'Espagnols aurait lieu d'ici deux ou trois jours vers le Lot-et-Garonne.

– Jules est chargé de t'emmener sur la moto. Quand on t'en donnera le signal, tu remonteras le sentier par lequel tu es arrivé. Tu attendras à couvert, Jules viendra par la route de Bousquet. Tu grimpes à l'arrière et vous irez rejoindre le camion sur la route de Mont-de-Marsan. Il a déjà ajouté ton nom à la liste dressée par la mairie et la gendarmerie. Lucette s'en est chargée. Maintenant, tu t'appelles Juan Albaicin, comme tu l'as voulu. Gaston s'est débrouillé pour te faire admettre au sein d'une compagnie forestière où tu devrais trouver des amis pour reprendre le combat.

– Quel jour serons-nous, demain ?

– Vendredi, le 1er septembre.

– Je n'aurais jamais pensé que je serais encore ici à la fin de l'été, et aujourd'hui, je ne suis plus très sûr de vouloir en partir.

– Tu dois partir, Juan. De plus en plus de tes camarades sont reconduits à la frontière, et l'enquête sur le meurtre de l'hôpital n'est pas classée.

– Juan Jimenez n'existe plus ! Je pourrais rester caché, le temps que ça se tasse, et trouver un emploi pas trop loin d'ici.

– Juan, qu'est-ce qu'il te prend ? C'est trop risqué, ici, pour toi. Tu crois que les flics vont lâcher comme ça ?

Juan sait bien que Manon a raison, cependant l'heure de s'arracher d'elle approche et il le supporte de plus en plus mal.

– Il y a trois ans que j'ai quitté ma terre, que je me bats, que je me cache, que je souffre… jusqu'à quand, Manon ?

– Jusqu'à que tu puisses y retourner librement, sur ta terre !

Juan s'appuie sur la canne de houx et se lève. Il sort de la cabane et fait quelques pas en gonflant ses poumons de l'air de la nuit.

– Parfois, le courage me manque. J'ai peur. Il y a déjà trois ans que je me bats.

– Moi aussi j'ai peur, Juan. J'ai peur pour moi. Je ne sais pas ce que je vais devenir quand tu seras parti. As-tu lu les journaux que je t'ai apportés ? On parle de guerre, de guerre, tu te rends compte ?

Juan détourne ses yeux de la nuit pour la regarder.

– Oui, j'ai lu. Je sais ce que tu dis. Vous, les *gabachos*, vous n'avez pas compris qu'elle est commencée depuis longtemps, la guerre. Depuis 1936. Vous n'avez pas compris quand elle a commencé, vous n'avez pas écouté, mais on vous l'a dit ! Vous n'avez pas voulu entendre qu'en sauvant notre peau, c'est la vôtre que vous auriez sauvée, ou du moins essayé de sauver. Ceux des Brigades internationales l'avaient compris, mais ils ont été lâchés, comme nous, les républicains, avons été lâchés. Maintenant...

– Que vas-tu faire ?

– Les appareils politiques espagnols se réorganisent de ce côté de la frontière. Les communistes et les anarchistes cherchent une entente. Les informations circulent au sein des compagnies de travailleurs, nous en parlions beaucoup entre nous pendant que les Français nous trimballaient d'un camp à l'autre. Je trouverai le moyen de reprendre la lutte, tu verras.

– Prends soin de toi, Juan, fais-le pour moi.

– Prendre soin... c'est difficilement compatible avec le combat, hélas. Pourtant, il faut rester vivant pour boire le vin de la victoire. Dès que je pourrai, je reviendrai près de la frontière. C'est ici, au pied des Pyrénées, que tout se jouera. Nous retrouverons des forces, nous nous organiserons et nous irons à la reconquête de l'Espagne ! Oui, tu as raison, je veux vivre libre sur ma terre, et que mes enfants y vivent libres à leur tour ! Je ne trouverai jamais le bonheur avant ça.

Il s'accroupit devant Manon et prend son visage dans ses mains. Une larme glisse le long de la joue et vient sur les doigts de Juan, qui la porte à ses lèvres.

– Le sel de cette larme est un pacte de pierre entre nous. Pense à moi, sois sûre de mon amour mais ne t'occupe pas de savoir où je suis. Ne gâche pas ta vie à l'inquiétude. Moi, je penserai à toi. Où que je sois, je penserai à toi.

Quand Manon traverse la nuit des prairies de Sainte-Cluque, celle des bois, celle de Sainte-Eulalie, quand elle marche d'un bon pas vers Peyregave en suivant le Riulet, après avoir quitté Juan, quelque chose en elle a changé. Dans son esprit, dans sa chair. Une rage nouvelle. Un poing serré. L'invincible volonté de prendre le destin à bras-le-corps pour décider de sa propre vie, et que personne d'autre ne décide à sa place.

La ville s'éveille et soudain, la vieille peur, la grande peur sort de son antre, elle saisit la population à la gorge. Les journaux du matin ne l'annoncent pas mais les radios le répètent sans cesse. Les passants parlent peu, courbent le dos, se saluent à la va-vite et ne traînent pas dehors. Les gendarmes mènent d'étranges patrouilles. Les fouets des attelages claquent et les automobiles cornent, s'impatientent davantage. Même les oiseaux semblent effrayés et ne s'attardent pas dans le ciel. « Il a attaqué la Pologne », entend-on un peu partout. On ne sait pas trop, il y a eu un début de soulèvement en Silésie, ils ont menacé Hitler et il leur est tombé dessus sans même déclarer la guerre. L'église sonne le glas. Voilà ce que font les gendarmes, on comprend peu à peu au fil de la journée, ils diffusent l'ordre de mobilisation générale.

Alors on voit des gens courir et s'affoler, alors on entend raconter tout et n'importe quoi. L'abbé Bancon est venu à l'auberge pour écouter la radio. Les autres étaient là aussi. Qui doit y aller ? Qui a l'âge, qui n'a pas encore l'âge, qui n'a plus l'âge ? On en a parlé cent fois, ces derniers temps, mais maintenant qu'on y est, plus personne ne sait, certains recomptent les années sur les doigts, depuis celle de leur naissance.

La moto de Jules vient à toute allure rue des Charmilles. Au niveau du ruisseau, il freine brusquement, met pied à terre et rejoint l'auberge en passant par-derrière.

Il débarque, en proie à une grande agitation. Il demande à voir Louis.

– Il est dans sa chambre, dit Marthe.

Et le mécanicien ressort dans la cour, avale les escaliers, tape à la porte de la chambre de Louis.

– Louis, vite, ouvre !

Dès que la porte s'écarte, Jules s'engouffre dans la chambre.

– Je vais être mobilisé, Louis. Hitler a attaqué la Pologne, et s'il ne recule pas d'ici dimanche, la France entre en guerre. Je suis bon pour la romaine.

– Merde, c'est pas vrai...

Pour rassurer Louis, Jules crâne un peu :

– Te fais pas de bile, petit frère, les poulets ont découvert l'Espagnol dans ma cabane de jardin, ils vont bien finir par me tomber dessus, c'est peut-être pas un mal que je prenne un peu le large...

– T'en as de bonnes, fait Louis peu convaincu.

Avec des gestes fébriles, Jules sort le pistolet Ruby du sac de toile qui pend à son épaule.

– Tiens, tu vas garder le pistolet. L'aventure des Frères Reclus s'arrête ici, mon vieux, je sais pas si je reviendrai. Toi, tu continueras la lutte à ta façon, je le sais. Regarde, je te montre comment il fonctionne, tu feras gaffe, y a pas de cran de sécurité. Il faut que tu trouves une bonne planque, si c'est la guerre, tout va changer. Je t'écrirai, je te dirai comment c'est là-bas. Tu penseras à moi, Louis...

– Qu'est-ce qu'on fait pour Juan ?

– Gaston a donné le signal. Manon et moi on s'en occupe.

– Qu'est-ce qu'elle vient foutre là-dedans, ma sœur ? C'est ma place, elle appartient pas au groupe…

– Il n'y a plus de Frères Reclus, je te dis, mais on laisse pas tomber Juan, ça sera notre baroud d'honneur. Elle est moins sainte-nitouche que je croyais, ta frangine… laisse-nous faire. Toi tu bouges pas, y a deux types bizarres dehors, avec des gueules de fouines. À mon avis, ils te pistent.

Il serre Louis contre sa poitrine.

– Salut, camarade, je sais pas quand on se reverra.

Il dévale les escaliers, traverse la cour et file en direction du Riulet. Du balcon, Louis le regarde disparaître, la poitrine serrée.

Un instant plus tard, au loin, il entend la Magnat Debon démarrer en trombe.

Pendant ce temps, Manon traverse les prairies de Sainte-Eulalie.

Lucette est venue la trouver à l'hôpital, elle lui a glissé l'ordre d'aller prévenir Juan.

– Gaston Escoubeth conduit un camion aujourd'hui dans le Lot-et-Garonne, il part dans deux heures.

Manon a quitté le service en prétextant un malaise. Elle a foncé jusqu'à chez Charlot, près du lavoir de la Sèrp, puis elle s'est engagée sur le sentier au bord du Riulet. Son cœur s'affole, elle ne court pas aussi vite qu'elle le voudrait. Tout à coup, elle aperçoit Fifi qui marche vers les bois où il va chercher des champignons. Il la voit, vient vers elle et se met à crier.

– Manon, qu'est-ce que t'as, Manon ? T'as peur ?

– T'occupe pas, Fifi, laisse-moi !

Fifi n'aime pas quand Manon a l'air triste, alors il lâche son panier et se met à courir lui aussi.

– Ne me suis pas, Fifi, fous-moi la paix ! Retourne à Peyregave, Marthe a besoin de toi.

– Non, non et non ! Quelque chose ne va pas je le sais moi, Manon, parce que t'es mon amie, ma copine, je le sais que tu vas mal !

Et Fifi suit Manon qui a l'air paniqué.

Elle s'arrête et l'attend. Il court jusqu'à elle et quand il se trouve à portée, elle lui envoie un uppercut terrible au menton, comme ceux que l'abbé lui a décrits cent fois quand il en tient un coup derrière les carreaux et que la nostalgie de la boxe le tarabuste.

Fifi tourne sur lui-même et s'écroule comme un sac.

Se tenant le poing endolori, Manon reprend sa course.

Lorsqu'elle arrive à l'abri de pierre, Juan n'y est pas. Elle panique, elle l'appelle.

La bouche en sang, la mâchoire toute bleue, Fifi la rejoint, hors d'haleine. Manon se met en colère.

– Fifi, t'as pas encore compris, fous le camp, je te dis !

Fifi protège son visage, de peur de recevoir un autre coup de poing.

– Tu cherches ton Espagnol que tu rejoins la nuit, Manon ? C'est pour ça que t'as peur, tu sais pas où il est, hein ?

Manon est hors de ses gonds.

– Oui, c'est ça ! Maintenant obéis, fous le camp !

– Je sais où il est, moi, ton copain !

Manon se fige.

– Où ?

Fifi passe à côté d'elle et s'engage dans le bois.

– Viens, suis-moi !

Ils suivent un instant le sentier, puis le quittent pour grimper une pente boisée de châtaigniers, dont le sol est couvert de feuilles et de bogues. Des bogues marron, flétries, celles de l'an dernier, et d'autres jaune d'or, les premières de cette année à tomber des arbres. Il y a une fougeraie, au sommet de la pente, à l'ombre de grands chênes. Fifi longe un fossé pendant une centaine de mètres et, soudain, s'arrête et met un doigt devant sa bouche.

– Il est là ton copain, faut pas lui faire peur... dit-il.

Fifi désigne le tronc couché d'un chêne centenaire. Juan a suivi le conseil de Jules, pendant la journée il se tient loin de l'abri, un peu trop repérable. Il a entendu qu'on venait et s'est préparé à bondir, la canne de houx bien serrée dans les mains. Le sang martèle son cou, sa poitrine et ses tempes. Manon l'appelle. Il ne répond pas, il n'est pas sûr, il pense que c'est peut-être un piège, que quelqu'un force Manon à le faire sortir de sa cachette, il a entendu le pas d'au moins deux personnes.

Jules a roulé comme un fou sur le chemin de terre, après l'allée de pommiers. La moto soulevait un nuage de poussière tourbillonnant derrière elle. Poignée des gaz bloquée à fond, le moteur rugissait dans la pente, son grondement d'enfer se répercutait jusqu'au fond de la châtaigneraie.

Lorsqu'il arrive au lieu du rendez-vous, Juan, Fifi et Manon sortent des fourrés.

– Qu'est-ce qu'il fout là, lui ? demande Jules en regardant Fifi qui fait la grimace et se tient le menton.

Juan donne l'accolade à Fifi dont les yeux se troublent. Il n'a pas tout saisi, mais il est sensible, Fifi, et il comprend qu'on ne reverra pas Juan de sitôt.

– T'es mon copain, Juan, dit-il. T'es le copain de Manon et t'es mon copain !

Juan ne l'écoute pas. Ses yeux sont plongés dans ceux de Manon. Puis ils s'embrassent. Juan la serre comme s'il voulait qu'elle disparaisse en lui.

– Allez, les tourtereaux, pas le temps de faire des mamours, on se tire !

Il accélère sur place, lance le moteur de la Magnat Debon.

Juan caresse la joue de Manon et grimpe sur la selle arrière de la moto. Il lève vers elle la canne de houx, en guise d'adieu.

La roue arrière dérape. Jules accélère à fond. Bientôt la pétarade s'estompe sur la route de Barrat où commencent les premiers coteaux giboyeux de la Chalosse qui bossellent le paysage vers le nord, jusqu'à plonger vers l'étendue des Landes, la forêt immense et odorante.

Gaston est à l'heure. Jules et Juan ont caché la moto dans le maïs, non loin d'une borne kilométrique servant de repère. Ils tendent l'oreille. Quand le camion bâché se trouve à une centaine de mètres, il ralentit. Jules saisit le bras de Juan.

– C'est pour toi, camarade.

Ils se tiennent par les épaules, face à face. Leurs visages sont graves.

– Bonne chance, Juan. Je penserai à toi, à la guerre. Je sais pourquoi j'y vais, grâce à toi. Vive la liberté !

– *Suerte, Julio*... moi aussi je penserai à toi. C'est pour les types comme toi que je me bats.

Le camion ralentit encore et vient au pas près de l'endroit où se tiennent les deux hommes. La quinzaine d'Espagnols qui se trouvent à bord sont au courant de l'opération, pas un ne bronche.

Juan serre la canne dans sa main et, se retournant une dernière fois, la montre à Jules comme si elle était une lance tenue par un guerrier :

– *Adelante !*

Il sort du maïs et grimpe sous la bâche du camion qui accélère aussitôt et continue son chemin vers le nord, laissant derrière lui une fumée noire et puante d'hydrocarbures brûlés.

L'affiche officielle de l'ordre de mobilisation générale est placardée le lendemain sur les murs de la ville. Les hommes valides en âge et condition de combattre sont appelés à rejoindre leurs régiments. Paco et Antonio échappent à l'enquête sur l'évasion de l'Espagnol, et le fait que ce dernier ait été retrouvé dans la cabane de jardin de Jules paraît soudain bien dérisoire.

Toute la journée du samedi, des trains chargés de jeunes quittent la gare. Comme au début de toutes les guerres, depuis qu'il y a des trains, les mères, les femmes, les fiancées pleurent sur le quai.

Marcellin s'est engagé, même s'il n'en a pas encore l'âge officiel, pour échapper à ses déboires amoureux avec Manon. Arnaud, le fils aîné d'Anselme et de Lucie, s'engage lui aussi prématurément, parce qu'il a peur des représailles.

Jules fera le voyage avec Bernicou et quelques-uns de la bande de Bourdalet, d'ailleurs ils rigoleront ensemble de leurs vieilles querelles, pour oublier la trouille et se passer les nerfs. Le souvenir de l'altercation du Garibaldi, avec Giuseppe, le molosse d'Umberto Lampedusa, les fera même pleurer de rire. Hugues, l'escogriffe de séminariste, rejoint une aumônerie de guerre, et Francis, l'assistant du docteur Loustau, est affecté à un hôpital de campagne. François, le clerc de notaire, dernier amoureux en date de Juliette l'aide-soignante, pleure en regardant au travers de la vitre les eaux vertes du Gave et les Pyrénées bleues, plein sud.

Louis n'a pas encore l'âge de partir, pas plus que Guilhem.

Et le dimanche 3 septembre, dès le matin, l'abominable noria continue de charrier des hommes de leurs campagnes jusqu'aux casernes.

Les habitués de l'auberge des Charmilles se sont réunis autour de la table, sans vraiment s'y donner rendez-vous mais en sachant qu'ils y seraient tous et qu'ils auraient du mal à trouver quelque chose à se dire. Quoique, en matière de parole en l'air, de parole en trop, de parole pour rien et de parole malheureuse, nous avons quand même affaire à une équipe hautement affûtée.

C'est un dimanche pas comme les autres qu'ils essayent de vivre normalement, mais ça ne marche pas très bien. Ils ont passé l'âge d'aller à la guerre, pour la plupart. L'âge d'y aller pour la deuxième fois de leur vie. Ils n'en sont pas fâchés, au fond d'eux, tout en souffrant d'un sentiment de culpabilité en voyant les jeunes partir, parce qu'ils savent bien qu'on est toujours trop jeune pour ça.

– On en tape une cet après-midi ? dit Galoche sans penser une seconde qu'il dépliera le tapis ni sortira le jeu de cartes de la boîte.

Les autres ne répondent pas. Même Fifi a la tête ailleurs.

– Toi, Fifi, t'iras pas, dit Gaston, et c'est bien que t'y ailles pas.

Manon est allée marcher vers le Vieux Pont. Elle veut cacher ses larmes. Elle pense à Juan. Elle pense à ses yeux verts comme le Gave qui dilue les étoiles, à sa peau, au poids de son corps sur elle. Où est-il à cette heure ?

Elle s'accoude à la margelle de pierre et contemple la vue, les rochers gris qui mordent la surface, celui qui émerge tel un dos rond de cétacé, plus bas. Elle confie son inquiétude à la rivière qui remue dans son lit les lumières du ciel. Le Gave inexorable traverse la ville. Gronde en amont à la retenue de la minoterie, file plus doux sous le Nouveau Pont, le Vieux Pont, continue son voyage au-delà, charriant jusqu'à l'océan les poussières de la montagne, les fragments des collines et de tous les paysages que ses eaux parcourent.

Lorsque Manon revient à l'auberge des Charmilles, midi approche.

Marthe a préparé le couvert des amis. Il y aura de la soupe, du jambon cuit dedans et un peu de sauce tomate fraîche achetée à bon marché au plein cœur de l'été, que Marthe prépare et conserve jusqu'à l'hiver dans des bouteilles à l'ombre de la souillarde.

L'abbé est là aussi. Il n'avait pas envie de déjeuner seul.

Manon sourit aux commensaux. Ils voient ses yeux gonflés par la tristesse, pourtant ils la saluent comme s'ils ne remarquaient pas.

– Tiens, Manon, dit l'abbé, tant que tu es debout et sans te commander, tu veux bien allumer le poste. Il va bientôt être midi, nous allons écouter les informations…

Manon tourne le bouton du Ducretet Thompson et règle la station.

Une voix enjouée annonce la nouvelle : Citroën présente sa dernière innovation, destinée aux classes populaires et paysannes.

– Ah, dit Clip-et-clop, on pourra peut-être enfin espérer se payer une automobile.

Les autres lui disent de se taire.

– Chut, tu parleras après !

– Oh ça va…

« La TPV (toute petite voiture), continue la voix enthousiaste sur fond de musique guillerette, une idée de Pierre Jules Boulanger. Un projet à la fois simple, révolutionnaire et économique : une traction avant très peu gourmande – technologie fétiche de la marque –, pas plus de trois litres aux cent kilomètres, deux chevaux fiscaux, pouvant transporter cinquante kilos de bagages et dotée d'un système de suspension original pour le confort du conducteur et des passagers dans les pires nids-de-poule. Les chemins de campagne n'ont qu'à bien se tenir, qu'ils se le disent !

» Et maintenant, une chanson avant votre journal de la mi-journée, un peu de musique, de tendresse et d'amour avec Édith Piaf… »

Il avait de grands yeux très clairs
Où parfois passaient des éclairs
Comme au ciel passent des orages…

– C'est pas mal pour vous, l'abbé, cette bagnole… vous pourriez aller visiter vos ouailles sans vous casser le dos sur un vélo, dit Bistec.

– Le dos, le dos… reprend l'abbé, s'il n'y avait que le dos… j'arrête là parce qu'il y a des dames…

Soudain, on se tait.

La cloche de l'église Saint-Matthieu, au bout du boulevard des Prunes, plante douze clous dans le silence de l'auberge des Charmilles.

Tous les regards se tournent vers la pendule arrêtée, au-dessus du Ducretet Thompson. Midi pile. Les deux aiguilles l'une sur l'autre.

Hitler n'a pas tenu compte de l'ultimatum, il n'a pas retiré ses troupes de Pologne.

La France déclare la guerre à l'Allemagne.

DU MÊME AUTEUR

Chez Albin Michel

LA NEIGE ÉTERNELLE, roman, 2005, Prix Chronos de littérature.

LES RUMEURS DU GAVE, roman, 2009.

Chez d'autres éditeurs

Romans, récits, nouvelles

LA GRANDE MER, roman, Atelier In8, 2007.

LE VIN D'AL-ANDALUS, nouvelles, Atelier In8, 2007.

LES YEUX NOIRS, nouvelles, Verdier, 2006, Prix de l'Académie d'Occitanie.

UNE NUIT À MADRID, nouvelles, Atelier In8, 2005.

TOREO DE SALON, nouvelles, Le Diable Vauvert, 2005, Prix Hemingway.

TORÉER QUAND MÊME, récit, Éditions Cairn, 2004.

L'HOMME SANS RIRE, récit, Éditions Idlivre, 2003.

LES CHOPINES, roman, Éditions du Rocher, 2002.

CANCANS, roman, Éditions du Rocher, 2001.

EMPORTÉS PAR LE SIÈCLE, nouvelles, Éditions Séguier, 2000, Prix Virgile.

Poésie

RÉSONANCES, poème, peintures de Solange Toutenuit, l'Atelier des Brisants, 2006.

FRONTIÈRES, Maurice Aumage, 2005.

LE CHEMIN DU SILENCE, Éditions Cairn, 2003.

DISCOURS DE LA TAVERNE, Séguier, 2000.

Carnets illustrés, livres de photographies…

LANDES, MILLE PAYS UNE ÂME, photographies de Jean-Bernard Laffitte, Éditions Cairn, 2004.

CARNET ILLUSTRÉ, peintures de Jean-Marc Lanusse, Éditions Quai Rouge, 2003.

QUEL TEMPS FAIT-IL AU CAPLAN ?, photographies de Pierre Le Gall, Éditions Caplan & Co, 2000.

Conte

L'OURS ET LE POMMIER DE JEANNE, conte, Éditions Atlantica, 1999.

Discographie

ORX, 2003.

6 IMPROMPTUS 6, sur des poèmes de Bernard Manciet, Coup de cœur de l'Académie Charles Cros, 2006.

Site Internet : www.olivier-deck.fr

Composition IGS
Impression : Imprimerie Floch, février 2010
Éditions Albin Michel
22, rue Huyghens, 75014 Paris
www.albin-michel.fr

ISBN : 978-2-226-18233-3
N° d'édition : 17942/03 – N° d'impression : 75953
Dépôt légal : mars 2008
Imprimé en France.